故乡是一蓬草

GUXIANG SHI YI PENG CAO

张静——著

天津出版传媒集团
百花文艺出版社

图书在版编目（CIP）数据

故乡是一蓬草 / 张静著. -- 天津 : 百花文艺出版社, 2023.4
ISBN 978-7-5306-8409-2

Ⅰ. ①故… Ⅱ. ①张… Ⅲ. ①散文集－中国－当代 Ⅳ. ① I267

中国版本图书馆 CIP 数据核字 (2022) 第 202675 号

故乡是一蓬草

GUXIANG SHI YI PENG CAO

张静 著

出 版 人： 薛印胜 **责任编辑：** 赵世鑫
装帧设计： 谢蔓玉 **特邀编辑：** 韩玉龙
出版发行： 百花文艺出版社
地址： 天津市和平区西康路 35 号 **邮编：** 300051
电话传真： +86-22-23332651（发行部）
+86-22-23332656（总编室）
+86-22-23332478（邮购部）
网址： http://www.baihuawenyi.com
印刷： 三河市元兴印务有限公司
开本： 880 毫米 ×1230 毫米 1/32
字数： 232 千字
印张： 9.375
版次： 2023 年 4 月第 1 版
印次： 2023 年 4 月第 1 次印刷
定价： 59.80 元

如有印装质量问题，请与三河市元兴印务有限公司联系调换
地址：河北省廊坊市三河市黄土庄镇尚庄子村
电话：0316-3180002
邮编：065200

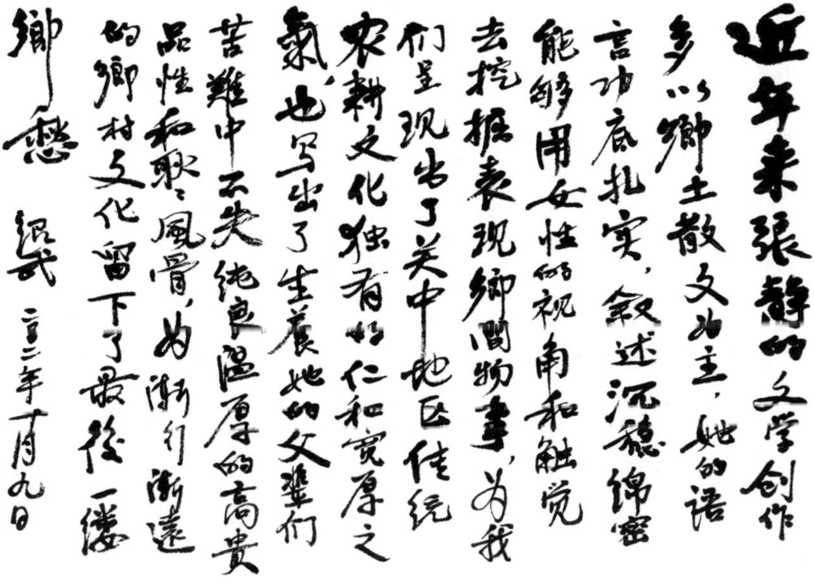

程绍武 / 书

程绍武，编辑家、评论家、书法家，现为《中国作家》主编，全国新闻出版行业领军人才。

序／说给故乡

吴克敬

散文最早是熔铸在青铜器上的，所以我要说，散文该是最古老的文体。

而我还想说，散文却也是一种不断焕发生机的文体。特别是在近些年，在一些中青年作家的笔下，散文呈现出的新样貌，昭示了这个古老文体的无限可能性。作家张静，便是一位成就突出、不能忽视的散文作家。她的散文，不失女性的温婉、细腻、惆怅……读她的散文，像吃她擀出来的热干面，像喝她熬出来的玉米粥，像披她缝纫的衣裳。总之，她的散文，饱满着故乡的色彩，饱满着故乡的感情，饱满着故乡的怀念与怀恋。

我与张静同为扶风的乡党。

我感谢老祖先，为我们命名了那么好的一个县名——扶风。

风是可以扶的……想想真的是太诗意了！想想还非常科学！船帆因为扶风而可以远行！飞机因为扶风可以高翔！风是动力，风是美酒，风是一切可能。同为扶风乡党的我们，不知张静想过没有，我们都是扶着风离开故乡的人。童年的时候，我们废寝忘食，努力学习，就是为了扶着风远去，离开我们的故乡。我们是远远地离开了，可我们依然热爱故乡。好像是，故乡离开得越遥远，我们越怀恋故乡；好像是，故乡离开得越久远，我们就越怀念故乡。这是我一次回到扶风县城，参加一个文化活动时说过的一句话，我还说这是我们做的一件傻事。然而现在看来，傻事不傻。没有那傻傻的远离，可能也就没有我们对故乡的怀念与怀恋。对此，张静尤为执着，她因为怀念，因为怀恋，而执着地写作，写了许多对故乡的怀念，还有怀恋。

张静说了，“昨夜做梦，和一个叫西坡的小村庄说了一夜的话”。她还说，“梦里，我是赤着双脚回去的。那条疙里疙瘩的土路硌疼了我的脚心，我却固执地、不停歇地奔走着，一直走到母亲的炕角……我生在那里，长在那里，村西头的打麦场一定会记得我”。她这么说是对的，打麦场记着她，是因为她没有忘记打麦场。她忘记不了打麦场，自然忘记不了西坡村，她忘记不了人和事。“路边水塘里，青蛙的叫声鼓鼓噪噪的，刮过额头的风清清凉凉的。”她有走累的时候，“走累了，我被母亲或者父亲像抓小鸡一样拎起来扔到脊背上，一边走一边听故事，路有多长，故事就有多长”。

父母的故事感染着张静，丰富着张静，她储存在自己的记忆里，她要用文字说给故乡听。

张静嘱我给她写序的这部散文集，其中大部分篇什都是她说给故乡的。这些篇什可能非为“宏大叙事”，可能未见“黄钟大吕”，可能还很平淡，而且质朴，也许正因为如此，也才更为生活，更具质感，让人读后有种想要拥抱的冲动，让人以为那是自己的曾经，让人以为那是自己的往昔，真实而感人。由此我要说了，散文难道不正应该如此吗？使平淡的生活，呈现出不平凡的况味。

去年大热天的半个月时间，《西安晚报》组织“丝路采风”活动，我和张静一起受邀参加。这一次的机会，不仅让我认识了张静，也对她有了更进一步的了解。知道为人女儿、为人妻子、为人母亲的她，有太多要忙的事情。但这有什么关系呢？好像因为家庭，因为繁杂的事情，让她更懂得家庭与事业之间的平衡，更懂得人际关系的平衡，并于这平衡中，享受到了人生的大乐趣与小乐趣，并使她的视野更开阔，心灵更温和，写作自然上到了一个大境界。

大年初一的早晨起来，我为我的乡党写下这一段文字，算是对她新春的祝福吧，应该还有期待。

2018 年 2 月 16 日　西安曲江

吴克敬，陕西扶风人。现任陕西省作协副主席，西安作家协会主席、文联副主席。曾荣获庄重文文学奖、冰心散文奖、柳青文学奖等奖项。2010 年 10 月，中篇小说《手铐上的蓝花花》获第五届鲁迅文学奖。

MULU
目 录

第二章 · 草木尘香

第三章·乡村物语

第四章 · 天涯萍踪

第五章·岁月留声

第一章
节气抒怀

这个黄昏，一个人走在喧闹逼仄的街巷深处，忽而想起父辈们一生厮守的乡下，想起那片广袤的大地之上延续千年的这些清新、朴素、敞亮、温暖的节气，它们就像缝在父辈衣襟上的一颗颗纽扣，呼啦一下散开来，那些属于草木和泥土的种种怀想，从父辈两鬓上的霜花开始，次第敲响我心灵的颤音。

雨　水

雨水前夜，门子（方言，家门里的人）翠红姑读未婚夫的信，信曰：“亲爱的，江南已是春了，油菜花开得触目惊心，二月兰紫成一片烟霞，白玉兰大朵大朵地挂在树梢，还有数不清的迎春花瓣，已落了满地。随信遥寄一枝春，盼早聚。”

翠红姑是村里唯一的中专生，水汪汪的大眼，皮肤白皙，纤细腰身，走起路来，绸缎一样的黑发在身后甩出一串皂角的清香。她的未婚夫是村里的知青，每当那个知青回城探亲时，总会有信寄到村里来。翠红姑读到最后一个字，莞尔一笑，一抬眼，东风不知何时已复西。少女的一颗心，亦落进了春里。

崖畔上，春风清扬，一簇又一簇的野花野草的芽儿、叶儿，鹅黄点点，嫩绿点点，影影绰绰铺就开来。一群羊在草丛中蹦来蹦去，像调皮的孩子。那风儿褪去凛冽，轻轻柔柔，一缕一缕往田里拱，田野被拱出了一片绿。村里教了半辈子书的三爷放学后，扛着锄头去地里，他一边走，一边文绉绉地给身边几个女娃娃们说：“这春风一定是绿的，不然，为什么它一来，大地都绿成一团呢？”

二婆坐在屋檐下晒太阳，暖风微醺，舒服得要命。也许，二婆是在晒日子深处那些发了霉的心事吧！西墙角，一棵粗壮的桃树上，粉嘟嘟的花蕾鼓鼓的，缀满窗檐下，染了一窗夕阳的绯红。院子里的鸡正从土里刨食，为争霸主地位，两只公鸡斗起来了，斗得头破血流，一副不斗个你死我活誓不罢休的架势，直到斗不动了才罢休。我婆（方言，奶奶）在一边看着，也不吱声。斗就斗吧，春天是个让人欲望丛生的季节，何况是两只正在生长旺盛期的鸡！

那个时候，我已经上小学，是翠红姑的跟屁虫。她去挖野菜，我就挎着柳条筐一颠一颠跟着。我喜欢看她看向远方的眼神，明媚而忧伤；也喜欢她身上雪花膏的味道，紫罗兰的香气，很好闻。当然了，最喜欢的，还是她桃花样的水灵。

河边荠菜又嫩又肥，蒲公英、车前草，一堆堆地挤在一起，用点儿心，一会儿工夫就装了一篮子。野菜挖回来，往院子里一倒，鸡们闹哄哄上来抢，你多吃一口，我少吃一棵的，栅栏内很快变成战场，尤其是那只红冠大公鸡，高昂着脖子，像个威武的将军一样喔喔叫着。

要说的是，二婆家家底厚实，日子过得富足，人秉性也好，温和大方。我经常去她家串门玩儿，可喜欢二婆养的长毛兔了，红眼睛，长耳朵，一身雪白雪白的毛，可爱得不得了。我蹲在兔笼前给它们喂野菜，又摸摸绒嘟嘟的毛。二婆就喊："红丫头，小心点儿，兔子急眼了，也会咬人。"到了秋天，二婆薅了兔毛，坐在树下纺毛线，牛骨头做的拨棱锤转得飞快，纺出的毛线粗细均匀又密实。冬天第一场雪落的那天，二婆给我一副兔毛手套，暖和又漂亮，戴在手上的感觉，幸福得让人直想哭。

二婆的男人，我自然叫二爷了，也是勤劳淳厚温良之人，且仁义慷慨，颇有威望，很得村人的爱戴和信任。那个时候，村里的庄稼何时浇水、何时开镰、何时下种，都是他掐着节气算的。眼看这立春后天气暖和起来，地里的冻土也日渐酥软，但雨水还是偏少，他走一遭，嘴里都是尘土。

二爷瞅着雨水节气快到了，晚饭后，差二婆领着村里的老太婆去庙里求雨，期盼来一场雨水，庄稼、牲口，都离不得雨水呢！二婆自然不敢怠慢，连续几日扎在庙里，跪拜、念经、敬香，声声虔诚，字字如炭。

雨水日，黄昏，二爷在地里锄草，不远处的村庄正被一缕缕炊烟缭绕着，如诗如画。二爷收起锄头往家走，一身肥膘的大黄狗早就窝在大门口，看见二爷回来，高兴地围在他身边活蹦乱跳。二婆正在往桌子上收拾饭菜。二爷问："老婆子，今晚吃啥啊？"

二婆隔着厨房窗台回了一句："白面蒸的荠菜团子，陈谷还有一些，熬了粥，还有墙角塑料布下盖着的头茬韭菜煎了饼，正好可以给你喝两盅。"

二婆说完，又喊翠红姑："去厢房给你爹拿二两小烧。"

夜里，一场雨水悄然而落。伴着丝丝雨声，二爷醺醉其中，鼾声亦如棉丝。翠红姑在灯下读书。有诗人说："榆柳荫后檐，桃李罗堂前。暧暧远人村，依依墟里烟。"又有诗人说："折花逢驿使，寄与陇头人。江南无所有，聊赠一枝春。"

我一直记得这两首诗，其中第一首，是上了初中，语文老师讲陶渊明时细细讲解过的。后一首，却是多年以后，在学校图书馆里无意看到的，虽是无意，可那一枝春，早已醉了人间！

春　分

春分时的某一个夜晚时分，一场雨水悄然而落。

年少时，是不大喜欢春分的，一个“分”字，歪解误读出很多意思。诸如旧历年时，众亲友之间的团圆亲昵似茶凉一般散去；再诸如幼时在乡下，贫寒人家的青黄不接总是从春分开始，女人们下地之前，都不忘将蒸馍笼子挂到高高的房梁上，小孩子们一般是够不着的，可玩耍也有又累又饿的时候，忍不住了，总要椅子上再架个小板凳，抻着脖子，去偷吃笼子里的馍馍，待大人下地回来，免不了一顿打，那样恓惶无奈的感觉是现在的孩子们所不能理解的；再比如，春分时，一缕又一缕的西风漫卷着，卷来尘土、细沙、碎石，狼烟四起。有一回，放学路上，近视眼的二毛被风吹得睁不开眼睛，愣是一脚踩空，骨碌骨碌，从路边的塄坎上滚下去了，衣服裤子破了好几道口子，几个人手串手，像吊蚂蚱一样才将他拽上来。二毛一瘸一拐地回到家，还被他娘用笤帚狠狠揍了一顿。第二日，依旧有风，二毛揉着眼睛，委屈地对着春风就骂，狗日的风。其实，骂的大抵也是春分这个节气吧。

乡下老人却不这样，他们觉得春分至，真正的春天就来了。无论庄稼、牲畜，还是老弱的妇孺，感觉都活过来了。午饭后，风小了，春阳正暖，猪呀、牛呀、羊呀的，从圈里赶出来，一只两只，一群两群，被拴在角落里，安心晒太阳，心满意足的模样。二婆也是，带着孙儿，坐在院子靠南的墙角，阳光暖暖地照着，婆孙俩敞开衣襟，捉虱子，一边捉，一边笑。二爷没事做，去地里转腾了。他舒展着眉头，尽情呼吸渐渐温暖和湿润的气息，这是春天的气息，藏匿在枝头上、泥土里，只待一抹暖阳，就呼啦一下绽开笑脸，将诗意和风情缀满，也将二爷家的麦包塞满，二爷更在意的是后者。

要说的是，早年在乡下，春分时，村子里没有什么刻意种植的花儿开在早春里，能在这个时候开的，大抵只有果园里的杏花，粉粉白白，引来一片蝶花飞舞。杏花的用处不多，即便其占尽春分，也从来不会有人去关注，任它自开自落。春分是安静的、苍白的，即便有一些隐隐约约的绿意，大都安分守己，小心翼翼，试探着，将脑袋探出来，再缩回去，唯恐自个儿的蠢蠢欲动被料峭的倒春寒打得溃不成军，成为早春怀抱里的一枚祭芽。后来，我看到有人用“春日迟迟”来形容，“迟”也算春分的性格之一。

不安分的是地里的草儿，不畏风吹，不畏春寒，疯了一般地恣意蔓延。如荠菜、刺芽、车前草、蒲公英、臭蒿或燕麦什么的，各不相让，一副掠夺地盘的架势。几日不见，准会顺着地皮爬满了。乡亲们怎能袖手旁观呢？他们面朝黄土背朝天，起早贪黑一耙一锄地刨着，为的就是从一寸土、一寸田里刨出全家人的温饱和安乐，怎会容忍杂草们繁衍横行？那个时候没有农药，消灭杂草的唯一方式就是锄草。只是，春分后麦子已经长起来了，用锄头显然不行了，只有用铲子或者手拔掉。

拔草是细活儿，女人和孩子身板轻柔，容易蹲下去，反倒拿手些。我和妹妹、母亲半蹲下身子，左手捏住一撮草窝，右手用铲子轻轻地将其铲出来，唯恐伤了麦子的根系。碰上不好下铲的单根草，就用手指头一下一下在麦苗的缝隙里使劲抠，直至将草连根拔出。就这样，野草一茬一茬长着，我们一茬一茬拔着。我们身旁，二婶、四婶、五姨等，一个个身影埋没在无垠的麦田间，包在头上的各色碎花头巾，衬着绿油油的麦田，分外惹眼。

春分时，男人们在春耕。我们村的农田，多数在半坡上，一块一块或远或近，参差不齐。有水丰地肥的，也有干旱稀薄的；有整片连在一起、豁然开朗的；也有顺着沟壑坡地上东一块西一块随意散落着的。你瞧，菜园里、果园里或者旮旯角的空地里，人头攒动。是父亲，是叔伯，是那些泥一样朴实的种田人。他们吆喝着牛儿，鞭子一声脆响，牛儿弓下背，闷着头只管往前冲。犁铧扎进土壤里，似一把锋利的大刀划开了土地腹部。瞬间，被冻得硬邦邦的土地翻开了，宛若片片土黄色的浪花。他们身后，是一行行松软的泥土，散发着湿漉漉的土腥味，这种味道，能令我的父辈们倾尽一生去沉溺和贪恋。

很多年后，当我再一次看到年已古稀的父亲佝偻在泥土之中的身影时，我终于理解了，他老人家和土地一生厮磨的不舍情怀。只是父亲的这种姿态，他早已习以为常，而我却久久不能平静，直到正襟危坐将其流淌于笔尖，并小心珍藏，才算稍感安心和慰藉。

昨夜，小城春寒，暖气停了，我靠在床头，上网，翻日历，知一年春分又至，竟夜不能寐，后又翻读《春秋繁露》，看到对春分的形容是："日夜清明，阴阳相半，昼夜均平，寒暑平和。"如此看来，这春分的姿态，也算岁月长河的中庸之姿，难怪父辈们如此欢喜。我姑且苟同，并借用诗友一句话："原来，春分后，春日浩荡啊！"

清　明

去年清明，回老家和父亲一起上坟。村子里的公坟紧靠水渠边，爷和奶的没有紧挨，但离得不太远，冬天浇地时渠水渗过来，春风一吹，春阳一照，那落在泥土里的草籽便亟不可待地破土发芽、出苗、长叶，一天一个模样。几场雨后，一些有根系的野苜蓿、迎春藤、荆棘草，一簇簇、绿汪汪地爬满了坟头。

父亲轻轻地把它们全铲下来，围着坟头坟尾添了些新土，仔仔细细拍打着，直到整个坟圆泛起来。烧完纸，临走时，父亲又给坟头的柏树松了土，挖出一圈沟槽，新的雨水能多存贮，松柏会长得更旺盛。

做完这些，再回望，爷和奶的坟头立马清清爽爽、干干净净，父亲这才扛起铁锨和我一起安心离开。然我的心情却颇不平静，归来那夜，和着低沉怅然的《清明雨上》的曲调，写了一组很长很长的诗，给突兀早逝的外爷，给走在七十三门槛的爷，给即将九十高寿一前一后故去的婆和夫家爷爷，以及令我无限感伤的、刚过六十即丢下儿孙的三婶和二婶。

依然记得，那夜，画上最后一个句号的时候，窗外一片雨缓缓而落，如我布满案头的忧伤和思念。

忽而间，又一年清明至，这样的节气，注定要跪在坟头或墓碑前，和亲人说说话，扫扫尘，擦擦垢，铲铲草，把漂泊半生的沉重、怅惘，以及更多来自内心深处的喜悦、温暖，一一道给长眠地下的亲人们。

那些话，长长短短，絮絮叨叨，从日上三竿开始，到日落晚霞方才结束。然后，上坟的人各自拍拍尘，随风一般散落而去。

今早起来，查看近期的天气预报，知道今夜会落一场雨，然后再降一场温，待清明那日，仍旧有雨洒向我北方大地。不觉感慨，现代高科技会用一场场未卜先知的清明雨，去解开世人纽扣，将藏匿肺腑的那些悲喜在雨中敞开。雨来时，草木也会灵犀一点儿，悄悄应个景，映衬一下杜牧之诗，杏花烟雨，翩跹而飞；或者，回应杜甫之诗，去安慰长安城里孤独迤逦的丽人。可杜牧和杜甫毕竟离我很遥远，我只希望，这场雨，只是用来缅怀我的亲人，慰藉一下我心中对于他们愈来愈重的怀念。

记得第一个离开我的，是外爷，那时我只有五六岁，没有伤感，反而觉得锣鼓敲响，唢呐声声，哭号一片，很热闹。甚至，盘子里的粉条炖肉，大锅里的臊子汤面，香喷喷的，很馋人。直到成人后，我最爱的爷不在了，送别他老人家时，我的肚子里怀着小子，新的生命，新的伤痛，纵横交织在心头，我才觉得，爷走了，失去爷的疼爱，该是多么孤单的事情！从那以后，每到清明，都会有一种深深的痛，无人能体会。我只有自己舔着忧伤，独自释怀。

后来，在友人的一篇文章《佛在》里，我触摸了一个失去母亲的老男人心头无法排遣的失落、孤独和怀念。那时，正是清明，他端坐于某个角落，点燃一支烟，兀自说着母亲的病、自己的痛。这撕扯心扉的痛，甚至让他想抽几口劣质的烟、喝几杯浓烈的酒，方可平抑似的。那一瞬，我想起了我的父亲，在埋着爷和奶的乡间土路上，拄着桃木棍、头顶瓦盆、跌跌撞撞、老泪纵横的情景。那一刻，父亲顾及不了男儿有泪不轻弹的古训，这莫大的痛楚又怎会轻易卸掉？这样一想，友人的想法也就不足为奇了。再后来，友人去了日尔盖，一望无际的大草原上，老母亲的影子无时无刻不陪伴着他，低头抬头都能看到。

读到这里，忽又想起天南海北失去亲人的朋友，每到清明，他们会携家人去塔尔寺、五台山，或者四川的报恩、峨眉山，拨着转经筒，祭拜故去的亲人。那转经筒在高原、在风中、在太阳下，嘎吱嘎吱，一圈一圈响着。据说，转一次经筒就等于诵读了一遍经文，也等于接受了一次佛祖的抚摸和亲吻。这经筒，从某种程度上，应该和亲人的抚摸和亲吻，是息息相通的吧。

在北方，清明一至，群里友人相互鼓励，努力活着，活它个天地清明，洁净爽朗。说得多好，这节气的起伏，和生活的跌宕是一样的，各有各的滋味，无论苦辣酸甜，我们都会执着，并无惧。

谷 雨

谷雨那日，细雨蒙蒙。真应了“春涨一篙添水面。芳草鹅儿，绿满微风岸”的诗情画意。这是我很喜欢的节气之一。雨声落，百谷生，一个散发着五谷香气的湿润名字，多么美好！

少不更事时，曾仰起头问爷，为何叫谷雨？大字不识几个的爷竟然像教书先生一般，很文气地告诉我：“娃呀，知道清明吧？”我使劲点点头。他又接着说：“清明后十五日，斗指辰，为谷雨，三月天，言雨生百谷，万物皆清新。”

“哦。”我似懂非懂地和了一声。

很快，我也像在谷雨中疯长的草木一样，出落成人。渐渐懂得：在那贫穷落后的年代里，乡亲们一年到头两只手在地里不停歇地刨着，沟边的洼地、坡地收成完全靠老天爷的恩赐，旱了涝了都会颗粒无收。在这种情况下，他们会将所有美好的希望和惦记，都铺排在更迭而来的一个个节气里。比如谷雨，他们即便一个大字都不识，却深深懂得，谷雨中，地里的庄稼、圈里的牛羊，包括村庄里所有的生命，都在雨水中苏醒，在雨水中生长。上至卧榻不起的垂暮老妪、下至咿呀学语的三岁幼童，都会脱口而出“谷雨前后，种瓜点豆”的农谚。

北方少雨，谷雨来时，小雨在下，小风在飘，乡亲们分外珍惜这一场场落在春天的雨。家家户户、老老少少几乎倾巢而出，南边的水田里、麦地里的杂草疯了似的往上蹿，乡亲们自然不愿意这些草儿和庄稼争肥水，他们戴着斗笠，披着塑料布，蹲在地里，将杂草一丛一丛、一根一根拔掉。勤快的母亲在谷雨来临之前已将草儿收拾干净，趁着雨水充足，正在给长势弱的麦苗撒化肥。北坡下的梯田里，守寡的四婶，带着两个孩子种棉花，她先挖好一个个窝，孩子跟在后面撒种，还叮嘱孩子，一个窝里至少下三个棉种，待一垄完了，又折回去用塑料薄膜覆盖，汗水和雨水顺着四婶的脸颊滚落下来，她都顾不上擦。田埂上，这些影子交杂着，挪动着，一步一滑。这一幕，很深很深地印在我的脑海里，每每想起，总有一些酸楚的温暖和甜蜜一起涌上心头。

我一直在想，大抵是从那个时候起，谷雨就在我心底生了根，发了芽。每一个谷雨来临时，乡亲们总在期盼着，春日里多来几场雨，拂去那些布满额头的清尘，拂去乡野的疙瘩土路上那些飞扬的尘土，让地里干旱缺水的谷物一日日湿润，一日日酥软……

在乡亲们眼里，这谷雨的雨，是最人性的。你瞧，酥酥的、软软的雨，如丝线、如针尖、如茸毛，孜孜不倦、悄无声息地落下来。眼见这谷雨的雨落在村子里，低矮的檐下，雨声细碎，燕子呢喃，房前屋后的树木，渐渐蓬开葳蕤的芽叶，一些花儿、草儿、虫儿，争先恐后挤进村子里，连村头的涝池里，绿莹莹的浮萍也茂密起来；雨水落在沟壑边的洼地里，野苜蓿、野草和野花，一簇簇，一片片，一层层，像赶赴一场场暮春的盛会，绿得恣意放肆，绿得触目惊心，那是一种怎样的绿哟！碧绿、青绿、黄绿，深深浅浅、浓浓淡淡，一望无际地散开来。这些属于乡村最原始、最长久的生命底色，在如烟如雾的谷雨中，织就出翠生生、绿汪汪的“春帘”，一帘一帘罩住了瓦舍、丛林和农田，像极了一幅清新幽静的水墨画。

谷雨天，最先忙起来的是父亲。他一头扎进后院的柴棚，从墙上取下整整闲置了一个冬天的犁铧、耙子、镢头和锄头等，先是很细心地擦去上面厚厚的一层灰尘，然后舀上一勺清水，蹲在地上，在窄窄的磨石上一件件刃磨起来，磨得油光生亮。这些简陋粗粝的农具，在父亲手里一年年使唤着，天长日久，它们也像父亲身上的一件衣物一样，有着难以割舍的情感和依赖。是哟，谷雨时分，种棉、种豆、点瓜，哪一样能离开这些农具？父亲娴熟而老练地用它们翻土、耙刨、锄草、下种，做得一丝不苟。这些乌溜圆的种子，撒落到土里，一同撒落的，该是一份切切的希望和等待。这份朴实的心意，种子怎会不懂呢？你瞧，它们一个个在春天里争着破土发芽，也定然在秋风里抢着挂果成熟，种瓜得瓜，种豆得豆，这是一定的。

若干年后，我在谷雨的时候带着儿子回乡下。我牵着他的小手来到田野深处，告诉他，绿油油的、一望无际的是麦苗，黄灿灿的、蝶花飞舞的是油菜花。待到了父亲的菜园子，看着那些翠生生的幼苗，儿子的惊奇写满一脸。我一字一句教给他，韭菜、蒜苗、菠菜，那一旁掀开的塑料薄膜里，是父亲种下的辣椒和红薯苗，破了土，一株株在雨水里翠绿油亮。我会像当年父亲教我记着节气歌一样，教给他“麦子洗洗脸，一垄添一碗”，教给他“谷雨栽上红薯秧，一棵能收一大筐”，教给他“谷雨种棉花，能长好疙瘩”的农谚，让他懂得，我的亲人们都在这片田野上，这一生，他们都会和节气相守到老，不离不弃。我亦如此。

儿子曾经问我，谷雨过后是什么样子？我告诉他，山坡上桑葚紫得发黑了，熟透的草莓红得滴汁；带刺的酸枣树上，米粒似的小黄花缀满枝头；崖背上的皂角树上，一只布谷鸟声声唤，声声脆响；最开心的是山坡的向阳处，碧草如茵，树木葱茏，放了学的孩子们，追蝴蝶，抓蚱蜢，采青果，像散放在山坡上的小羔羊；还有沟边那条清澈的小河，潺潺流淌，宛如指间流动的光阴，流着流着，就流到夏至的门槛前。

如今，又是一年谷雨天，父亲老了，弟弟成了几亩田园的新主人，翻地、播种、锄草、打药全是新式农具。父亲的锄头、犁铧、洋镐，在满身疮疤之后，都被束之高阁。可这地里的庄稼，一季一季，一茬一茬，依然沿着一个个节气清晰的脉络，顺理成章地将庄稼人笃信的“一分耕耘，一分收获”延续下来，成为乡下人永恒的生活节拍。

立　夏

立夏日，小城漫天尘埃，阴霾重重。这是我没有想到的。原本想着，立夏日，会有一缕温热的风吹过来，绿肥红瘦从南向北、从东往西延伸着，此起彼伏，绵延横亘，将小城装扮得格外簇新碧绿。

其实，挡不住的还是那份绿，繁盛而婆娑。当然了，还有枝头上毛茸茸的桃子、杏子和梅子，像孕育子嗣的少妇，丰饶而羞怯。我终将知道，会有一段光阴，奔赴在你我共同经过的那扇门楣下，被裁剪得正好。

立夏时，若是去乡下走走，豆角、南瓜、棉花的嫩芽刚拱出地面，地瓜秧子刚抽出枝蔓，匍匐着向大地深处。倒是田野上的麦子，像个率性的美男子，灌浆、扬花、抽穗，绿浪翻滚，恣意昂扬。山坡上，白色的羊群游走着，像一团一团的云朵，一位牧羊的老伯，正躺在斜坡上，眯着眼睛看山坡的野花，白的、黄的、紫的，随意散落着，有蜜蜂飞来飞去，不厌其烦。

我喜欢立夏的不温不火。心血来潮时，甚至想与古人一样，用庄重的仪式迎接一下，比如，穿朱色礼服，配朱色玉佩，连马儿、车旗都是朱红色的。或者独坐，念那句熟稔的“杨花雪落覆白萍，青鸟飞去衔红巾”。念毕，伸着脖子遥望窗外，是否有一只青鸟，是在立春时飞来的，它来时，嘴里衔一枚绿色的种子，待浮云悠悠吹过，绿就浓了，深了，青鸟且归，一并捎去林花织成的红巾，和春一起归去。

自然之物如此，人亦如此。是该和春天告别了，就像前夜的那场雨，大珠小珠落玉盘的美妙过后，有人以雨丝织斗篷，以雨点绣花朵，而后，静待初夏的某个清晨，日出红霞时，就可穿一袭雨水，与阳光对视成明媚的五月，似蝶花飞舞，岂不更好？

下课后，我去北院走了走，楼宇之间的闲置空地里种了很多菜，西红柿、辣椒、豆角、笋子苗等，有退休的同事忙作其中。这些好侍弄的家常菜，在热闹的春日里一直清寂着，这个春天里雨水足，先后都抽出了新芽，抽长了身子，圆圆扁扁、窄窄长长的叶子努力向上生长着，一片绿意盎然，给垂暮之年的老同事带来莫大的快慰与享受。每每看到，总会想，他们种的不是蔬菜而是寂寞吧。也许若干年后，这藤架之下也会有我忙碌的身影，来安度余生。

我盯着看了一会儿，上楼，读书，读陆羽，读那本无与伦比的《茶经》，读“杖击林木，手弄流水，夷犹徘徊，自曙达暮，至日黑尽兴，号泣而归”的句子。心有戚然，仿若一条空旷寂寥的路，他一个人走，没有人能明白他心中广阔而臻于完美的世界。读进去了，忽然冒出一个念头，一个人的心灵是否深刻，大约是看他在热闹的境地里，能否独守一方幽静吧。不是吗？诸如我曾幻想过，立夏时，一个人行走山谷，与一朵花、一只蝶、一只鸟相对，何其安静又何其安宁！

夜里，和友人聊天。他说，阳台上种的萱草开花了，有素净之美。我不知萱草为何物，他马上发了一张照片过来。哦，原来这是萱草，在北方我们都叫它黄花菜，殊不知它还有这般文气清秀的名字。旧历年的时候，母亲做的臊子面里面断然是少不了的。只是那时是晒干的黄花菜，细细的花缩成一团，用开水浸泡一会儿，花瓣便舒展开来，剥成单瓣，和胡萝卜、蒜苗、木耳，以及在冰天雪地里冻了一夜又被旺火烤得焦黄的豆腐丁一起翻炒，出锅时再挖出一大勺臊子倒进去，香气扑鼻。只是，我一直不曾见它真正开花的模样，此时遇见，一下子就喜欢上了。你瞧，黄色的、喇叭状的花儿从细细的茎蔓之间伸出来，太阳暖暖地照着，它清清亮亮地开着，向我诉说一份不卑不亢的温和。

我一直信奉，花草皆有性情。上网查找，知这萱草源于百合科，后又从《诗经疏》里一句“北堂幽暗，可以种萱”得知，这里的北堂多数指旧时江南一代的才子们设在宅府里供老母亲颐养天年的地方，老母亲住的屋子称为萱堂，于是，萱草成为母亲的代称，亦成了中国的母亲花。难怪，我们总在五月唱着母亲的歌谣，唱不尽、唱不休呢！

记到这里，不觉看看窗外，扶摇直上的五月正裙角翩跹向我走来，这尘埃，终将散去。

小　满

小满是我喜欢的节气之一，每每在日历上看到这两个字的时候，总有一种既饱满又内敛的气息在我身体某个角落弥散开来。这种感觉，像极了曾经生活在乡下的众多姐妹们，轻盈的步子带着泥土的芬芳，清脆的嗓音穿过茁壮的麦浪，风儿一吹，她们怀里揣着的某些质朴的小秘密，瞬间在脸上泛出羞涩的红晕……这小满里裹不住的风韵，有一种恰到好处的入心和动心。

在乡下，小满时，成片的麦田似初长成的邻家少女一般，既风姿绰约，又浩浩荡荡。那些麦田，有的平整辽阔，一望无际；有的绵延起伏，随意散落，而无论哪种姿态，都会在五月的怀里，站成一种风景，书写着庄户人家按捺已久的期许。

记得小时候，小满来临时，父亲会和叔伯们站在村子南边的大片麦田里，嘴里叼着旱烟，眯着眼，张望着一天一天走向饱满和殷实的麦田，一股子看得见、闻得出的麦香味，开始在大地上丰润和蔓延。

关于小满，我爷的话题总是最多。只要有一点儿空闲，他就逮着几个孙男孙女，喊到他的身边，语重心长地教我们“小满小满，麦粒渐满”的农谚，这是最常听到的。当然，还有“小满不满，芒种开镰”，是说小满的麦子扬了花、灌了浆，即将成熟。至于那句“大麦上场小麦黄，豌豆在地泪汪汪”，说得就更形象了。

起初，我也只是觉得这些农谚好听和顺口，渐渐懂事后，才懂了这些我爷烂熟于心的农谚，像小满时节的麦粒一样生机鲜活，它们洋溢着芬芳的乡土味，让人瞬间心生很多温暖出来。

小满一来，最忙碌的是我爹。爹是割麦的好手，小满过后，他会趁着一地月色，从后院柴棚的墙上，取下挂了一年之久的镰刀，先轻轻地将上面一层厚厚的灰尘擦拭干净，然后，坐在后院里认认真真地开始刃磨。曾经有一回，我专门陪在一边，仔细看了他磨镰刀刃的整个过程，一碗清水，一块磨石，两只手娴熟地将镰刀刃口顺着磨石的长方向来回推着，“刺啦、刺啦”的磨镰声，随着一缕又一缕温热的风，在小院里回荡，连同天上的一弯清月，也被磨得明澈和圆润。

我爷自然也闲不下来。一大早，他老人家就扛着一把铁锨出了门，不用说，肯定又去地里转了。多数时候，他会弓着身子铲田埂两边的杂草，这些杂草，太荒庄稼了，铲回来，既可以喂猪，也可以给牛和骡子吃。还有，靠大路两边的地里，地头处的杂草，绿汪汪、翠生生的，路过的牛和羊看见了，准会将嘴伸过来，一边吃着，蹄子一阵乱踩，任凭主人拿着鞭子抽，嘴里吼，半天赶不走，乡里乡亲的，又不好说啥。我爷看着被糟蹋的庄稼，心疼得龇牙咧嘴。他坐不住了，只有一趟趟往地里跑，转了南边再转北边，转了塬上再转塬下，家里的每一块庄稼，都长在他的心里了。

我爷累了，就一屁股坐下来，拽个麦穗，轻轻揉一揉，摊开手掌吹一吹，麦芒和麦壳飞走了，尚且嫩黄的麦粒铺在手掌上，爷的脸笑成了一朵花，仿若那一粒粒麦粒，就是一颗颗金豆豆。记得好几回，放学后，我提着笼子去地里，正是夕阳西下，一抹斜阳在天边燃烧。远远地，我看见爹和爷弯着腰在地里拔燕麦，他们的影子淹没在麦田里，在落日里，成为一幅完整的油画，烙在我的心底，至今无法抹去。

友人在江南，他说，小满后的江南，一天天热起来，他奶奶的大蒲扇和芭蕉扇呼哧一扇，江南的夜空里便撒满了星星和故事。其实，这故事于我也是何其熟悉！只是我婆手里没有大蒲扇和芭蕉扇，最多也只是一把细密的竹篾扇子，摇啊摇。依然记得，住老屋时，小满来临，院子不再安静，虫儿叫，风儿吹，我婆坐在院子靠南墙的枣树下，粗壮的枣树上缀满了指甲盖大的青枣，毛茸茸地，掩在碧绿的枣叶缝隙里。枣树下有石凳，太阳隐去时，坐上去冰冰凉凉的，很舒坦。婆却不习惯坐，她喜欢坐在自己编的圆形草垫子上，盘着腿，也将她的三寸金莲盘起来。那些老掉牙的故事，比如嫦娥奔月、牛郎织女、三毛流浪记、祥林嫂、白毛女等，在枣树下的石凳旁萦绕不休。后来，搬到新屋后，枣树没有了，靠南墙的是枝枝蔓蔓的葡萄架，我早已不是当年那个扎羊角辫的小姑娘，婆的故事，又开始给小叔的孩子和我的孩子讲，讲得不厌其烦，孜孜不倦。

这个黄昏，一个人走在喧闹逼仄的街巷深处，忽而想起父辈们一生厮守的乡下，想起那片广袤的大地之上延续千年的这些清新、朴素、敞亮、温暖的节气，它们就像缝在父辈衣襟上的一颗颗纽扣，呼啦一下散开来，那些属于草木和泥土的种种怀想，从父辈两鬓上的霜花开始，次第敲响我心灵的颤音。

夏 至

忽而就到夏至了，天气依旧阴沉，偶尔有狂风夹杂着雨丝席卷校园。每日往返期间，感觉头顶的天空很低，低到像一只大铁锅扣在人的头顶，很沉闷。

这样的日子持续几日后，天气终于放晴，亮堂了许多，连同窗台上搁置的几盆绿萝看似更翠绿了，校园滨湖旁边的桃树、梨树、杏树上，结满了核桃大的果子。我家窗台上的紫檀根部就钻出几棵三叶草，翠生生的，能拧出水来。我和夫都不忍心拔掉，任由它在一缕又一缕的春风中轻轻飘摇。紫檀旁边，是一盆长寿菊，一簇簇密密匝匝的黄色花儿在眼前萦绕几个月之后，彻底凋谢了。我和它们一起安静下来，迎接夏至。

我一直认为，夏至是一个很美好的节气和字眼，她会让我想起婆在世的模样，那一年，夏至来时，正好赶上白杨观的庙会，吃罢早饭，婆总要和村里的五婆、六婆、七婆、八婆们一起去赶庙会。几个乡下老妇女，穿着几乎一模一样的蓝布衫，头戴蓝白格子相间的帕巾，齐刷刷地蹒跚走在乡间的小路上，像一道风景，更像去赶某种仪式。小路的两边，是一样望不到头的田野、沟壑，还有窄窄长长的小苇河里，清冽的河水潺潺流动，我婆和五婆、六婆、七婆、八婆们身上的蓝布衫，渐渐成为一团模糊的影子。那影子，似乎带着很重的岁月痕迹，将乡下女人粗粝而又漫长的一生拉近了，又放远了。

我婆和五婆、六婆、七婆、八婆身上穿的蓝布衫都是手工织染的，前后三片式，斜襟状，缝了八到十个盘扣，一直从左肩系到右胯扣下来。袖子也是宽大的，可以往上撸到胳膊肘，这使得她们整个人无论干活儿还是闲坐，都显得简约明快而又统一。

我时常会不自觉地盯着她们的蓝布衫出神，时间久了，一种快要绝迹的美好和疼痛会在不经意间击中我。偶尔，我会问婆："您怎么一年四季老穿同样的衣裳，不烦吗？"

婆笑了笑："那有啥呀，祖上一辈子都是这么穿过来的，习惯了。"

后来，我也有了一件蓝布衫，是母亲的一件旧衣裳改的，不过，我的不是斜襟的，加了飞边的大圆领，对门纽扣。母亲给我梳了两条麻花辫子，从耳边垂下来，我故意和婆坐在一起，学着她的模样，拿一根针，开始缝补我的袜子。婆很高兴，嘴里夸赞我："就是，该学了，女娃子，针线必须拿得出手，这是看家本领呢。"说完，还不时指点我，"针脚长短要匀称，手劲大小要匀称，布头两边要拽平展……"

这样的一幕，一直留在我记忆里。

再后来，五婆、六婆、七婆、八婆依旧会聚在一起，念唱佛经，她们一字不识，却把那本发黄的、字迹模糊的经书念唱得一字不差。我无聊的时候，会凑到跟前，手不自觉地摸着五婆或六婆的蓝布衫细细端详，这才发现，原来她们的蓝布衫式样和颜色都有差异，宽松型、瘦小型，立领、圆领等，随她们的高矮胖瘦裁剪得正好，深蓝、浅蓝、暗蓝、亮蓝，各有特色，而且，这些蓝色会随着季节变化着，呈现出属于乡村老妇人们独有的韵味。

我婆偏矮，她的蓝布衫的下面，是肥大的深黑色布裤子，裤脚用一根黑色的裹腿布带子绑扎起来，脚下也是深色的鞋子。只是婆和五婆、八婆一样，打小就裹脚了，一双脚又尖又小，如尖笋一样，只有我七婆是宽板大脚，很结实。但无论脚大脚小，她们都穿了一双白布袜子，在黑裤脚和黑布鞋之间，亮出一道素白，像在诉说婆那一辈人粗粝但干净的繁复日子。

如今，婆离开我十多年了，我仍时常想念她老人家，想念那蓝布衫和她手里密密的针线。

黄昏很快来临，晚饭后，忽然起风了，紧接着是大雨，倾盆而下。起身关窗时，那雨早已顺着纱窗透进来，落在窗台上，到处飞溅。后来雨停了，再看窗外，天色清明，大地洁净。天边开始出现一道蓝、红、黄、紫叠在一起的彩虹。不远处，几株杜梨树上，青青的梨子湿漉漉的。此刻，人间，万象尚好。

小　暑

小暑终是来了，欢喜和胆怯的心绪兼而有之。胆怯之说，主要源于随处可见且无处躲藏的暑热。这对于与生俱来既怕热又怕冷的我，真的有些难以忍受，甚至有几分苦熬的感觉。父辈们挂在嘴边那句“大暑小暑，上蒸下煮”的谚语，最贴切莫过了。

对小暑的欢喜源自乡下。在乡下，小暑时，风儿会从田野深处吹进村子里，吹来一阵阵馋人的瓜香和果香味道。父亲的瓜果园子里，鸡蛋大的青色桃子，披一层白生生的茸毛，在风中轻轻摇动，给人无限想象；瓜田里，一身花纹的翠皮瓜，顺着攀爬一地的枝蔓探头探脑。当然了，还有一些父亲闲暇时种的菜，顺着自身藤蔓或竹竿的架子缠绕着，缀满了翠生生的长豆角、直溜溜的黄瓜，还有一疙瘩密密实实挤在一起的西红柿，红红的，在阳光下泛着亮光。

小暑的麦田里，收割机留下的麦茬深处，是父亲点种的玉米苗。刚蹿出地面五六公分，露出四五片幼叶，火辣辣的太阳连日蒸烤着，一副柔弱的模样。父亲很着急，去地里看了好几回，回来自言自语：“要是下一场雨多好。”

那雨果真通人性。父亲话刚落，一阵疾风起，紧接着，乌云漫过，电闪雷鸣，劈里啪啦的雨就落下来了。不过，半夏的雨，总是来得急了些，纤细的玉米苗，被豆大的雨点打得东摇西晃，有的甚至被打趴下，黏在地里。等雨停了，风儿一吹，太阳一晒，几日不见，又蹿出几片新叶来，绿油油的，像一排哨兵，站在田野深处。这个时候，笑得最满意的依然是父亲，他吸溜着旱烟，嘴巴咧得开了花。

雨后，微光晨曦，整个村子罩在一层淡淡的薄雾里，安静极了。已过七旬的父亲，早起的习惯大半生如此。起来便在家里手脚不闲地摩挲着，待前院后院拾掇完毕，就径直去地里转转，看看果树，除除草，摘些长好的黄瓜、葱头、豆角什么的，然后心满意足而归。

半夏里，也是虫子繁衍最快的时候，父亲背上药罐子，一趟趟往地里跑，回来，脊背湿漉漉的，分不清是汗水还是药水，他的裤脚和鞋面，也沾满了泥土。父亲脱了衣服，满身通红，一头扎进院子里晒的一盆清水，一遍遍洗，一遍遍擦，香皂的清香，从父亲身上漫过来。

多少年过去了，我喜欢闻父亲身上的味道。那味道，有温暖和感念，也有辛酸和怅然。如今，每到小暑过后，我的暑期开始了，安顿好手头的一切繁冗琐碎后，我会像一只倦鸟一样回到乡下，回到父母身边，睡一睡那硬板炕，听鸡鸣狗叫，看袅袅炊烟从高高的烟囱里一直飘，飘到浩渺的天空，属于乡下的慢时光，一季又一季，轮回和繁衍。

城里的小暑天，总伴着顽固的酷热，这是我最惧怕的。我一遍遍用清水、淡茶，湿透和浸润燥热干枯的肢体和心肺，让整个人很快安静下来。而后，方可安静坐在某个角落里，读几页书，写几篇文字。在我读书写字的同时，楼下总会漫过一缕缕浓郁的苦瓜鲤鱼汤的味道。这味道每年都有，闻来既熟悉又清爽。一日，心血来潮向同事讨做法。她很有耐心地传授：第一步，将鲤鱼去头、尾、骨，洗净；第二步，苦瓜纵切两半，去籽、洗净、切片，柠檬同样洗净切片；第三步，高汤倒入汤锅中，放入所有食材、调料，大火煮开后，转至小火慢煲，十分钟后即可出汤。做法讨来了，竟一直未曾尝试，心里不安。

居所在顶楼，小暑天，酷热难耐时，也会乘着楼下的晚风习习沉溺在大街小巷的暮色晚霞里。那个时候，街边到处都是和我一样吃饱喝足、在户外散步的人群。他们身着背心、短裤，趿拉着拖鞋，摇着纸扇，要多闲适有多闲适。若仔细看，扇子多是板桥的画，东坡的诗，不是真迹不要紧，人们所求存的，是握在手中的一点儿古色古香。这古色古香在某种程度上，或许会带给市井的人们一份幽静和从容，去平心静气地双脚迈过火旺而茂盛的夏日。

有时，不用向东，也不用向西，只需下楼走几步，便是家门口斜对面的知秋园。园子不大，却修得很精致。盛夏来临，苍翠粗壮的白皮松与高大婆娑的银杏林错落有致地散落其中，树丛下面，是绿莹莹的草坪，铺满了厚厚的绿色。知秋园里多是老人、幼童和孕妇，他们像乡下散落在屋檐下的人们一样，一杯凉开水，一把扇子，就拉近了距离，扇开了话题，聊年景、聊生活、聊家常，亲密无间的模样。我每每从其中穿过，会暂时忘记暑热的难耐，只能忆起父亲菜园子里的瓜果香。

立　秋

清晨起来，习惯性地打开窗户，隔着薄薄的窗纱，一阵阵清凉的气息弥散开来。哦，原来不经意间，小城的秋天正缓缓而至。

朋友们都知道，这是我最喜欢的季节。帽子可以卸了，眼界宽阔了；墨镜可以摘了，世界斑斓了，多么美好的事情！比如此时，顺着南窗望出去，远处的秦岭山上，天高云淡，澄明旷远；北窗外，北坡上山路蜿蜒，树木葱郁。最欣然的是，楼下院子里，退休的同事闲暇时种植的那些绿色植物，碧绿盈盈地在晨风里摇曳舞动，藤蔓交错间，一份安静和从容，向着晨光和空气，努力地生长。

其实，我蛮喜欢秋夜的。那个时候，一定是刚刚卸下繁冗和琐碎，人也倦怠了，斜倚在椅子上，耳朵里流淌着班得瑞轻柔妙曼的音乐，我在尽情享受那一串串精美的音符跳跃之下流淌而出的涓涓清音。不一会儿，窗外喧嚣了一整天的马路渐渐沉寂，夜空有闪烁的小星星漫天飘摇，亦有一弯皎洁的月亮像长了腿脚似的，在几座楼宇之间来回穿梭。那月光，散散淡淡的，忽远忽近，忽明忽暗，在院子里的青藤植物、树木和小草上，洒下一抹清晖，幽幽清亮。

我是很难抵御这种秋夜之诱惑的。寂静的夜，敞一扇窗，风清月白，光影婆娑，让人心生长时间的宁静。若是音乐听腻了，书页翻厌了，还有一件非常乐意做的事情，就是一个人，拥着毛绒绒的毯子，斜靠在床头，等着窗外那一抹月光悄悄爬进小窗，落在我床上。若用手触摸柔软的毛毯，有一种如露珠滑过般的清清凉凉渗出来。然后，就是从院子里传来各种草虫的鸣唱，声音一高一低，调子一长一短，啾啾唧唧的，如一首从《诗经》里走出的清音，此起彼伏。细细听，很享受。

掩在其中听久了，肩膀有些酸，换了个姿势继续听，听那些声音干干净净地从耳膜灌进心中，恍然间有一种心若止水、沐浴清凉的感觉，又仿佛自己置身于一场音乐会之中，孤独和寂寞渐渐退却，生命里繁衍而出的淡泊和悠然合奏成一曲婉转的歌谣。那夜，我几乎是枕着虫儿的欢唱入眠的。

立秋前两日，落了一场雨，好珍贵的雨，有一种大旱逢甘霖的惊喜和陶然。那时，我正在乡下，亲眼看到了地里的玉米、苹果、桃子，还有蔬菜，被连续了二十多天的干旱打得一个个蔫头耷脑的，尤其是水到不了的旱田，早已奄奄一息。乡亲们看了心疼又着急，却又束手无策，母亲和五婶、六婶一趟趟往庙里跑，去求雨，可那观音菩萨端坐在庙堂之上，荣辱不惊一般淡看人间，就是不落一滴雨。村里的男男女女在街门打着照面，嘴里总忘不了一句话，热啊，真热，这玉米叶子都拧成麻绳了，老天爷啊，得赶紧下一场雨吧！

昨日午饭后，雨终是来了，在瓦屋的房檐下，掉成密密麻麻一串串线似的，我先是伸出胳膊，再伸出脚，最后，整个人都摊开在雨地里，尽情跑了好几圈。我知道，地里的庄稼定然和我一样，敞开自己，酣畅淋漓地喝了个够。等雨停后，我们驱车回到小城，已是夜里十点，那夜，推窗，风已清凉如水，一种“殷云度雨疏桐落，明月生凉宝扇闲”的情景即在眼前。

立秋日，早起，又落雨了。冒雨和夫将家里所有的花草全部搬到楼顶露台，看它们贪婪地在雨中尽情地舒展着枝叶和经脉。露台一角，不知谁倒了一堆土，竟然长出了一串串打碗花，深蓝、紫红、浅粉，迎着雨，摇曳而歌。

对于这花儿，我似乎更偏爱它的素净和细碎，它还有个很雅致秀气的名字叫“夕颜花”，大抵是和有“朝颜花”之称的牵牛花相陪衬的吧。一朝一夕，听来的确蛮诗意的，其实，打碗花和牵牛花在一天里的任何时候都开花的。记得素爱养花的梅兰芳先生不但园中有红梅、秋菊、牡丹和芍药等，更少不了这两种花。一日，先生在园中练功，身旁牵牛花和打碗花开得纷纷扬扬。先生欢喜，俯身，闻其香，被友人看到，戏称为“鱼卧”状，后经先生反复揣摩，竟成为《贵妃醉酒》中一赏花的迷人身姿，传为佳话。只是此时我眼前的这打碗花，存于楼顶，心有所向，意不堪竭，也许只是眷顾那一方难得的泥土。它的种子，兴许是从风中、从雨中来的。

秋来时，依然在比较赋闲的暑期中，人亦懒散许多，可以两三天不下楼，清水洁面，不施粉黛，看书倦了，只顾盯着窗外看。对面一号楼的二三楼，同事家的凉台上，都有一簇簇、一盆盆惹人眼的花花草草，红的、紫的、黄的，热热闹闹地开了一个夏天，终于歇息了，就连我养的几盆草本植物的叶子也有些发黄。它们的黄，是否与秋有关？倒是我随意扔进玻璃瓶的几片绿萝，新发了好多叶子，翠生生的，惹人喜欢。这几片绿萝原本是办公室花盆里的，放假前松土时不小心碰断了几根，心疼了半晌，舍不得扔掉，遂拿回家，丢在一空置的玻璃瓶里，隔天换换水而已，不曾想越来越茂盛。看来，这花原是和我一样钟爱秋天的。

落笔时，楼外传来谁家小女的抚琴声，似水一般滑落。这份优厚的待遇一直陪我好几年了，自然是我毛手毛脚的小伙儿永远无法带给我的那种欢欣和陶然。甚至，我有时会冒出一个奇怪的念头，如果我家小伙儿是丫头，我亦会让她成为那个着一袭白裙、纤手翩翩拨动琴弦的女孩儿。我这般想时，一缕秋风正从我的身边拂过，眼面前的白日，又短了几分。

处　暑

在日历上看见“处暑”二字时，我像一只蜗牛，正从秋意浓浓的东北大地一段一段往回赶。我的身边，一路喧嚣热闹一路热浪翻滚，等我风尘仆仆回到小城时，整个人被蒸熟了一般，了无生机，疲惫不堪。

休整两日，静坐案头，再翻日历，处暑果真离我近了。忽而想起去年处暑时蛰伏乡下的那些日子。那时，我和母亲及所有乡下人一样，掰着指头掐日子说事情，来来去去说的都是农历和节气。一日，早饭时，听父母嘴里唠嗑：“老爷庙七月初十庙会快开始了，这回要唱大戏的，请的还是周至的大剧团呢！”

一直过惯了阳历的我一头雾水，赶忙撂下碗，趴在炕头的日历年画上看看离七月初十到底还有多久。这一看，沉睡在心头很久的农历日子顿然有了很清晰的概念，只仅仅过了一天，就完全习惯了乡下的节拍，反而忘记了礼拜和阳历。一夜醒来，会不自觉地跟父母提及：“今儿初六，你们该去逛镇上的集市了，老在地里忙活，自个儿都活成一株庄稼了，该歇歇了。”母亲立马说：“呦，还真是呢！马上处暑了，铺子里很多夏季商品都会减价处理，可以去瞅瞅的。”

母亲这句话给我传递了一个新信息，那就是我将又面临一个新的节气。而且，在这之前，我一篇又一篇地在续写着节气带给我诸多的往事和回味，但对于处暑，却处在懵懂和忽略之中，我甚至不能很轻易地将“处”和“去、止”联系在一起。只好翻出手机，打开搜索引擎，在《月令十二集解》找到其含义，曰：“七月中，处，止也，暑气至此而止矣。”后又点开古籍《群芳谱》里说：“处暑，阴气渐长，暑将伏而潜处也。”经过这样一番虚心讨教网络之后，算是真正弄明白了这个节气的蕴含。

其实，处暑过后，在北方，天地之间最大的变化就是暑热渐退，秋意渐浓，气候渐凉。尤其是北方的原野，且不说那一棵棵茁壮成长的玉米葱葱郁郁，一望无际，单田埂上随处可见的朵朵雏菊、几枝秋英、几只大雁，以及草野上散淡的露珠，都在向世人诉说着一份丰收在望、秋日静好的尘世美图。

我生长在乡下，自然知晓，处暑时，除了地里的玉米、大豆等谷物顶着日头依然不停歇地疯长之外，其他杂草和碎木等都会停止生长，一点点儿自我枯黄，人们抛却久积的浮躁与戾气，尽力与自然和谐如一。首先是父辈们挂起锄头，静心等待田禾的成熟。他们有背着双手在村前村后闲逛的；有坐在一起摸纸牌、搓麻将的；还有的拖家带口到附近的村子逛庙会、看大戏，逛累了，老的，在茶摊上喝一碗熬得沸腾的浓茶，吃一碟香喷喷的猪头肉；小的，一碗酸辣粉、浆水漏鱼，或几串葡萄、几只麻花什么的，然后打着饱嗝，惬意而归。兴致来了，还可以放开嗓门，于天地之间，草木之间，吼几声秦腔折子戏，这番闲适，自然是快节奏的城里人不能比的。

最喜处暑夜。白日里，尽管有“秋老虎”狰狞一般口吐烈焰炙烤大地，但夜晚的乡村却是一片清凉和静谧。晚风吹过，几日前缠裹在乡下炽热的暑气正于黑暗处悄无声息地溜走，蝉的盛会和聒噪也降下帷幕，空气中玉米、青草以及炊烟的味道四处弥漫。倒是那蛐蛐儿和纺织娘，窸窸窣窣，喁喁低语，似秦腔里的旦角唱腔在娓娓低诉，听久了，一种心绪，像露水，像烟尘，在无边的夜色中，一层比一层浓，给寂静的乡村平添了几分神韵和诗意。月朗星稀，我家斜对门的玉秀婶子家，牛棚和羊圈里的灯还亮着。她来自北山，男人早逝，是整个村子里唯一饲养牛和羊的人家，平日里，塬下的坡地庄稼收割都要靠牛拉车。近来，她家的牛怀了牛犊，羊也即将分娩，玉秀婶子一刻也不敢耽搁，她提着马灯，一遍又一遍地从羊圈转向牛棚，又从牛棚走向羊圈。牛羊在月光下安静地吃草，橘黄的灯火照着她沧桑早衰的脸庞。

写到这里，再有两日，将是一年处暑时，我已从乡下归来，打开手机，友人发消息说，她那里的荷花开到荼蘼，满塘的莲子在风中摇曳。哦，原来处暑过后，该是莲子采摘的最好季节，她一袭洁白的纱裙，去拍照，寄明信片，写诗，并且流下热泪……

我一边细细聆听，一边兀自想象，等处暑过后，某日，我也要与她一样，徜徉在乡野的荷塘，沐浴在秋日的阳光下，像闲适的散客，荡来荡去。荷塘边的小路两旁，野花一丛丛地开着，车前子的花梗歪歪斜斜伸向风里，野蔓子在岸边纵情游走，蟋蟀抖开褐色的触须，一只绿翅纺织娘飞过草丛……

我真是这样想的，就像我始终不曾忘记，这一个个节气分明就是开在父辈们衣襟上的一朵朵小花，细碎圆满，朴素醇香。如同这个处暑过后，一段似烈焰般的酷夏很快结束，而另一段丰盈沉静的凉秋注定开始。一些果实会被捡拾和洞藏，一些种子再次飘落泥土，世间万象温和安妥，如同莲子一般清宁洁净，滑向季节的深处。

白　露

又到长空雁叫、白露为霜的时节了。

田野里的秋已开始繁盛和丰盈，然后是山色，深深浅浅、浓浓淡淡交织在一起，像极了画家一不留神打翻了油彩瓶子，随意渲染出一个色彩斑斓的胜景。若随意仰起头，即可感受到一份秋高气爽、辽阔明澈，清晰得令人心动和陶然。

“凉风至，白露降，寒蝉鸣。”此时阴气渐重，露凝而白，天气逐渐转凉，雁与燕等候鸟南飞避寒，留鸟则开始贮存干果、粮食等，准备过冬的事了。田埂上的野菊花们，哼着风的曲调，踩着秋的节奏，摇着素净的花唇，翩跹而舞；草丛里，几滴晶莹的露珠顺着蝴蝶的翅膀滑落，像少女纯净的心事抖落下来；偶尔，一只灰蚂蚱也落在草丛里，只顾低头啃食那几片嫩叶，也不抬头去捕捉那片随风的落叶。

傍晚，村头的老槐树下聚了很多老人，大都是刚从地里干活儿回来的。他们手里拿着镰刀，肩上挂着背篓，扛着铁锨，走到村口总会停下来，把背篓一撂，铁锨一靠，或干脆就撑着下巴唠起嗑来。唠嗑的内容丰富多彩，诸如一些新闻和小道消息，大的、小的，正面的、负面的，各种各样。当然，更多是身边事，比如谁家娃刚办喜事了，场面大得吓人；谁家儿子有能耐自个儿打工带回来一个四川媳妇；谁家小子父母出去打工，没人管孩子，结果孩子偷盗打架被抓走关了起来，等等。五花八门，无所不聊。

处暑收黍，白露收谷。这一点，最是令人动心。你瞧，沉甸甸的黄豆画着优美的弧线，和丰满的玉米一样即将成熟，只等晒上一两天，便会被拾掇回来，晾晒在打麦场或房顶上了。那新谷子、新苞谷熬成的粥喝起来最是香甜。当然，我最喜欢吃母亲做的贴饼了。 黄灿灿的贴饼，看似简单，其实也需要不少技巧。首先锅既不能太凉，也不能太热。凉了，饼子抓不住，会出溜到锅里煮成粥；太热了，贴上去的饼子就会被烫得焦煳，色黑味苦。要把握好火候儿，把锅烧得不凉不热，才能烫烙出焦黄、酥脆的饼子，很好吃的，跟吃点心一样。

赶着白露回趟老家，母亲知道我要回来，专门到菜园子里摘菜。我进得家门，寻不见她，知道肯定在地里。于是，放下东西朝地里走去。大老远，看见母亲提着草笼子忙活着，鞋上沾了两脚黄泥。她也瞅见我了，急忙从地里出来，鞋子在地头蹭蹭跺跺，然后和我一起说着话回家。笼子里的鸡毛菜和毛豆秆，都是带着露水摘的，叶子上虽然沾着一坨一坨的泥点子，但更多是翠生生的，新鲜极了。

快晌午了，日头从云缝儿里露了出来，比早上暖和多了。这时，已经听不到蝉的鸣唱，倒是蟾蜍和蟋蟀，从早到晚不知疲倦地叫着。我家墙外的枝枝蔓蔓上，是南瓜和豆角，表皮湿漉漉的，粘着夜里的露水。瓜架上有张蜘蛛网，几滴水珠凝结在丝网上，似坠非坠，晶莹圆润，非常好看。还有，靠墙的枣树上，微红的枣子挂在墙外，秋风吹过，一串一串的枣儿簌簌响动。不用说，这段时节的枣快成熟了，又脆又甜，馋嘴的小孩子趁着大人不在，拿起竹竿瞅准红了的枣猛敲几下，笑声连成一片，回响在院子里。

白露时，乡下的秋最是宁静，也最是深沉。虽然有秋虫一板一眼地鸣唱，却正好衬了秋的宁静。黄昏时分，晚饭后，我三爷敞开衣襟，走在村里，秋风吹过，他冷不丁打了个冷战，顺嘴就出来一句“白露秋分夜，一夜冷一夜，节气真准”。

三爷说得没错，一觉醒来，乡亲们出了门，迎面碰上了，都在不约而同互相感慨，然后，各道珍重。这不，三婆刚走出自家门，看见一个五十岁左右、推着三轮车的男人过来了，他是王家沟走村串户卖豆腐脑的，离我们村二三里远，每隔两天来一趟。他的豆腐脑细滑柔软，熬的调料汤汁也非常可口，加之村里年轻人都外出打工了，村里留守的多为老人和孩子，儿女时不时地会捎些零花钱回来，老人们捉襟见肘的日子早已过去了，故而一些老人的晚饭就是一碗豆腐脑，倒也省了烧锅的麻烦。

随着叫卖声，三婆已经上前打招呼了："来了，快，赶紧歇歇，喝水不，我给你舀去？白露节气了，得添件衣裳，早晚凉呢。"

那男人满脸堆笑道："谢过大婶，还真有些凉。刚才去一队转了一圈，图方便，从小路穿过来到你们队上，鞋子到处沾的是露水啊，连身上也被路边玉米叶子上的露水打湿了，飕飕凉。看来，这白露真准啊！您也一样，年纪大了，身子骨单薄，也多穿些，当心受凉，吃药打针花钱又受罪！"

看两个老人热情地发自内心地寒暄，感觉暖暖的。离开家乡三十年了，一个人走在城市的街巷里，身边匆匆行人如过客般你来我往，熙熙攘攘。若真有哪位陌生人朝我微笑，我的第一反应必然是心存戒备和不安，然后远远躲开。哪里还有三婆和卖豆腐的男人之间心无芥蒂的敞亮和通透？

离开家的那晚，落雨了。我躺在老屋的土炕上，炕的另一头，劳累了一天的母亲早已安睡。她的呼吸声和雨声一起敲打在我心头，一滴一滴，一声一声，似岁月落下的宁静与孤独。

秋 分

“故园应露白，凉夜又秋分。月皎空山静，天青一雁闻。”说的是秋分时的物象。此时，过了白露，门前的柳树在慢慢变色，间或有黄叶落下，划出一条条很美的弧线；街巷里，偶尔响起卖秋菜老农的声音，即使隔着老远的距离也能听得见响亮的叫卖声：“新鲜的白菜、萝卜、雪里蕻，便宜卖喽！”早晚，人们走在路上，瑟缩着脖子，见熟人叮嘱说：“节气真是准啊，说冷就冷了，得添件厚衣裳了。”

秋分时，天空湛蓝的，如洗过的绸缎，不时有洁白的云朵闲散游走，荡来荡去。我喜欢读云，但春天的云朵太匆促，转瞬即逝；夏天的云朵太磅礴，黑云压城城欲摧；冬天的云朵和阴霾一起，灰蒙蒙的，看不见天日。而秋分时就不一样了，天高高的，云淡淡的，在云下行走，有一种隐士的散淡和心无挂碍的悠闲。那一朵朵的白云哟，就像地上的羊群，缓慢走着，一日一日，老在回家的路上。

在北方，秋分时，田野里的玉米棒子已成熟，外皮开始枯黄，不像嫩着的时候那么翠绿、紧致，开始歪扭、下垂，有的皮儿已经半干。玉米须也变得褐黄干枯，顶上的天穗儿多数已憔悴、蜷曲；地边的向日葵，耷拉下沉甸甸的花盘，叶子大已枯败，只剩下瘦高的枯秆；最早入秋的黄豆，叶子浅绿浅黄交叉，一嘟噜饱满殷实的豆荚挂在棵子上，分外惹眼。

菜园子里，仍有汪洋恣肆地生长。比如，架上的秋豆角仍在开花，引来蝴蝶翩飞；萝卜缨子翠绿茂盛，覆满了菜畦；白菜和甘蓝，白生生、绿莹莹的，挺着丰满肥硕的身姿；一沟沟儿的大葱叶子朝天刺着，绿中挂了霜白；土豆都收了，地里剩下一片凌乱的秋草；红薯地里，蔓子爬满了田埂，密得下不去脚儿；地头的洋姜花，在风中摇摆，金黄灿烂，明媚着人眼……这秋分，自有让人一往情深的一面。

凉气布满的秋分，在渐渐矮下去的草丛中，能看见少许花儿仍在迎风盛开着。比如淡黄的野菊，在山坡上、地垄边、公园里兀自开着，开得安静，开得素雅，像我早年身居乡下时早晨起来找寻的梦境；藤蔓上垂挂的牵牛花，紫红的、靛蓝的一朵、两朵，明丽着，染了凉秋的浅淡；最热烈的是扫帚眉，粉粉白白、密密匝匝的，在秋风中摇曳生姿……

我所在的学院位于秦岭脚下的高新区，很僻静，远离城市的喧嚣和热闹，课间穿梭于办公楼和教学楼之间的走廊时，透过玻璃窗可以看见东边白色镂空的风景墙被一棵棵樱花树隔成一片绿的海洋，一群群叽叽喳喳的鸟儿在枝头飞来飞去，清脆地鸣叫着。不远处，就是乡间小路了，挨着小路成片的平整土地都被征用过了，偶尔有一块块的玉米田像个布兜兜一样一层又一层散落在蜿蜒而上的梯田里。

那日，适逢周三，因系里晚上要开展学生主题班会，下班后没有按时回家，和同事在食堂里一起吃了饭，看时间尚早，便相约出了南门，绕过淡家村，拐到半坡上的一片玉米田时，三两村妇正在地里忙着割豆子，高出头的沉甸甸的玉米秆遮掩了她们的身影。只走了一会儿，黄昏已在眼前落下，一抹夕阳挂在天边，燃烧着，连秋日的大地也被熏染成一片金黄色。有秋风从耳边吹过，送来男子高亢绵长的信天游调子，好一幅美丽的乡间秋韵图！

秋分夜，夜凉如水。收拾完琐碎后，静坐桌前，头顶的月光，薄薄地覆盖着安静的小城。窗外，一撮撮缠绕在芭蕉树粗壮的枝干和叶面间的牵牛花在路灯的闪烁下，幽幽地泛着清光一片。同样的，一些想象，会不自觉地驾着云儿，骑上月牙，吹着笛子，陪着人兀自沉醉。清寡沉闷时，打开电脑，与友人聊天。友人说，趁着秋色回家探亲，老爷子不再寂寞。因为秋分的乡下，除了寻花问蕊的蜂蝶，玉米地里蚂蚱在跳，蛐蛐儿在叫，地蝲蛄们一边躲在密密的灌木丛里偷欢，一边发出持续而低沉的欢叫……这种从早到晚此起彼伏的清唱，可以陪着老爷子安然入眠。这不，一场秋雨后，老爷子又开始在院子里种菜了，一垄白菜、一行秋菜、几窝萝卜，错落有致，眉清目楚；秋阳高照时，又给墙角那棵老杏树修剪了枝，在屋檐下，晒满了花生，花生是苇河边上的沙土地里收回来的，有二三十斤，足够全家人过年炒着吃了……

友人缓缓说与我听，说到岁月深处某些柔软的情思瞬间漫上我的心头。我的老父亲何尝不是如此呢？他老人家已年过古稀，却依旧不惧艰辛、不畏苦难地将繁复细碎的日子过成一粒又一粒种子，在春天播种，秋天收获。他用一个庄稼汉践行了七十载的朴实心意，一年一年，将秋分的天空，亦把我心里的天空擦拭得干净透亮。很多年后，我终于懂得，父亲沉默而隐忍的爱，从春天启程，与草木与谷物一起，在大地之上不厌其烦地繁盛着，也枯萎着，就像秋分的某种心意，从真诚到热烈，再从热烈到清淡，直到下一个凝露为霜时节，又一个季节的生命便开始悄悄孕育了。

霜 降

一

记忆里，霜色白净，且有几分清寒，几分 “月落乌啼霜满天”的诗意。

那就诗意一回吧，念几句“秋夜阒然，天地冷清，一钩残月挂树梢”。

再寻觅一下“人迹板桥霜”。

哦，那板桥，属于南方，落霜时，遮住了板桥，人迹却无。

我在北方，霜色多见，落在苍黑色的瓦片上，薄薄的，像撒了一层盐末。

二

霜降时，婆开始忙碌。

她将屋檐下散落的坛子、罐子收拾干净，开始腌菜。

萝卜、白菜、雪里蕻，抑或从墙角干瘪的枝蔓上剥下来的青椒和豆角，都是最好的主料。

这些不起眼的乡村植物，被撒上盐、花椒、生姜、香粉后，睡在坛子罐子里。

等它们睡醒时，乡下漫长寂寥的冬天会陡然活色生香起来。

三

地里的庄稼收回来了，园里的苹果收回来了，田野深处，一望无际地开阔。

五爷劳作惯了，他每天都要到地里走走，看埋在土里的麦种子如何睁开眼睛，探出头来，露出两片幼芽。

五爷的心意，秋风知，秋雨怎会不知？不出几日，一层薄薄的嫩绿，便会爬满厚厚的黄土。

五爷坐在地头，点上一锅烟，喜滋滋地吃了起来。他满足了，有苗不愁长。来年，守望开镰，多么惢意的事！

你听，田野深处，五爷咧开嘴，一串秦腔吊子，铿锵而遥远。

四

去年的霜降日，有风，有雨，有秋声。

我蜷缩在尘嚣翻滚的街道里，开始想念儿时的院落。

院子很窄，落一场深秋雨，无人打扰的墙角，便长出几撮冉冉草、几片小麦芽。月光，阳光，洒在上面；一场风，一场雨，落在上面，翠生生的，惹人眼。

我每次清扫院子，总舍不得拔掉它，仿若从那细碎的小草身上，能瞅见一碗米一碗水长大的自己。

五

丙申年的霜降，小城微雨，阴寒，浓雾漫天。我拨通了在乡下佝偻一生的父亲的电话，他去了塬下的坡地。那片坡地，新式的收割机、播种机进不去，弟弟早已放弃耕种。暑假回乡下，随父亲一起，扛着旧式的铁锹、镢头，侍弄平整。

父亲一边整理一边说，荒着多可惜，不如撒几垄菜籽，待寒露前，再撒几垄麦子，几垄菠菜，能睡个踏实觉。

霜色无边，挡不住菜苗、麦苗的盈盈翠绿。我可以想象，锄禾而归的父亲身上一定有草木的尘香。如往常一样，父亲从肩膀上卸下锄头，进了后院的柴棚，轻轻擦拭和磨砺沾满泥土的锄头。暮霭沉沉，他的身子贴着地缝儿，越来越低，越来越矮。

立　冬

日历翻到今天，竖看是墙上的一页纸，横看是季节的门槛，站上去，一脚西风缠绵，一脚北风凛冽，后脚轻暖，前脚微寒。

不用说，这是立冬的第一个夜晚，悄然寂静，清冷悠长。没有人声，只有风扑打在门窗和玻璃上的声音，像一些旧时歌谣，熟稔得一张嘴便从唇边滑落。

与母亲一起躺在热炕上，有白月光从窗外破入，静卧在鞋尖上，静得像河边上的白沙或者泛着青色的蝉翼，更像从风中传来的时断时续、若有若无的犬吠。

立冬日，教书的五爷准会在课堂上说教我们："娃们，知道什么叫立冬吗？立为开始，冬乃季节。立冬之后，草木凋零，蛰虫休眠，万物收藏。"

他文绉绉地说着，我们摇头晃脑地念着，却并不大懂得其中的含义。

后来，懂事了，站在季节的关节处，无处可遁，就像人一落地，就要长大；就像情窦初开，就要爱情。此时任你站在哪里，都只是衣袂舞动，宛如立在水和风的中央。

有时会落第一场冬雨，雨后，竟有少许小雏菊的花蕾从麦草垛旁边或者牛粪堆里探出头，像人的心思，割不完斩不断。遇上日光晴好时，那黄的紫的花儿，不合时宜地凌寒而放，独自开在院子里向阳的墙角。

那时，婆会唱些慢歌，声音喑哑，就像她颤颤巍巍走路；断断续续，就像她打鼾。不知道她是唱那秋暖冬寒，还是唱这昼短夜长。儿女都有了家，孙儿孙女渐次长大，到了她这般年纪，该不会再牵挂什么，牵念谁人。也许她唱自己的寂寞和沧桑，也许她用唱歌来缓解那些难以根治的牙疼。

我母亲也唱，声音清灵，就像筷子在碗沿轻敲。婆只在天黑点灯时哼唱，而母亲做饭、洗衣、扫院时，她都会低声浅唱，她会随时随地想起我们。立春莺飞草长，立冬风冷雪白，她在灯影里缝缝补补，歌声散落在微黄的油灯里，微弱的，像纳鞋的细针，也会隔着时间和空间，把心头扎得生疼。

其实，记忆深处，“立冬”一词，更多是在母亲千万遍的絮叨和叮咛中变得深刻和清晰起来。那个时候，立冬对于贫者、老者、弱者、病者实在是一个愁肠百结的节气。一冬之食待储，一冬之衣待添。母亲和所有清贫人家一样，也对这个节气充满了胆怯和幽怨，她会想尽法子让我的身子骨不会在严寒和霜冻中受半点儿委屈，故而整个冬天里，总有崭新的棉衣、棉裤、棉袜子、棉手套、棉围脖裹得我像个小狗熊一样只露出两只眼睛。

很多年后，我成家了，母亲还是会在立冬前打来电话，叮嘱我，暖气前的这段日子，就别盖城里买的花花绿绿的被子了，光是个好看，盖在身上轻飘飘的，哪如她给我们缝的棉花被子，厚实、御寒。

这是母亲的心意，在次第而来的漫漫冬日，这份心意会一日日深重，一日日暖心。回头看看我床上的被子，还是又轻又薄的太空棉被。母亲缝好的被子，依然被压在床下的收纳箱里，就像母亲的心意，被我忽略了，沉沉压在别处一般。

可从什么时候开始忽略母亲的心意呢？记得那些住瓦屋、还房贷的日子，以及过自立清贫的日子里，可不是这样的。那些日子，立冬了，阴冷和萧瑟，会一寸寸吞噬我单薄的身子。每日，拖着疲惫忙碌的步子，回到寒风四起的平房里，烧暖气的锅炉和我只有一墙之隔，我却只能眼巴巴地看着。窗外，呼呼的寒风，将我很快赶到床上，一家三口紧紧相拥在一起，盖上母亲的嘱托和叮咛，我会一夜安眠。

后来，住新楼了，换了簇新的大床，母亲缝的大红绸缎的棉花被子显得窄小又俗气，和我洁白的墙面、崭新的柜子的确有些不搭调。于是，我买了很洋气的被子，似乎那多彩的花儿、时尚的被角，让新家的味道多了几分温馨、浪漫和婉约。而母亲缝好的棉花被悄悄退到床下一角，落了一层尘。母亲才不理会这些，来暖气的前几日，她总要及时提醒我，七楼一定很冷，买的被子轻薄，哪里禁得起寒气侵入，还是把家里缝的被子取出来盖上几日，等放暖气了，再收起来，也行的。

我一边满口答应，一边心里思量着，该抽空回去给母亲缝两床新棉被了。她和父亲的被子，一遍遍拆洗，不用说，棉絮一定旧了，硬邦邦的，像口沉重的铁锅扣在身上。而我的母亲正在老去，眼睛也花了，做针线之类的细活儿，都不如以前那般轻松自如了，这缝被子的活计，真的不能再做了。嗯，一定要赶在那些小寒、大寒的节气到来之前，就像当年的母亲一样，在老屋的院子里，铺一张旧席子，将棉被平平展展地摊开来。我时而坐着，时而跪下，将一针一线，甚至，连满院子的阳光都缝了进去。

小　雪

节气真准，小雪一到，空气里的寒气立刻重了。午饭后，一个人坐在电脑旁，鼠标胡乱点着，青白的屏幕上，东北的雪纷纷扬扬地罩了一地。

我喜欢那一片苍茫洁白的世界，只是我身居西北，小雪时的雪，像戏里的青衣，密集的锣鼓点响了又响，才犹抱琵琶半遮面一般登了场，轻飘几下后，风一样散去了，故而大地之上，更多是荒芜和萧条，如路边和草丛里一层层、一堆堆枯萎的黄叶，或平铺，或蜷缩，渲染着一地的落寞和苍凉。

“小雪收葱，不收就空；萝卜白菜，收藏窖中”，这是我对节气小雪最初的记忆。那时，适逢天气晴好，乡亲们去自留地将萝卜白菜收回来，顺着院墙一溜摆开，吹吹风，去掉多余的水分，然后熬一锅调料水，倒进坛子里，白菜破成片一层一层放进去，密封好，过一阵后，酸白菜味道就从厨房溢出来了。剩下的，不储藏会烂掉的。记得老屋的院子里有一口土窖，是储藏白菜最好的地方，有一年连着下雨，冲塌了土窑，父亲只能在后院向阳的南墙处挖个坑，白菜用一张木板盖住，上面铺上一层厚厚的玉米秆，罩上塑料纸盖上土。整个冬天里，除了早晚离不了的酸白菜外，还能隔三岔五吃上母亲做的白菜粉条炖土豆，至于墙角儿那些拧成一捆一捆的“鸡腿葱”，早培好了黄土，差不多能吃到来年初春呢。

萝卜的做法很多。相比而言，我比较喜欢吃腌萝卜，婆和母亲腌制时放了生姜、花椒和大料之类，脆生生的，爽口之极，舌尖生香。后来，离开家乡了，我更加怀念和留恋它。

小雪时，小孩子最喜欢在麦场里玩儿。麦场里，一堆堆干枯的玉米秆将家家户户的麦秸和柴草围了一圈又一圈，那些似蘑菇一般的麦草垛被做饭的女人掏出一个个洞眼，钻在里面又挡风又挡雪的，很暖和。若是幸运，会有意外发现呢，比如柴草垛里会留下麻雀过冬时用嘴巴衔来的山野果，抑或还有一堆小小的、圆乎乎的鸟蛋等着我们。伙伴们捉迷藏嬉闹着，玩儿累了，靠着麦秸窝一躺，那感觉，仿若躺进宫殿一样的滋润和快活呢！

其实，小雪天，还可以吃到二姨做的汆酸菜。打我记事起，她家日子过得比较殷实，有钱买好一些的作料，那汆酸菜做得细腻又精致。比如第一步，五花肉焊七八分熟，切厚片；第二步，酸菜切丝，攥干水分；第三步，锅内热油，放葱段姜片，花椒大料，煸香；最后一步，加酸菜丝，加老汤，入五花肉，大火烧制，满屋浓香，等出锅时放几块血肠，更馋人了。

若雪落得大一些，厚一些，原野深处，那可真是一本广袤洁白的书。可以用枯枝写字、画画，写雪花、梦想和憧憬；画山水、人物和远去的秋天；当然了，亦可偷偷写一个人的名字，写我爱你，那是青春韶华里最美最浪漫的回忆。可毕竟是小雪节气，最多一个白天或者夜晚，很快就停了，但气温依然很低，低到屋檐上，隐隐一层雪，白白的，足以照亮陈旧灰暗的老屋。屋外，窗台的坛坛罐罐上也擎着薄薄一坨雪，圆润着、安静着，和炕头絮絮叨叨的陈年故事一起，成为岁月深处一幅简约朴实而又温暖的画卷。

小雪夜，在一本书里或者一幅画里，听雪，看雪，隔着书页和水墨的雪，才是小雪最初的模样。那些雪，一朵一朵，一字一句，坐在书写者和描摹者的怀里，缓缓说给自己与他人听。雪听久了，人会诗意起来。诗意到会像老树那样，让茅屋长成一朵圆润的蘑菇，给枯藤添几笔诗意的白描；亦会像那个张岱，独坐湖心亭，看雪，也听雪，听裹着寒风的雪，云水浩渺，天地清白，清白得连心似乎都要被掏空了，只有一湖，一人，一亭，淹没在风雪之中，不光我走不进去，连一片叶子，一粒尘埃，也钻不进去吧？当然，亦可读那篇《岁朝清供》：“曾见一幅旧画：一间茅屋，一个老者手捧一个瓦罐，内插梅花一枝……”很多次，读到这里，总会莞尔和感慨。转身回看，桌上的台历越撕越薄，日子越走越远，这一年，又将尽了。

冬　至

一

昨夜入睡前，东北的朋友告诉我，那里在落雪，天地白净。

我是喜欢雪的，尤其是冬至前后，落一场雪，年就近了，春天就近了。何况，我生养在北方，冬天里不落几场雪，便觉得徒有虚名似的，也不完美。还有就是喜欢文字的人，读过那些雪夜造访的故事，心里难免幻想起来。比如，在落雪的时候，蜷缩在某个角落里，远一些的，听“夜深知雪重，时闻折竹声”；近一些的，听一听“柴门闻犬吠，风雪夜归人”，似乎那苍凉凝远的气息，会在不经意间，裹满人的身心。

想归想，2019 年的第二场雪终究没有来，倒是那些不是常绿植物的叶子基本落尽了，光秃秃的枝枝杈杈，粗粝着、嶙峋着，歪歪斜斜地伸向天空，将时光的缓慢记忆和年轮的沧桑斑驳尽情裸露。

小区里，几条主干道两边，风一吹，仍有零星的叶子胡乱飞舞，早起的清洁工将自己捂得严严实实，不停来回打扫，可那风儿似乎总不听使唤，不停来回捣乱。其中，一个身穿蓝色环保服的中老年男子，将从海棠、杜梨、樱花树上落下的枯叶扫成小堆，点燃了，烟气上升，他坐在石阶上吸烟，有些落寞。我经过时，大老远，一股草木灰的味道扑鼻而来，像小时候炊烟的味道，吸进去几口，竟不觉呛人，反倒觉有几分亲切感。

亦有江南的朋友说，冬至的江南湿冷，一股寒风从江面吹进各个巷落。他说，这几年，难得江南也有了四季分明的时候，他喜欢这疏朗的季节，也喜欢将自己包裹在这凛冽的气息里，打发一个人伏案读书写作的寂静时光。友人喜欢散步，一个小时前他散步时，对着枯瘦的江面出神，一时恍惚，才觉落雪了。一队队商船，东来西往，大雪之夜，一盏盏渔火，仿佛是流动的街灯，穿过寒夜……

朋友淡淡说着，我慢慢听来，仿若真有一股雪的清亮与彻骨从屏幕那端爬了过来，而我反倒平静了。或许，在这个冬至过后，在我的城，也会落一场大雪！我告诉他，我的阳台上早已储存了很多过冬的食物，比如，老家磨好的一大袋小麦面，母亲炝好的雪里蕻，腌好的辣酱，还有父亲种的白萝卜和大白菜，整整齐齐地靠在阳台一排椅子上，像码好的书页，足以喂养我整个冬天。

二

想起小时候冬至吃饺子的情形。至于为何要吃，曾问过婆和母亲，她们也不知，但总是将那句“冬至饺子夏至面”当圣旨一般挂在嘴上念叨。直到上学了，老师讲到这种习俗是为纪念“医圣”张仲景冬至舍药留下的。相传张仲景从长沙辞官返乡时，正值冬季，他看到河南家乡的乡亲面黄肌瘦，饥寒交迫，不少人的耳朵都冻烂了，差弟子在南阳东关搭起医棚，支起大锅，把羊肉和驱寒药材放在锅里熬煮后捞出来切碎，包成耳朵样的“娇耳”，煮熟后连汤水一起分给来求药的人，冻伤的耳朵过了几日便好了。后来，人们学着医圣制作的“娇耳”，包成食物，称作“饺子”，感谢医圣之恩。

我依然记得母亲最早包饺子的情形。早饭后，她裹着臃肿的棉衣，头戴果绿的围巾在厨房里忙碌着，案板上的白色瓷盆里，脆生生的萝卜丁，滑润润的粉条，软绵绵的豆腐块，红是红，绿是绿，白是白，馋得人直流口水。

最喜欢看母亲包饺子的姿态。一小团面疙瘩，一条很短的擀面杖，在母亲两只手里很是灵巧地来回碾一圈，那圆圆的、薄薄的饺子皮就匀称地平摊在案板上了，然后，母亲把一大勺调好的饺子馅塞满里面，捏紧，一只只圆鼓鼓的饺子整整齐齐排列起来，像一弯清秀玉润的月牙。

饺子包完了，母亲给锅里添上水，反身坐在灶台下，拿出火柴轻轻一擦，点燃引火用的软麦秆放进灶膛的风口，填上玉米秆或其他柴草，用嘴巴吹几下，风箱来来回拉动中，红红的火苗噼里啪啦跳跃着，映得母亲满脸通红，一丝丝的炊烟穿过锅灶，顺着烟囱逸向空中，一股萝卜饺子的清香从锅盖的缝隙里溢出来。

吃到饺子的感觉是幸福而美好的。那个时候，乡下人的一日三餐总是简单清苦，平日里，只有麦收前后，舅婆送端午，亲戚串门或者旧历年时，母亲才会在厨房里花些心思和工夫，做一顿臊子面，烙几张煎饼，或者烹一锅烩菜，炒两盘肉菜，招待亲戚，我们顺便也能跟着打个牙祭。至于吃饺子的机会则少得可怜，故而对冬至的饺子是充满向往和期待的，就算日子过得再苦，母亲总不忘在冬至时想法儿包上一顿饺子。“宁穷一年，不穷一节”是从母亲嘴里说出来的，我深知，那一只只胖嘟嘟的饺子在锅里翻滚，像极了母亲对贫瘠日子满怀的蓬勃希望。

三

在乡下，数九寒冬是从冬至开始的。这一天，白日最短，夜晚最长，北风最冽，把天空萧杀得昏昏沉沉，偶尔几只喜鹊在枝头和屋檐下叽叽喳喳叫着，不等靠近，便呼啦一下扑棱着翅膀飞走了。早饭后，我爷和三爷靠在南墙的玉米秆旁晒太阳，风一阵接着一阵吹，吹得脸蛋、耳朵和手生疼。他俩相互打趣地说：“看着太阳出来了，咋这么冷，这风吹到脸上，像鬼扇耳光。”晒了一会儿，抽了一杆旱烟，又朝地里走去，田野深处，也冷冰冰、空荡荡的，只有麦子和油菜紧紧搂抱着大地，不声不响地沉睡着……

冬至夜是安静的，也是温暖的。若是一个人在村子里行走，从一些人家窗户的缝隙里，准会传来唠嗑声、嬉闹声或者鼾声。最响亮的是巧儿家，她和我同岁，她家辈分高，我得唤她三姑。不用说，她两个姐姐正在给她织棉手套和袜子，花花绿绿的毛线，构成一朵梅花，连五个手指头都织出来，戴在手上漂亮又暖和。不像我和大多数伙伴，只有母亲缝的棉布袖筒，写字时，手腕暖和了，手指头裸露在外，被冻肿后像发酵的面团，又疼又痒，只待夜晚，早早钻进热炕上，揉着搓着，头一歪，进入梦乡。

我爷当然睡不着了，他将我们拽过去，一遍遍念叨关于冬至的话题。比如“一九二九不出手，三九四九冰上走，五九六九看河柳，七九八九燕归来”等等，好多呢，记不全了。成人后，时而想起，眼前总会浮现屋檐下的冰条，窗前的飞雪，饺子的馋香，以及缩在袖筒里通红的手，一瞬间，心莫名的温暖和怅然。

如今，很多年过去了，冬至之于乡下，似乎只和崭新、独院、寒冷、空旷、老人、孩子、孤独、忧郁、衰老联系在一起。比如昨夜，我正在码字，母亲发来视频，叮嘱今儿冬至，一定要吃萝卜饺子，图个顺当。

其实，不用母亲叮嘱，我也会这样做，这古老而淳朴的节气，淳朴的愿望，又怎能被忽略呢？问及母亲和父亲身体可好，答曰：“好着呢，别挂念。”然后，母亲的话题就转入我们村子及周边村子的老人了，“太冷了，身体弱、年纪大的，总熬不过冬天，已经相继走了两个。”村子里很热闹，戏台、唢呐，一声一声像要把村子掀翻了，只是，仅仅过了几日，披麻戴孝的儿女亲戚呼啦一下又全走了，村子又空落落起来。

母亲当然说的是我出生的村子，早已旧貌换了新颜，可是，却再也留不住年轻人了。每到冬天，似乎只有风声、雨声和鸟雀声，围着村子不离不弃。同样的，这冬至过后，我可以想象到，麦田里又多了两座坟，簇新的黄土围得又圆又尖，像空碗朝天，寒冷坚硬。

小　寒

在我的家乡关中地区，小寒似乎是严冬的一个分水岭。这个节气一到，真正的冬天就开始了。这种感觉从我幼小的时候就有了。那个时候，小寒夜北风肆虐，刮得窗棂呼啦啦响，父亲从砖窑归来，满脸通红，一身寒气。他一进门，两只手不停地搓着耳朵，或是脱了鞋子赶紧钻进热炕上，前胸后背烙上一会儿，才暖和过来，眉头也渐渐舒展了。

许是身体瘦小羸弱的缘故吧，起初，我并不大喜欢这样的天气，总觉得那份脆生生的、嘎巴嘎巴的冷实在令人难以承受。尽管母亲给我的棉衣缝得格外厚实，可只要出门上学，猎猎的寒风直往人的骨缝儿里钻，脸上更觉似刀子在刮。某日，我在作文本里写道："我是严寒里的一株稻草。"老师当作范文在读，可她哪里知道我内心填满的畏惧和无奈呢？

小寒时，大地沉睡着，将所有的秘密都藏了起来，只有夏天的麦子，秋天的苞谷，以及一些杂粮，被统统装进口袋，放进粮仓，父辈们看着它们，心是安稳的。女人们把玉米秸秆码起来，把稻草码起来，前院后院，小山一样的柴草垛，挡着四处刮来的寒风，即便住在低矮陈旧的土屋里，也觉温暖很多。

这时，乡亲们会真正赋闲下来，农具自然被一一安妥搁置起来。诸如门背后的锄头镰刀，找出来用磨石磨亮，挂在仓房的墙上，像一幅凸凹的陈年壁画；犁铧要先用煤油清洗除锈的，然后上紧螺丝，涂上黄油，用苫单盖好；使松的镐头，用斧头夹上木塞，使其严紧；镇压的老石磙，用清水刷一刷，放到角落里。我爷后半夜里起来，须给耕牛添一捆稻草，冬天要长膘的，它们是我爷的命根子和老朋友，劳累大半年，也要休养生息的。

天冷得不像话，一起冬藏的，还有从地里收回来的冬菜。记得住老庄子的时候，家家户户都会在院子向阳的角落里挖个菜窖。菜窖里搭上木架子，把大白菜一层层摆好，隔些日子倒腾一下，防止腐烂。墙角的土里，埋上大萝卜和胡萝卜，它们不糠，水分足。我婆过日子更仔细，她老人家将深秋时窗台上晒的豆角干、萝卜干、茄子片和煮熟晒干的菜籽苗都装在粗纹布袋里，挂在仓房的墙上，可以炖汤菜吃，皆是乡下人的美味。

我二伯家条件好，碰上镇子里有集了，提两块猪头肉回来，隔着墙头喊父亲过去，于滚烫的火炉上煨二两高粱白，差二娘切一盘萝卜块，几片酸菜心，猪肉炖粉条，热气缭绕，香气四溢，酒未进肚，人已有三分醉意了。

我小妗子（舅妈）是四川人，乡下人的日子好起来后，每到小寒，她都会做腊肉的。腊肉要买五花肉，揉粗盐、白糖少许，用白酒泡茴香、八角、五香粉等，入味，放置一夜，再用老抽上色，即可放阴凉处阴干。做焖饭时，切几片腊肉，开锅，满屋浓香。还可腊肉炒西芹，绝对是小妗子的拿手菜。

数九寒天，若落一场雪，村子更安静了。热炕上，花猫慵懒，整日蜷缩着睡大觉；妇女们盘腿坐着说家长里短，走针纳线，做棉衣、棉鞋、棉手套；男人大多蜗居着，收了锋芒，养精蓄锐，等雪莱诗句里不远的春天。

小寒天，日历被撕得越来越薄，一年将尽，腊八抬脚便到了。你瞧，天刚麻亮，勤快的女人们早早起床，来到厨房，煮一锅腊八粥，揭开锅盖的瞬间，一股子玉米、黄豆、胡萝卜、豆腐的清香从厨房里满满溢出来，然后才喊了一家老小起来吃。门口的土堆上，男人端着老碗蹲在上面，一边扯着嗓子闲侃，一边吸溜着往嘴里送，吃得酣畅淋漓。我们小孩子围坐一团，相互瞅着谁碗里的豆子多，谁碗里的萝卜丁切得方正，争辩声、欢笑声顺着村子传得老远。

若干年后，我爱上文字，亦会翻一些与节气时令有关的古书。书里的小寒，大多唳雪寒鸦，苍凉孤寂。不过，亦有豁达之士，日子虽清苦，却不缺风雅。如明代刘侗、于奕正的《帝京景物略》里载有对小寒的描摹："冬至日画素梅一枝，为瓣八十一，日染一瓣，至瓣尽而九九出，则春深矣。名曰《九九消寒图》。"亦有写字的，九个繁体字"亭前垂柳珍重待东风"，每个字皆是九画，描红一样，日描一笔，描完，便真的是春天快来了。

第二章
草木尘香

十六岁那年，我离开生养我的这块土地。我依然会记得，在那些青黄不接的日子里，将我饥饿的身体填饱并喂养我平安长大的，是这一株株茂盛、善良而温存的植物，后来它们逐渐远离了我。很多年后，当我回到故乡，看到我的父辈们依旧安心地与它们肌肤相亲，耳鬓厮磨，我终于懂得：这里的每一株草木，一遍遍在记忆深处不断擦拭我的笔尖，让我虔诚地接纳它们带给我与故乡的告白书。

桐花如常开

在乡下，谷雨前后是桐花开得最繁盛的时候。

婆是不大喜欢桐树的，说这树种木质疏松，且是空心的，做不得盖房用的大梁，最多谁家娶媳妇用来做一炕柜或者箱子什么的，是贱树，不值钱，没什么大用场。当然了，还有一个原因那就是她娘家往上数好几辈都是穷苦人家，她爹娘死的时候，被装进一口薄薄的桐木棺材里，草草埋进了村里的公坟。还没过三年，一场场大雨把坟地冲出好几个大坑，其中一个坑正在爹娘坟的位置上，等他们几个儿女赶到时，棺材已经开裂，里面一堆白骨，瘆人得很。从那时候起，婆就暗暗想，自己若有一天离开人世了，一定不要被塞进桐木棺材里，最好是松木质地的，结实耐用。

其实，婆也就想想而已。她原是知道的，村子里大多数寻常人家的日子过得清汤寡水，多数老人们在闭眼蹬腿之后，儿孙们随意砍掉院子里一棵泡桐，锯成三寸左右薄厚的板子来打一口棺材，似乎一直如此。于婆而言，她所上心和欢喜的，是那一树树生长茂盛的泡桐，在夏天来临的时候，枝枝杈杈上缀满了绿油油的叶子，将简陋陈旧的院子罩成一片新绿盎然的模样。她可以带着孙儿们坐在阴凉下，打发一段很长的炎炎夏日。

待我背着书包上学了，在书本里看到春天或夏天里，在城市的公园、马路或者街头，栽满了那么多姹紫嫣红的、妖娆名贵的花草和树木。可我的小乡村里，陪伴我的，除了杏树、桃树、梨树、石榴树之外，剩下的，大抵只有槐树和桐树尚且还能开花。书本里的牡丹、海棠、月季、樱花、梅花等，我只能任意想象它们一树树走进我的梦里，从嫣红开到荼蘼的模样。

有一回，婆坐在院子里的桐树下做针线活儿，树上的桐花开得正肥硕、丰满，可她只顾低头专注地一针一线纳鞋底，丝毫不理会满树的桐花。我从她身上、发梢上拿下一两朵落下的桐花，问："婆呀，书上那么多好看的花树，村子里为啥不栽些？"婆头也不抬，随口说："丫儿，那些花树太娇气，得施肥、浇水，还得雇人修剪，费人又费钱的，养不起。咱庄户人家的院子里，就适合栽一些容易成活的、不用精心伺候的树，开不开花的，不打紧。再说了，那些空地，空着也是空着，随便种些什么，长几片绿叶，全当遮遮日头吧。"婆说完上面的话，又顺便指着灶房外檐下的一棵桐树给我打比方，"你看咱家这泡桐，像离娘的娃，只要把根在泥土里扎牢了，天上下几滴雨，吹几阵风，都能猛往上蹿，你瞧，这才几年，便会出落成碗口粗细呢。"

后来，小叔的脸上长满了粉刺和痘痘，痒得他两只手胡乱在脸上抓，抓得满脸的血印子。婆用刚飘落的桐花搓揉出汁水来，在小叔脸上一遍遍擦。很神奇，擦了一段时间后，小叔脸上的粉刺和痘痘真的少了许多。婆心满意足地看着小叔渐渐圆润的脸，自言自语说："这泡桐，兴许就这点儿用处了。"

我一年年长大，院子里的桐树一年年变粗。暮春时，桐花都会如常绽放。微小的喇叭状，有些青白，又有些淡紫，一树一树，肩并着肩，说不上绚丽，却是一树一味的朴素，惊惊乍乍地让乡野村落里一段简陋的春光，倾泻而出。

乡间的春天来得晚，去得也晚。五月的风，柔柔的，送来青草和麦子的味道，这一棵又一棵的桐花树，似隐逸了的或者说寂寞了许久的热情，陡然醒了。你瞧，东家屋檐下，西家院墙外，都会伸过来一朵朵桐花，从树梢，从屋顶，争先恐后地开上瓦蓝的天宇。我家的小院，亦是如此。

在我看来，婆还是比较喜欢闻桐花的味道，这种感觉，是我从她老人家的行为举止里感受到的。暮春的午后，婆拾掇好灶房，安顿好孙儿、鸡儿、猫儿、狗儿后，她会珍惜洒落在旧院子的每一寸阳光。她从厢房里端出来一个针线箩筐，取出从少女时就没离开过手的鞋垫、鞋底、枕头套、门帘等针线活儿，坐在桐树下，一针一线忙碌起来。

那个时候，我已略知人间百味，略懂尘世情愫，看着熏暖的阳光一寸一寸地从院子里移走了，而婆依旧安然寂静地坐在桐花树下，直到一抹斜阳一团火似的挂在西边的天空。那一瞬，一丝淡淡的怅然似青烟一般从我眼帘散开。是啊，亘古以来，婆和村子里所有的女人们一样，食粗茶淡饭，穿素衣布鞋，日子寡淡着，清宁着。正如这一朵朵细碎如常的桐花，卑微地跻身于乡野间，寂静而落寞地盛开。

几年后，三叔、四叔相继成家，窄小的旧院塞不下这么多牵绊和缠绕了。先是父亲和母亲第一个在大队隔壁盖了三间大瓦房搬出来了，接着是三叔和四叔，也在为即将落成的新房一片瓦、一块砖、一条檩地各自忙碌着。终于，有一天，旧院只剩下婆和爷，以及刚成家的小叔，往日塞满的嬉笑声、打闹声，陡然少了很多。农活儿空闲时，小婶和村里一帮妇女到隔壁村里的刺绣厂或编织厂做短工，小叔会背起行李跟着别人去省城的建筑工地上打工，一去就是两三个月，偌大的旧院开始变得空荡荡起来。

婆依然有坐在桐树下穿针引线的习惯。只是，她老人家手里的针线活儿从简单厚实的棉衣棉裤变成精巧别致的鞋垫，或者屁股下面的棉布垫之类的手工零活儿。周末，或是学校放假，我们几个孙儿孙女会一起去旧院看婆。那个时候，一定是婆最开心的时候。她老人家咧开嘴巴，眉头舒展，乐得像开了花似的，一边做，一边责怪母亲和婶子说："日子好过了，把女人们都惯懒惰了，平日里只顾着里里外外忙活，动不动就给你们买街上的鞋子穿，好看不禁穿，还捂脚，瞧你们的脚，一个个臭烘烘的，真是遭罪呢！"说完，婆慢慢起身，走到厢房里，从漆黑低矮的柜子里取出事先做好的一双双崭新的鞋垫，一一铺到我们鞋子里，然后，又开始做垫子。那垫子，是用一块块方的、三角的或者斜角的碎花布拼接而成，婆在里面铺了一层薄薄的棉花，让我们带到学校，绑在木凳子上，漂亮又软和，坐着屁股可舒坦呢！

渐渐地，婆在桐花的凋谢和云雀的叫声里一年年老去。她很安于自己的村妇日子，却一个劲儿地告诫我，要好好念书，争取过上城里人的日子，否则，会像她一样，围着锅台转一辈子。那一年的夏天，婆还带着我去了千里之外的二姑家。那几日里，二姑牵着我和婆的手，穿梭在邯郸城一条条繁华喧嚣的街巷、一家家人潮涌动的商场、一片片花草吐艳的公园里……看着眼前这一片琳琅满目、异彩纷呈的新天地，我第一次对城市以及城里人的生活有了非常清晰的概念。内心深处，竟不由自主陡然升腾起一股子强烈的欲望，我要苦读，要跳出农门，要成为城里人。终于有一天，我从村子里走出来了。城里的桐花树极少，即便有也不被人注意。尤其是落雨时，巷子里不知谁家墙头上伸出几枝桐花，怯生生地开。风过，几片桐花，跌落在湿漉漉的水泥地上，被一辆辆车、一双双脚随意碾过和踩踏，先是皱巴巴的，后被碾成一团花泥，很破败的模样。

后来，我爱上读书，爱上写作。我的校园里，唯一一棵桐树也会如期盛开。桐花开时，我从树下走过，心底总有一抹柔柔的亮光，带着一份回忆和念想，让我的脚步慢下来，任一树紫色的花香，沾满衣襟。

这个五月，我又回到老屋，小叔门口的两棵桐树已被砍得只剩靠门房的半边了。只是，我亲爱的婆已不在人世。小叔和我一样，已过不惑之年。小叔说，这桐树长得太茂盛，挡住了路边的电线杆，不得已才砍掉的。砍掉的粗壮枝干，随意被扔在后院的柴棚里，散成一堆。小叔闲下来了，嘴里叼根烟，坐在那里，一枝一杆劈成柴火用。地上，一串串未及凋谢的桐花，斜斜地、懒散地趴着，像父辈们渐渐老去的日子，杂沓、平素和无常。

已近黄昏，我忽而想去婆的坟地看看了，我给小叔打了招呼，一个人径直朝村里的坟地走去。

坟地不远，靠着村子最南边水渠旁的一片空地。我的双脚走在熟悉而亲切的村子里，家家户户顺着后院的土墙边，都会立着几棵高大婆娑的桐树，白色的桐花一簇簇、密密匝匝地怒放，香气浓郁，大老远就熏得人想打几个喷嚏呢。

斜阳下，坟地静悄悄的。一丛丛的杂草和野花肆无忌惮地疯长着，绿汪汪地铺了一地。坟的四周，爬满了一簇簇恣意摊开的迎春树，翠生生的叶子和枝蔓像给坟上盖了一层柔软的被子。婆的坟和爷紧挨着。坟头边，除了两棵长青松柏之外，还有两棵梧桐，一左一右，粗壮如我的手腕。桐树上，几片桐花正灼灼而开。

要说的是，婆已在这里安静睡了五年。如她老人家所愿，她没有睡在桐木做的棺材里，是敦实的松木。

外婆与一株菊的宿命情结

小暑中，燥热难耐，一家人驱车向着秦岭深处觅清凉。路过一片又一片的村庄时，我又看到这满眼熟悉的花儿了。大红色的，一层一层，似菊瓣一样包裹着，颜色从花瓣由外向里越来越艳丽。阳光越炙热，它开得越灿烂。

少不更事时，常听母亲念叨，这花是外婆的最爱，却也是她的忧伤。起初我不大懂得，待渐渐长大后，才知道母亲这样说，是有很多缘由的。

外婆的娘家在东坡的沟底，门前的小苇河流水常年不绝。外婆是家里唯一的女儿，上面有七个哥哥，自然深得太婆太爷和兄长们的宠爱。地里的农活儿很少做，多数时候只待在家里做些诸如纳鞋底、绣枕套、缝衣裳、扫院子的零碎活儿。等饭时了，不用人指派，外婆很自觉地下到厨房给一家人做可口的饭菜，再加上她识得几个字，模样俊俏，嘴巴甜，谁见了都心疼和欢喜。

外婆还有一个喜好——养花。她娘家的院子里，一年四季都有花儿。尤其是夏天的大理菊，从窑洞的窗户下开始，一直顺着墙角平铺过去，一簇簇像燃烧的晚霞，大老远都能闻见香气呢！

后来，外婆嫁给外爷，离开她娘家沟底的几眼破窑洞，离开门前的小苇河，来到体面光鲜又热闹的镇上，同时，也离开了那一院子清香宜人的花儿。

起初，外婆有很多不习惯。首先是门口的汽车声、骡马声，以及赶集人的吵杂声，不绝于耳；其次是每到夏天来临，院子里光秃秃的青石板被晒得滚烫，房顶上落下的太阳明晃晃的，刺得人睁不开眼；最后就是住在镇子上的人家，院落不但拥挤逼仄，树荫也稀稀落落少得可怜，更别说花花草草了。偶尔，后院的猪粪、羊粪、鸡粪臭得熏人。打小在花草和溪水沐浴下的外婆哪里受得了？那一年的初冬，外婆趁着回娘家的间隙，剪了几株大丽菊的枝杈带回来，插在外爷家前院门口仅有的一棵老槐树下，随意用一块塑料布蓬起来。第二年的春天，几场雨后，枝杈发芽、生叶、出条，长得快极了，不久，便热热闹闹地开花了。

外婆对这几株大丽菊很上心，打理得也甚为仔细，修剪、施肥、浇水，一点儿都不马虎。大丽菊不但长得快，连同根系蔓延也快，没过多久，槐树四周的空地上，便一簇簇生满了这种花树。起先是一条根系生出很多枝杈来，之后满地都是。盛夏时分，满院子的大丽菊，或嫣红，或粉白，或绚紫，开得沸沸扬扬，俨然一派生机勃勃的喜人景象。

不久，外婆怀孕了，因为是头胎，比较受优待，下地少了一些。通常收拾完家里的零碎活儿后，她便坐在院子的大丽菊花丛旁做针线，听风声，看月亮，打发一段又一段长长的村妇日子。

头胎生的是大姨，太婆虽然有些失落，但面子上还算过得去。可等生了二姨、三姨，太婆就没那么好说话了，只要看见外婆，脸马上就拉下来足有二尺长。月子前十天，太婆随手将一碗饭放在窗台上，隔着窗子，冷冷地喊一声“吃饭了”。喊完，爱理不理，转身就走。十天过后，外婆吃一口饭，喝一口水，都得自己下厨房了。身体虚弱的外婆也不敢说什么，只好偷偷将泪水往肚子里咽。

屋漏偏逢连阴雨。之后的几年里，外婆又接连生了四姨和母亲，这下厄运来了。太婆自然很生气，开始对外婆指桑骂槐，嘴里说出来的话要多难听有多难听，什么祖坟冒气了，娶了这么个扫把星，就算下一窝子猪也能碰上个带把的。

面对太婆的出口伤人和恶言脏语四溅，外婆只有忍气吞声的份儿，哪里还敢顶嘴一句？那些日子，外婆吞下的泪水比汤饭还要多。每日里，公鸡刚第一声打鸣，太婆便在外婆的窗户外面吆喝开骂，外婆吓得大气也不敢出，提起裤子就出了房门，开始扫院子、做饭、喂猪、洗尿布，一直忙到月亮躲进云层里。听到家家户户关门的咯吱声和满村子的狗叫声，外婆这才想起来，还没有给太婆提尿盆呢！她又赶紧一路小跑到后院，把尿盆提到房门口，不敢进，也不敢走，先怯生生地问一声："娘，尿盆是提进去还是放在门口？"太婆隔着门吼一声："这么冷的天不提进来，你要冻死我老太婆呀，真是蠢！"

春天来了，草木苏醒了。母亲说，她只吃了外婆四个月清汤寡水的奶便开始被太婆塞进用几根木头棍子钉成的木车子里喂白水泡馍了。接下来，太婆开始张罗着，要请田家湾庙里的神婆来家里驱驱晦气，好让外婆早些怀个儿子出来。

一日，一身土黄色长袍的神婆来了。她四处烧香，四处叩拜，嘴里念念有词，满院子折腾后，将缘由归于那一丛大丽菊。她在那一丛大丽菊前转了好几圈，然后眯着眼睛，神色平静地告诉太婆，这大丽菊的血红色过于妖娆，会攀附在女人身上，所以，外婆才生不出来男孩儿。之后，太婆恶狠狠地将院子里所有的大丽菊砍掉了，一个都不留。第二年，外婆果真生了大舅，举家欢喜，太婆铁青的脸终于有了喜色。又过了两年，外婆又有了小舅。两个顶门柱活蹦乱跳，这下子，不用说，外婆大可以抬起头、挺起胸膛做人了。母亲说，那阵子外婆跟换了个人似的，脚步轻快了，腰板伸直了，连说话声音也清脆悦耳。不过，偶尔，外婆清扫院子或坐在院子里歇脚时，会朝着院子里唯一的那棵槐树周围张望，槐树粗壮了，叶子更茂密了，周围光秃秃的，什么都没有。外婆眉间和唇角的怅然只一闪，便消失殆尽了。

此后的几十年里，外婆不提大丽菊一字半句，直到她老人家入了黄土归了天。可我一直在想，在外婆的世界里，一定会有一簇簇的大丽菊，与繁盛的夏日，抵达她的魂魄，怒放至荼蘼。

芦花满天飞

我是在渭水南岸的一角看到这芦苇荡的。一块块、一丛丛的芦苇，在宽阔的水面上，在薄凉的深秋里，摇曳，妩媚。秋风把它的味道吹过来，轻轻痒痒的，却又熟稔的，我想伸出舌头，舔几口。

关于芦苇，两年前我曾经写过一篇小文，是报社的一篇约稿，旨在宣传美丽的小城宝鸡。记得当时我极尽赞美之词，一蹴而就。之后却和它再无交集。

时隔两年，我又站在这里。我的眼眸间，芦苇叶子开始发黄，穗子开始泛白。阳光下，一根根羽毛般轻柔曼妙的芦花漫天飞舞着。这是芦苇最美的季节，也是曾年少轻狂的我和芦苇初相遇的时节。

那一年，我和很多想跳出农门的农村孩子一样，苦苦挣扎在千军万马过独木桥的苦读岁月里。由于体弱，初三的秋天，我跟随叔父去了离家十几里的长命寺初中就读。每个周末下午，背着干粮，骑着家里那辆二八的破旧自行车从家里去学校。其间，须路过长命寺村子边上一片面积很大的水域。那片水域，其实是地壳运动造成的，一夜之间冒出来了。长命寺的老辈们却认为那是上天赐予他们的神水，敬畏得不得了。他们在水边修建了寺庙，逢初一十五烧香拜佛，一点儿都不马虎。有好几回，适逢周末，我骑着自行车路过这里时，一片片诵经声和一缕缕香炉里飘出的味道，远远近近传过来。

那个时候，秋收未尽，田里的玉米秆横七竖八散落着，一片狼藉。

倒是这水边，一杆杆丰润挺拔的芦苇，绿汪汪、翠生生，很是养眼。风来荡荡不止，似招摇着生命繁盛的底气。在瞥见的一瞬间，一身碎花布衫、蓝布长裤的我，喜欢上了它们。

在乡下，秋天似乎很短暂，尤其是一阵疾风劲草后，天陡然冷了，芦苇荡日渐萧瑟和荒芜，待深冬时，这里已是白茫茫一片。一个周末，我再次经过那片孤零零的芦苇荡，我的眼前，高高低低、参差不齐的芦苇顶着被寒霜染过的花絮，轻盈地直往人的怀里钻。那洁白的花絮，衬着瓦蓝的天空，如绵如丝，如梦如幻。我静静站在水边，看它们或贴水，或横斜，或直立；也看它们在天寒地冻和西风怒吼中轻盈如雪。我有几分恍惚，疑惑这瘦弱的身子何以将残败的生命诗意般地托起来，给黑白分明的乡野缔造出这一抹“晚霞红如血，芦花白似霜”的温暖和静美。

很快，冬天过后是春天，春天过后是夏天，芦苇荡开始热闹起来。远远望去，密密匝匝的芦苇，葱葱郁郁，壮实繁茂。风儿一吹，哗啦啦响。而我离中考的日子越来越近，自然不敢过多沉溺其中。

我很羡慕芦苇荡边长大的娃娃们，他们一有空，就成群结队到这水边玩耍。其中男娃娃摸鸟蛋、摸鱼、游泳、扎猛子，女娃娃绕着青青芦苇捉迷藏、听鸟鸣，用芦苇编好看的饰品戴在头上、脖子上、手指上。他们身体里有芦苇青涩的味道，亦有芦花，雪白的，足以敞亮他们的童年。那一年，我十五岁。我的童年没有水，只有褪不掉的日光和尘埃。不过，我经常在晚自习前溜出去，跑到芦苇荡边吹风、纳凉。

乡下的月亮，薄薄的，隐隐的，将芦塘调成孩子们快乐的天堂。水塘旁边的长命寺村罩在一片夕阳晚照里，从家家户户烟囱里飘出的缕缕炊烟里，有玉米秆呛人的味道，亦有玉米粥清甜的香气。队长的小儿子七八岁，一枚硕大的荷叶盖在脸上，光着上身，下身着宽大的裤衩，仰面躺在芦苇遮蔽的空地上。乡野的日光晒，风头吹，浑身上下结实而黝黑。而且，他胆子蛮大的，睡够了，敢捉草丛里扭动的细细草蛇，捉住后缠在脖子或者胳膊上，大声炫耀，呼朋唤友，一副孩子王非他莫属的架势。草蛇当然是北方的蛇，吐着红红的信子，没有毒汁。

在芦塘边，我竟然学会了笨拙地画几笔。一张青白的纸上，差不多全是芦苇的身影，或丰腴，或苗条，像是站在云彩里的女子。后来，这水塘边果然有了一群女人，是长命寺村里干完了地里的农活儿、喂饱了孩子、喂饱了后院的猪和鸡后，暂时清闲下来的妇女们。她们在水塘边编苇席，苇席可以铺炕，可以做房顶子，可以编制成粮囤等。苇席除了自家用以外，还能在周围的集市上卖一些。长命寺村子里出来的苇席柔韧，绵软又结实耐用，方圆二十里，很受欢迎的。

编苇席的妇女多数围成一圈，腿脚麻利，手法娴熟。苇席的编法似乎不难，只需将粗壮些、长势好一点儿的老苇条割下来，劈成条子，晾干。编的时候，用剪刀顺着苇条的纹路刮光捋顺溜后，稍微蘸点儿水，拍几下，就可以编了。做到熟练后，她们几乎可以不看苇席，十个手指只顾上下摆弄，里挑外收，不一会儿，席面上便呈现出那种田字格，或者带波浪线的图案，纵横交错，排布整齐。

编苇席的间隙，也能看出长命寺村子的道道来。比如，那个头梳得油光、抹着雪花膏、身体富态的，一定是队长家的媳妇。她坐在人堆里，高声长调，东家长西家短，唾沫四溅，喋喋不休。那些想巴结队长的，就使劲儿点着头，随声附和，讨好献媚。

我同桌的母亲，便是诸多编苇席的妇女中的一个。多数时候，她总是一个人坐在一边，沉默着，只顾编席。可队长媳妇总看不惯她，经常话赶话地羞辱她。比如，讥笑我同桌的父亲是个药罐子，驾不了车辕，拉不了牛犁，上不了炕头，中看不中用，是个摆设。这些话，随后也会传到我同桌耳朵里，他两个拳头握成一团，脸涨得通红。一日，他终于爆发了，扑上去和队长家大儿子扭在一起厮打。急了，抄起地上的砖头块砸了下去。队长儿子的头上顿时出现一道血口子，白花花的肉朝外翻，学校自然也将我同桌开除了。从那以后，我再也没在芦苇荡见过我同桌的母亲，我同桌也去南方打工了。几年后，他回到村子里，三下五除二扒掉破旧低矮的土坯老屋，原地盖了一座三层小洋楼，红砖青瓦，飞檐高翘，鎏金四射。乔迁日，满村子放鞭炮，唱大戏，摆家宴，一直闹腾到掌灯时分。这是后话。

那年九月，我如愿跳出农门，那片芦苇荡再未见过。之后几年，芦苇荡的水域面积逐年减少。没有了水，塘里的芦苇自然慢慢枯萎死掉了，编苇席的女人纷纷回了家，塘边一片冷寂。享誉四乡八邻的长命寺村苇席，也只能成为人们闲暇时挂在嘴边的念叨和回忆了。

蒲公英的春天

乡下的春天来得晚。已经是三月天了，村子里的槐树和梧桐树上，才慢腾腾地钻出一寸一寸的绿色，倒是那些鸡呀、狗呀、羊呀什么的，迫不及待地从围得结实的圈里探出脑袋，舒展着整个冬天里蜷缩得有些僵硬的腿脚。当然，还有一些人家的屋檐下，燕子欣然归来，叽叽喳喳地在屋檐下叫个不停。

村头的老柳树上，饱满膨胀的柳芽嫩绿绿的，只待一场春雨，自会垂下万千条翠绿的帘子；果园里，粉的桃花，白的梨花，热热闹闹地挤在枝头，绽开笑脸；几棵钻天杨树，也缀满了一指长的、毛茸茸的叶桃，在春风里悠然荡着秋千。

哦，春天来了，和风习习，阳光煦暖，村庄在经历了一个荒芜冗长的冬季之后，渐渐苏醒了。和村庄一起苏醒的，是被青青麦苗覆盖的田野，一望无际地绵延着，起伏着，将春风大把大把地揽进怀里，像极了我的父辈们敞开胸膛侍弄庄稼时流淌出来的那份虔诚与敦厚。

写下上面一段话的时候，我正身居繁华喧嚣的城市，人生已过不惑，乡下离我越来越远，但我依然时常想起在那些贫瘠窘迫的童年时光里，我和伙伴们在广袤的田园里煞费苦心地寻找粗粝简单的童趣。比如说春天来了，顺着长满野草的土坡打滚；夏天来了，摸到小苇河凫水；待冬天时，又一群群围在落雪的柴火堆打雪仗，捉迷藏，直到炊烟四起，母亲和婶子们倚着门楣声声唤归。

其实，在春天里，我最喜欢的莫过于埋没在一簇簇顺地攀爬的蒲公英里。曾经，那一朵朵黄灿灿的花瓣，启蒙过我对数字最初的概念。慢慢长大时，却更贪恋暮春时分在田野深处随着风儿到处飞扬的蒲公英。你瞧，一顶细细的秆，托着圆球状的、洁白的花絮，在春风里摇啊摇。我小心翼翼地把它们摘下来，掬在手心里，对着太阳，对着蓝天，对着云朵，对着清风，用力吹，吹成无数个甜美的梦想，飘向空中，飘向远方。这蒲公英一般的梦想，成为我后来挑灯苦读，想走出去看看外面的世界有多精彩的无穷动力。

后来，我果真从那片村庄走出来了。我走过很多地方，在“一枕暗香听橹声，寻梦无痕到江南”的水乡，在“天苍苍，野茫茫，风吹草低见牛羊”的大草原，亦会见到随风飘摇的蒲公英柔弱而细碎的身影。那一瞬，我总在想，是不是我在小村庄里吹落的那一朵飞絮飘落至此？

每年春天，在校园的草坪上、花坛里、青石板的缝隙间，都能见到很多蒲公英，它们来自何方？我在询问，询问南来的、北往的风儿。风儿告诉我，河东河西，山南水北，云里云外，都有。于是我明白了，原来，这蒲公英一如我，某日，扯断了故乡的衣襟，便有了散落天涯的梦，倾一生，去怀恋，去追逐。

不知从什么时候起，当我在春天回到乡下的时候，田野里，麦子即将起身，绿汪汪的，不见了燕麦，不见了荠菜，不见了胖娃菜，不见了车前子，更不见了拔草的乡亲们吼起的秦腔。父亲说，除草剂真的管用，家里的锄头、铲子再也用不上了，人闲得不踏实，连前街的玉秀婶子想寻一些蒲公英给仓叔看病下药，都得去韩家湾的山岭，或者下到沟壕，才能挖几株回来。“仓叔怎么了？”我问。

“胃癌，没钱治，活不了多久了。”父亲淡淡地说。

“不是有合作医疗报销吗？”

“合作医疗能报销多少？你仓叔的两个儿子在建筑工地干土工，靠力气吃饭，这两年刚盖了新房，又分别供着一个大学生，挣回来的钱像长了腿似的，进来一个，出去两个。再说了，这个病，哪里是咱乡下一般百姓人家生得起、看得起的呢？”

“难不成仓叔就这样等死，他自己知道吗？”我又问父亲。

父亲说，开始不知道，玉秀婶子瞒着。后来，仓叔自己可能觉得难受，不停吆喝，让带他到西安的大医院瞅瞅到底咋了，脾气也越来越坏，动不动在家里摔碗摔碟子。一日，玉秀婶子终于熬不住了，索性扯开嗓子说明白了。仓叔先是愣了几下，然后一个人蹲在墙角，抱着头，抽了几杆闷烟，之后再也不提看病的事了。

父亲又说，人真奇怪，面对大病大灾，反倒想开了，就拿你仓叔来说，以前之所以穷，也是因为懒散，可自从知道自己患了癌症后，一下子变得勤快了，从早到晚在两个儿子的果园里忙活着，除草、打药、套果袋，一点儿都不马虎。而且，隔三岔五去镇上吃碗羊肉泡馍，听戏、喝茶，日子过得有条不紊呢！

春天里，我再次回到乡里，仓叔除胃癌之外，又患上了白血病，瘦骨嶙峋，痛苦不堪。玉秀婶子讨来一个中药方子，和蒲公英有关。我不懂那方子，只听说是用蒲公英作药引子。平日里，玉秀婶子做凉拌蒲公英、蒲公英红豆糯米粥、蒲公英猪肝汤等，不厌其烦地做，希望多少可以缓解仓叔的病痛。

那日，我随母亲去了地里，老远看见玉秀婶子一个人在村子南边的坟地里。母亲说，准是在寻找蒲公英。如今，家家户户都在用除草剂，杂草很少，蒲公英也不多见。为了寻到更多的蒲公英，玉秀婶子几乎踏遍了周围几个村子所有的坟地、沟壕、坡坡岭岭，那些旮旯角落里，没有除草剂，草儿茂盛，一簇簇蒲公英长得更是喜人。她家院子里、窗台上，任何时候进去，都有几撮干瘪的蒲公英晾晒着，连她从人身旁走过时，一股蒲公英的味道，在风中散落。

母亲话一落，我朝坟地望过去。阳光下，玉秀婶子正蹲在荒芜孤寂的坟前，用铲子挖一株蒲公英。她的动作很轻，唯恐伤了蒲公英的叶子、花絮或者根茎。因为下单子的中医大夫交代过，蒲公英全身都能当药用，可不能马虎。而她的脸上，有细密的汗珠滚落，连那一撮湿漉漉的刘海，也从她的额头一直遮蔽到眼睛。我再朝她的笼子望去，几株蒲公英安静睡着，叶子翠绿厚实，茎秆粗壮清透。显然，那形状如伞一般洁白素净的花团，若与平地里的蒲公英相比，开得更肥硕饱满。

故乡的野菜

一

野菜是和春天、和故乡一起苏醒过来的。

惊蛰过后，气候渐暖，天空脱掉了铅灰色的长袍，换了淡蓝的薄衫，连云朵也轻巧起来，流动着，飘逸着，似着了新装的少女。

喜鹊也在村头的白杨树枝头上不停鸣叫着，叫得老人们坐不住了，总想下地走走。他们心头惦记的，是那片初春的田野，这春风十里，阳光煦暖，僵硬了一个冬天的土地一日日酥软，麦苗正在返青，柔柔的，软软的，像绿油油的毯子铺在田野里。

先生爷识文断字，是村里的教书先生（按辈分叫爷，实际上并不老），我们三年级的语文、数学、常识、美术、音乐等，他一个人几乎全包了。这满大地春分荡漾的时候，先生爷正文绉绉地带着我们朗读范文："春天来了，地头沟畔是最早的标志。你瞧，那小草刚露尖尖角，远看淡淡的，走近了，却似有似无。俯下身子仔细看，哦，那在春风中探出脑袋摇曳的，该是蒲公英、荠菜、车前草等，三两片叶子，或鹅黄，或盈绿，深深浅浅，稀稀疏疏，羞怯如少女，没过几日，铺天盖地密密匝匝，满地都是……"他一嘴的醋溜普通话，惹得我虽坐在教室里，眼睛却不停地朝破碎玻璃的窗外看。

放学后，先生爷夹着书从教室出来，他一边走，一边拽拽三娃的衣领或者四牛的书包，大声说：“甭贪玩儿了，到地里挖些野菜回去，让你娘做成菜团，拌上五香料，比啃干馍好吃多了。”

先生爷说得很对。小时候，挖野菜是村里孩子们的一大乐事。放学后，个个小跑着跟在大人屁股后面，臂弯挎着柳条筐，像刚出窝的燕子。年纪小的，大人得一遍遍叮咛，这一株是婆婆丁，那一丛是荠荠菜，旁边带刺的叫马齿苋，叶子偏圆的是酸酸菜……这是乡下孩子人生之初对于大地最早的认知，也是最简单的植物学，最朴素的自然课。老辈们知道，是这些野菜喂养了祖先，使得他们的骨子深处也藏有草木和泥土的品质，比如生生不息、敦厚温良、清新质朴……这些都是必须让后世子孙铭记终生的。

二

在众多的野菜里，最好吃的莫过于荠菜了，属于耐寒植物，喜冰凉，扒着地生长。小时候，和村里伙伴们一起挖荠菜，回来的路上，若是碰上先生爷，准会被挡住去路，对着我们筐子里的荠菜说教一番。诸如，一本正经地问我们：“知道《救荒本草》吗？里面记载荠菜在灾荒之年是代粮充饥之物，贫穷之人视其为宝，要记得善待和珍惜呢。”

过了两日，先生爷再碰上我们时，依然会拷问：“娃们，‘荠生济济，故谓之荠’，谁说的？”

伙伴们你望望我，我看看你，面面相觑，个个哭丧着脸，摇摇头。

“猴崽子，一天就知道贪耍，前日语文课上刚讲的，咋转个身子就忘记了？”先生爷很失望，一边叹气一边摇头，完了又开始谆谆说教起来，“看来，爷还得给你们再讲一遍，这是明代李时珍《本草纲目》里讲的，是说小小荠菜能济世济人济苍生，功莫大焉。”讲完，依然指着我们一个一个问：“记住了没，一锅糊糊子？”

“嗯，嗯，记住了，记住了。”我们连连点头，他这才背着手，转身而去。

这一幕虽然过去很多年了，但我至今难以忘记，并为自己小时贪玩儿不喜读书、孤陋寡闻而感到脸红和羞愧。

先生爷的话不无道理。就拿我家来说，祖辈都是贫农，哪有钱买菜？春天里，母亲下地回来时，顺便会挖一大把长得茂盛的荠菜，择干净后下到锅里，顿时，碗里的白水面条里被几片鲜嫩翠绿的荠菜点缀得美好无比，食欲一下子大增。

荠菜的吃法很多，可以凉拌、煮汤，也可包荠菜饺子、烙荠菜馍、擀荠菜面，这些都是青黄不接的贫瘠岁月里节约粮食的做法，我起初觉得好吃，可吃多了，吃久了，就有些见不得了，甚至好几回，我会看着满碗的荠菜心生厌恶，继而发愁。那个时候，我好想一筷子从碗底挑上来的，是几根长长的白面条啊！

相比之下，我最爱喝荠菜豆腐汤。做法很简单，乡里人做的手工豆腐，切小方块，荠菜洗净、沥水，干香菇泡发、切条。锅中水烧开，放入豆腐、香菇，入雪花盐，轻搅至沸，加荠菜叶，再用小半勺淀粉勾芡，淋几滴芝麻油即好，入口鲜美。难怪宋代大诗人苏轼有诗云：“时绕麦田求野荠，强令僧舍煮山羹。”着实不假。

三

村子里的八爷对婆婆丁（蒲公英）情有独钟，墙角、塄坎、河边、沟壑，随处可见，很容易寻到。其叶子呈齿状，浅绿色，掐断细长的茎后有白色浆水冒出来。口味略苦，可生着蘸酱吃，也可以将水烧开，撒一些盐，再将婆婆丁放进去，略焯，入凉水浸泡，再与辣椒丝、蒜片一起素拌，淋香油，入嘴先有苦味，细咀嚼后，竟有初春般的清新。

每年春天，八爷家的窗台上、房檐台、墙角处，晒了很多婆婆丁。不过，那时我还小，并不知晓婆婆丁的药性，倒是很喜欢挎着篮子唱那句“我是一颗蒲公英的种子”，更喜欢用嘴巴吹婆婆丁生出的花絮，丝丝浅浅的白絮，轻轻地，四下飘散，似要将一个乡下孩子年少的梦想，顺着风，顺着阳光，顺着村子，一路飘，飘到很远的、令我神往的地方。

上初中后，在植物课上，才知道了婆婆丁神奇无比的药性。诸如性味甘，微苦，寒，有利尿、缓泻、退黄疸、利胆等功效，尤其对祛除热毒、黄疸、咽痛、肺痈等，药到病除，神效得很。后来，玉秀婶的男人患了白血病，要骨髓移植才能活下来，可乡下人穷，哪有钱啊，只好从医院回来，在家熬着。

那日，八爷看了玉秀婶的男人后，嘱咐她说：“用婆婆丁试试，生吃、炒食、做汤，都行。”完了，又给配了些其他中药，让玉秀婶熬制成汤，一日三次，竟然活了下来，比医生预计的多活了十年，真是奇迹呢。

四

清明前后，榆树开花了，一嘟噜一嘟噜缀满了枝丫，我们叫它榆钱儿，因其形圆薄如钱币，故而得名，很好吃的。一到放学时间，伙伴们三三两两结伴去摘榆钱。在树下，我们先把书本倒出来，背着空书包，抱着比腰身还粗的树干，憋足了劲儿爬上去，骑在粗大的树枝上，一只手扳着树枝，另一只手大把大把地捋，嘴也不闲着，直到书包捋满了，肚子也装饱了。

榆钱儿不但可以生吃，还可以做榆钱儿饭、榆钱儿粥，或蒸或煮，都是美味。我最喜欢吃榆钱儿窝窝了。将榆钱儿捋下，用水洗净，同面和在一起，做成窝窝，上锅蒸熟了，面粉的清香，榆钱儿的野味，浑然一体，香甜可口。我婆喜欢将榆钱儿在热水里焯一下，佐以葱花、油、盐，搅拌均匀，烙成薄饼，裹上蒜泥或放少许辣椒，吃起来更是外焦里嫩，香味四溢。

我三叔是木匠，他最关注的是榆树的材质，枝干坚硬，是农家盖房子的上好檩条。他说榆树板材花纹好看，是做家具的好材料。树皮，是天然的黏合剂。就连剩下的余料，三叔也绝对不会浪费，他会做成一根根擀面杖，东家一个，西家一个，擀出来的面又柔韧又劲道，人们用了都说好。

五

有一种小根蒜，也称薤根。茎叶细长碧绿，如细葱一般，根茎处有结，形如蒜头，食之有蒜味。可蘸酱生食，辣味甚浓；也可入醋腌制，味道鲜辣，令人食欲大增。因小根蒜叶子上时常带有露珠，古代又称薤露，从先秦到汉代，人们常食薤菜，又把它和露珠联系在一起，预示人生虽则短暂，但却生生不息。

早年北方的初春，贫瘠人家的日子多数青黄不接，小根蒜是饭桌上一味上好的美味，母亲更是顿顿要将其凉拌，作为早晚熬各种粥的主菜。后来，我读的书多了，知其乃一味药，除抗菌消炎外，还能帮助消化，若将小根蒜与一些中药搭配使用，还能起到治疗冠心病、肠炎、气管炎等多种疾病的作用。

小根蒜一般在三月中旬土壤解冻时开始生长，夏季高温期开始休眠，冬季土壤解冻后，以小鳞茎在地下越冬储根，春秋季节生长最旺。这一点，还是成家后婆婆告诉我的。婆婆家地处咸阳北塬，沟壑纵深，很适合小根蒜的生长。春秋两季回老家，总会看到婆婆的窗台上、院子里晾晒了好多小根蒜，白秆、白根，像胡须一样。婆婆说，果园里、河沟里到处都是，挖回来的，凉拌可吃，剩下的晒干，三十多元一斤，有专人上门收购，还能卖不少钱！

六

上周末，朋友去西山游玩，回来送我很多荠菜，择净清洗，包了饺子，是久违的、熟稔的味道。又一日，开饭店的同学电话相约，说有香椿野菜，让几个儿时伙伴前去品尝。入口，味道鲜嫩青翠，香气浓郁，不愧盛名。归来，总念念不忘。想再去品时，他咧嘴笑我："早长疯了，长老了，吃不得了。"不觉感慨，原来这根植于心的味蕾，任时光老去，亦还是有最初的欢喜啊！

乡愁是一味咸菜

妗子是四川人，腌菜是一把好手。因了这份绝好的手艺，使她很快在村子里有了好人缘。农闲时候，家里总有一些串门的远亲或近邻，来讨一盘妗子炝好的雪里蕻或者腌好的萝卜干，这份难得的热闹，渐渐驱散了妗子远离故乡的孤独和寂寞。

我上了初中后，碰上下雨天或者大冷的冬天，中午饭多数时候在妗子家里解决。有时，放学到妗子家里，饭还没做好，我就很自觉地给她帮忙。从妗子口中得知咸菜主要分三类，一种是普通泡咸菜，一种是蒸肉炒肉用的干咸菜，一种是工序多、用料考究、成本高的豆瓣咸菜。如要做好豆瓣咸菜，得用晒得半干的胡萝卜或白菜等拌上辣酱、食盐、酱油、清油，再捂上一两个月，直到捂出混着辣香、甜香、酱香的浓香来，才把晾干水汽的洋姜、生姜、大刀豆（挟剑豆、葛豆）、大蒜、大头菜放进去泡，泡熟了，一缸咸菜就成了。

我终于吃到妗子腌的豆瓣咸菜时，简直唇齿泛香，流连忘返，即便一碗白面条，只要有了它，便令人胃口大开，食欲陡增。后来，我的母亲也跟着妗子学会做豆瓣咸菜了，因为做起来麻烦，总舍不得吃，只有家里来了亲戚或客人时才会拿出来招待用。

小时候，我印象最深的是，每次家里来了客人，一碗咸菜往桌子上一端，在堂屋里坐的，或在地坝边做事的，一闻到那股扑面而来的辣味中带一丝儿酱香和生姜、大蒜、洋姜的咸菜味儿，就知道快开饭了。

大家往桌边一坐，一圈人看到桌子中央那碗咸菜，立马两眼放光，都忍不住要多看几眼，深深地呼吸几下那股浓浓的香气。

这时队上扛着锄头、铁耙，驾着犁从地坝边路过的男人，背着满满一背篼牛草、猪草的妇女，就会高声赞美道："哈，这咸菜腌得好香啊！"妗子便会响响亮亮地按辈回答："二叔，就在这里吃吧，添双筷子而已！"

被妗子称为二叔的男子，我自然叫二爷。他一方面很客气地对我妗子说："不用了，家里你二婶饭也快煮好了，一样的。"一方面，他腿脚并没有挪得很快。于是，妗子家那一顿饭桌上，自然多了一些欢声笑语，随着乡间的一缕晚风，从前院一直传到后院。

碰上暑假或者寒假，二姨、三姨家的几个表哥表姐也会去妗子家里玩耍，他们自然知道妗子会做拿手的咸菜招待他们，刚进门，便猴急一般凑到妗子跟前，打趣地说："妗子，你做的咸菜真的是香啊，我们走在半路上都闻到味儿了呢。"

一顿饱饭过后，妗子下地去了，我们一起玩儿滚铁环、打沙包、跳大绳等游戏，玩儿累了，也饿了，不停跑出门，朝大路上张望，空荡荡的土路上，一个人都没有，只有风卷起尘土，打着转儿地乱飞。实在忍不住了，表弟只好钻进厨房，从黝黑的坛子里抓出一把还没腌好的大蒜和生姜，切成片，夹馍吃。因为有些辣，表哥、表姐们不停地咻咻伸着舌头，甚至直流眼泪，却还自顾自地舔着嘴巴，并不停下来，一个个龇牙咧嘴，相互取笑看谁的脸被辣得最红。待日落西山时，妗子锄草回来了，她看着狼藉的盘子，顿时明白是怎么回事了，却也并不生气，相反，微笑着说："下次不要直接吃，舀一勺子烧熟的油泼在上面，用筷子搅拌匀，吃起来会更有味道。"

在舅婆家里，每当村子里有人家要给父母办大寿的时候，酒席上是断然离不了一盘腌制好的酸白菜或辣萝卜，被称为绝好的下酒菜。

但并不是所有人家的女主人都会将咸菜腌制得唇齿泛香，有的甚至上不了台面，要味道没味道，要品相没品相，怎么能拿得出手？男主人只能一声叹息和摇头，似乎再好的酒，也喝不出该有的味道了。

舅婆家斜对面住着的三婶就是其中之一，但她很会来事，每逢家里办大事，头天下午，就差她儿子用盘子装了十几个鸡蛋来妗子家里，要换一盘咸菜。妗子很大方，一边应承，一边大踏步到厨房，揭开咸菜缸子，然后把平时舍不得吃的、香气四溢的咸菜抓出一盆，用一张洗得干干净净的白塑料纸蒙上扎紧，亲自送过去。

开饭时，客人们很快发现，一上桌子，即便是穿得干干净净的村干部和收拾得体体面面的老太婆、打扮得漂漂亮亮的年轻媳妇，都会齐刷刷举起筷子来，朝着饭桌正中的那碗咸菜，搛起一片洋姜或一叶大头菜，先咬一点点儿，一嚼，“吧唏吧唏”一品，很享受的样子。

这时，准会有人问：“这咸菜是哪家的？”当听到主人说是妗子腌制的，十之八九都会说：“腌得真的好，比铺子里卖的正经得多！”然后，不停地点点头：“老八家的媳妇就是能干！”

妗子逢人便传授秘诀：像这咸菜一类的，看似平常小菜，做起来并不顺当，尤其是想得到气正、味儿纯的上好味道，除做法选料需要讲究以外，保存也有一定的门道，那就是，咸菜在做的过程中或者放进坛子里后，每次碰咸菜前，都得先把手洗净擦干，平时不能去掏鸟蛋逮雀鸟，手上不能沾水带汗染腥气，更忌讳满身胡摸乱挠了去抓咸菜，总之一句话，咸菜爱干净，只要这一点做到了，即便再日久天长，捂在坛子里的咸菜，都会香气浓厚、醇正味美。

当然，村子里也有爱戏耍之人，见妗子个头不高，但人很能干，做啥都比一般女人强，就故意问小舅：“老八，你咋就这么有福气，隔着万重山水，都能娶回来这么能干的一个媳妇，准是上辈子烧了高香！”

每当此时，小舅并不反驳，相反，很有几分得意扬扬哼起一段山歌来：

正月里来是新春，
媒婆领我去相亲。
幺妹见了——躲着把我看哦，
她妈忙叫，
幺女幺女端板凳……

小舅唱这歌时，妗子会在一旁安静地听着，待小舅一唱完，她装作翻两下白眼，回一句：“这么好的咸菜都堵不住你的嘴，还真当你吃饱了！”

菊入秋香

寒露过后，天气一日凉似一日，属于深秋的迹象也越来越重。

夜里读书，独对一杯清茶，忽想起前几日同事给的几小袋金丝皇菊，随即起身，拿出一朵泡进杯子里。不一会儿，那原本皱巴干瘪的叶子一瓣一瓣舒展开来，竟也开到了极致，真像一朵雏菊在风中自由摇曳。

看了又看，不忍喝下去，不过，最终还是端起杯子轻轻啜了几口，舌尖微微的苦，隐隐的香，似深入骨髓的一脉气息。

其实，人和草木之间是相通的。诸如我自己，不喜热闹，不惧孤独，从这一点来说，自认为和小雏菊还是有几分相像的，故而，每每见到菊，甚为亲近和欢喜。何况，我小时候在乡下，田野是四季野草野花的天堂。诸如春天里，铺天盖地的蒲公英、荠菜、苜蓿花是主角；夏天里，随处可见的蜀葵、喇叭花、牵牛花竞相开放；而秋天的代言者，自然非菊花莫属了。

那时候，在乡野深处经常能看到三种菊花：黄菊、白菊和紫菊。其中以黄色居多。它们生长的环境不拘，崖壁、田埂、沟渠，凡有土壤的地方，都能扎下根来。女孩子当然很喜欢了，放学路上，会时不时地摘一枝菊，别在衣襟、辫子、耳朵上，临水照影，看着水里那个美丽的妙人儿，傻傻地乐。

十六岁那年九月，我考上学离开乡下，一个人背着行囊来到陌生的城市里，诸多的不适应让我疯狂地思念家乡和亲人。偶尔在公园里看到开得极为繁盛、肥硕丰满的秋菊，颜色缤纷，色彩斑斓，而我记忆中那些盛开于阡陌之上的秋菊渐渐成为一种影像，邈远得像远处高楼里响起的琴声和歌声。偶尔在某条街巷里，看见一簇簇野雏菊时，内心深处藏匿的菊事标本会瞬间鲜活起来，成为记忆深处乡村岁月的一幅水墨画，抑或也是我生命的一段留白。

很快，重阳节到了，朋友邀我去植物园看菊展，欣然前往。植物园里游人很多，五颜六色的菊花一瓣一瓣低垂下来，一缕散淡的香气弥散在寸寸清凉的空气里。

对于菊，我虽然熟悉，却并不是知根知底，最多也是欢喜它素净和安于寂寞的清宁罢了。我前面有位老伯，七十岁模样，正满眼欣喜地指着一盆盆菊花，给旁边的人逐一介绍道："看，这盆唤作'玉蟹冰盘'，那盆叫'枫叶芦花'，前面开白色花的，名曰'一坯雪'，旁边的，又叫'芳溪秋雨'……"

老伯娓娓道来，如数家珍，而我早已愣在那里，一句话也说不出来，我怎么也想不到，这原本开在萧瑟秋风之中孤独摇曳的菊花，竟然有如此美丽清雅的名字？

我一时兴起，半步不离地紧随老伯，真是意外多多，收获多多。老伯口中，黄灿灿的是"金芍药"或"御袍黄"，白生生的叫"白西施"，深紫浅紫的唤作"玛瑙盘"，就连最平常不过的红色菊花，也被老伯冠名为"海云红""绣芙蓉""醉贵妃"。他老人家在一边说得一板一眼，滚瓜烂熟，我这边呢，先是瞠目结舌，而后欣喜若狂，就差把它们一一轻揽入怀，看个究竟了。如那"白西施"与"醉贵妃"，一白一红，一冷丽一明艳，唇红齿白，如美人相伴；又见"胜绯桃"，恰似怀春少女见了英俊小生时两颊顿时生起的酡红双晕；我左手边的"秀芙蓉"，富丽华贵，摸起来光滑如绸缎；墨菊是我平日里很少见到的，它的瓣体弯曲细长，无论从哪个角度看，都隐隐透出几分大家闺秀的闲逸端雅。

菊展归来后，再次看到菊，莫名地更是喜欢了。冬天里，远在安徽天长书画院的野风先生要出画册了，是他的手指画。先生给我发来画册电子版，希望我抽空给写点儿文字。打开画册，先生的花鸟百趣图映入眼帘。我第一眼看到的，是一朵朵雏菊，或铺满远山斜径和岭上沟壑，或零星点缀在篱笆土墙和苇草水边，色泽饱满，浓艳明丽。多看几眼，沉闷积郁之气尽扫，心中豁然舒朗。值得一提的是，野风先生将菊与虫草、飞鸟或溪水搭配，极富乡野意趣，《水墨淡渲百味生》那篇文字，我几乎是一气呵成的。

快到旧历年时，野风先生寄来他的画册，画册最后一页是我写的文字，渗着浓郁的墨香。野风先生说，画展在北京、内蒙古和上海等地都举办了，很成功，画册也很受欢迎。他的书画界很多朋友说，评论写得很好，太锦上添花了。其实，他哪里知道，是那些雏菊，给了我无限灵感。

从那以后，每到秋天来临时，总要和夫一起驱车往太白方向的山里走走。那个时候，大地谷物归仓，草木日渐稀疏，天空萧瑟而阔远。唯不起眼的菊，东一片西一片的，隐在房前屋后或者山涧溪流边，有热辣辣地绽开笑脸的，有羞涩地打着朵儿的，亦有藏在裸露的石头缝隙里，随着秋风轻轻飘摇的。那一刻，秋色是雏菊染黄的，满天尽是黄金甲，它们绝对是秋天的主角。

越往山坳里走，雏菊开得越发茂盛和艳丽，好一幅“采菊东篱下，悠然见南山”的景致。我们将车停下，摸着石头过河，去采野菊花。不远处，也有三两陌生人与我一样，脖子上挂着塑料袋，一朵一朵掐野菊花，神情专注而平静。其中，一位大妈很仔细，她一边掐，一边分类，这边是盛开的，那边是花骨朵。大妈说，盛开的，晒干透，装进枕头，有安神的功效。那花骨朵，则是用来泡茶喝，但要把菊清洗干净，上笼蒸一下，然后晾晒干，方可泡，清热解毒，蛮管用的。

其实，这些我还是知道一些的，但见大妈如此用心和热心，我索性虚心地听她道来。因这满山入眼入心的菊，我们似乎成了近邻，有说有笑，毫无戒备。

那夜，从山里回来，和母亲电话聊天。母亲说，地里的庄稼收回来了，很空闲，她和村里的三婶、六婶一起去白杨观逛庙会时，一路上，小苇河两边开满了黄色的小雏菊，母亲已晒好了两大袋子，等着我回去拿。

我知道，母亲是惦念我的嗓子，由于长时间站讲台，慢性咽炎总不见好，尤其是秋天和冬天里最难熬。这么多年，我身体的任何不适与疼痛，都会牵绊着母亲。每年秋天，她老人家都会晒一大袋子菊花给我。每一朵，都是一盏秋日的流光，也是母亲的拳拳爱心。

我安心接受了母亲的馈赠，抑或也是秋天的馈赠。母亲叮嘱我，若是嫌苦涩了，可以放些冰糖，我终于还是放弃了调和，苦就苦一点儿吧，谁的人生会一直甜下去呢？我深知，这一生，穷困也好，通达也罢，我会和母亲、和父辈们一样，将每一个季节都铺在平素如常的日子里，长成一丛小雏菊，寂静，寡淡，如我早已喝惯了的菊花茶，有乡野的味道、乡愁的味道，那弥足珍惜的清苦啊，是菊花绽开的暗香，从舌尖辗转，穿透光阴，不悲不喜。

不知不觉，戊戌年的立秋即至，我心中念念不忘的野雏菊挂满了一嘟噜一嘟噜的花苞，再过一段时日，我又可以对着一朵盛开的雏菊，叙事，抒情。那一刻，我的文字在金黄的色彩里，贫瘠而富有。

父亲，苜蓿和牛

印象里，父亲很少笑。即便我手捧红艳艳的奖状从学校一路狂奔回家，他也只是淡淡地看几眼，然后，又兀自忙自己的事情了。

父亲要忙的事情很多。比如每天早起第一件事情便是拾掇牛圈和猪圈，其中以清理牛粪和猪的屎尿为主。每当这个时候，父亲板着脸，一边用扫帚清扫，一边用铁锨铲，嘴里骂骂咧咧，骂的话粗糙又难听。他偶尔还会生气，用扫帚在牛脊背或者猪屁股上抽几下，是对牲畜没有将排泄物拉到指定角落的一种严厉警告。当然，那动作不会太大，最多意思一下。

父亲的右手被打糠机伤了之后，在生产队的菜地和饲养室里都干过。菜地比较远，加之父亲忠厚善良，担心我去了，即便没有摘吃黄瓜和西红柿，也要落人闲话和口舌。所以，村里的菜地，父亲是坚决不允许我们姊妹三人去的。倒是饲养室，可以去转转。毕竟，那里除了牛、马和骡子，就是一堆又一堆的青草。

我发现了一个奇怪的现象。那就是饲养室的牛从村子南边的坡地或者西边那一大片低洼处犁地回来时，父亲总要亲昵地为牛梳理尾巴，清扫尘土，从头到脚，一丝不苟。完了，赶紧张罗着给牛喂清清的水，吃干净的草。担心牛被晒着，他牵着牛绳子到处找树荫。有一次，他蹲下身子给牛剔除蹄子上磨出的老茧时，牛用一种温和的、受用的眼神盯着父亲。父亲当然感知到了，他笑着拍拍牛脑袋，和牛说着稀奇古怪的话。而我从学会走路、学会吃饭，父亲从来没有管过我的吃喝。这一点，我很有意见。还有一回，那头黑色的骡子去二十里铺拉砖时不小心滑进路边的水渠里，蹭破了腿关节的一块肉，父亲很细心地用盐水擦洗、上药、包扎，连续几日，吃不好饭、睡不好觉，一副焦灼疼惜的样子，让我很嫉妒饲养室里那几只牛、马和骡子。

除此之外，父亲喂饲养室的这些牲畜很有一套经验。他知道苜蓿、打碗花、冉冉草、咪咪毛等牛儿马儿喜欢吃的草什么时候最柔绵，什么时候最茂盛，沾了太多的露水怎么处理，甚至天凉了，储备的干草须用铡刀将枝节铡得越短越细碎，牛吃了才不会嗝在胃里消化不良。总而言之，父亲像这几头牲畜的衣食父母一样，经管它们的吃喝拉撒睡，一丝不苟，任劳任怨。

喂牲畜，苜蓿是最佳饲料。村里的苜蓿地最远，在靠近河湾的半坡上。通常父亲会起个大早，驾着牛车去割草。他出饲养室院子的时候，隔壁四娘家后院的大红公鸡正准备将脖子伸出栅栏打鸣，静静的村庄还在沉睡着。偶尔，勤快人家的烟筒里冒出几缕淡蓝色的炊烟。父亲的背影落在一片晨光里，牛蹄子的踢踏声回响在疙里疙瘩的土路上，衬着天边缓缓升起的太阳，像极了一幅水墨画。

父亲和他的牛车出了村子往河湾方向去了。一路上，一串串晶莹剔透的露珠在绿油油的玉米叶子上打着滚，车前草被深深地压在车辙下，绿色的汁水被挤出来，沾满了车轱辘。下了两架坡，老远看见半坡上的苜蓿地罩在一层薄雾里，风儿吹来，感觉那云雾在半坡上飘来荡去，连坐在牛车上的父亲也像坐在云雾里似的，他的发梢湿了，鞋子湿了，陈旧的衣裳也湿了，可他顾不上，他的眼睛落在翠绿的苜蓿地，那汪洋一般的绿色，足以点燃父亲被贫瘠日子压得喘不过气来的沉重和愁苦。

清晨的苜蓿地一片静谧。没有风，只有层层的清雾若隐若现。父亲蹲下去，拿出镰刀割苜蓿。牛儿自己在一边吃着苜蓿，它的嘴角抽动着，咀嚼的声音清晰可辨。那牛儿吃饱了，很是惬意地从鼻翼间冒出“哞——哞——哞——”的声音。这声音拉得老长，长得像乡村深处的咏叹调。

父亲割苜蓿的动作也很轻。他左手轻轻将一撮苜蓿揽到身子跟前，右手用镰刀从根部轻轻割下来，绝对不会胡乱使劲儿砍或者随意乱拽。割过的新茬口，也是整整齐齐，平平展展。因为父亲知道，这一片苜蓿地在半坡上，灌溉渠里的水浇不上，只能靠天生长，长成目前的态势实属不易，更不能在他手里被毁掉。何况，春天里，麦田刚起身，菜地刚下种，家家户户须得分一些苜蓿菜，用以度过青黄不接的困苦时期，怎能不小心翼翼呢？

偶尔，下午放学后，村里的男孩子会跑到这一片苜蓿地里玩耍。他们跑着，跳着，打斗嬉闹，甚至驴打滚似的胡乱踢腾，只要有他们出没的地方，准会有一大片的苜蓿被糟蹋。父亲又急又气，大声吼着，撵着，孩子们东躲西藏，搞得父亲精疲力尽。当然了，这帮毛孩子终究跑不过长腿大脚板的父亲，不一会儿，便被父亲捉住了，一个个灰溜溜的。被折腾得气喘吁吁的父亲用宽大的身子堵住他们，横眉竖眼，扬起巴掌，却最终没有落在孩子们身上。他瞪着眼睛，嘴里骂道：“还不快走！下次让我逮住了，绝对不饶了你们！”父亲骂完，弯下腰，将孩子们匍匐倒的苜蓿割下来，若有被踩松动的苜蓿根，父亲用新的土填平压夯实，方才罢手。

暮色四合时，父亲驾着他的牛车走出苜蓿地。牛车上，高高一摞子苜蓿被码得齐整有序，半坡的尽头，天边火红的夕阳、父亲长长的影子以及他脸上满意的微笑，被瞬间凝固。

花事，女人事

回到乡下，我总是很少睡懒觉。

先是前街里不知谁家圈养的公鸡打鸣声会穿过后院砌得不太高的红色砖墙，然后再从墙头随风摇曳的梧桐树茂密的枝叶间挤进来，一声声滑落在我和母亲居住的上房窗外。接着是早起的母亲前院后院的笤帚声，虽然很轻，但还是将睡梦中的我唤醒了。

醒来，天刚麻麻亮。父亲早已将大门敞开，风儿无遮无挡地挤进来，在院子里撒欢。葡萄架下，叫了大半夜的蟋蟀终于安分些了。

门外传来豆花货郎的叫卖声，三块钱一大洋瓷碗。斜对面住着的公剑叔隔天要给中风瘫痪的列琴姨买一碗。他端着碗往自家院子走的时候，豆花的清香在清凉的晨风里弥散。

昨夜大风，列琴姨家门口的篱笆上攀爬的牵牛花又被吹皱几朵，不过，只一小会儿，那些耷拉的花朵便在晨风的沁润里欣然打开，一朵朵从篱笆的缝隙里吹响了小喇叭，吐出带着夜露的赤橙红紫来。

印象里，列琴姨很喜欢养花花草草的。她家院子的墙角或者自留地里总会种几株大丽菊、指甲花、小雏菊等。半夏时分，指甲花灼灼而开，远远望去，红艳艳的，似一道燃烧的晚霞。村子里的很多人从她家门前经过的时候，总要停下来啧啧赞叹几声。毋庸置疑，这一抹嫣红给乡下人贫瘠粗粝的窘迫日子注入了一抹鲜活的生机。待雨天农活儿不忙时，我会缠着母亲去她家索几株来，用明矾捣碎，涂在指甲上，用事先从沟边摘回来的苟桃树叶子包裹起来。母亲一再地叮嘱，一定要等到第二天才可以打开，那样才会有红红的漂亮指甲。我却是等不及的，总是在晚饭后，悄悄地躲进屋里，打开一遍遍看，几下就把苟桃树的叶子给蹭破了。母亲只好又给我缠上一层塑料纸，用细细的绳子扎成死结。我在一夜美梦中醒来，一层层迫不及待地解开，等露出嫣红纤细的指甲，心里别提有多臭美了。

后来我渐渐长大，列琴姨虽然每年春天还是会在她家房前屋后种上同样的花花草草，我却再没用它们染过红指甲，倒是她时常将自己的手指头和脚丫子染得血红血红的，让人看着有几分俗气。再后来，农村实行联产责任制，土地划归个人所有，乡下人的日子比以前好过多了，但相互攀比、相互嫉妒的人也多了。尤其是列琴姨家的公剑叔有几下手艺，农活儿闲的时候，一把泥瓦刀别在腰间，四处盖房、修庙、建学校，不出两年，他家的小日子红红火火。富起来的列琴姨，烫发头，着黑皮鞋、花裙子，涂脂抹粉，穿金戴银，扭着腰在我家这条后街上晃来晃去，那高高仰起的脖子真像她家门前的鸡冠花似的。平日里，若是谁家的鸡呀猫呀的，刚靠近她家门前，大老远，她就顺手抡起墙角的扫帚追着猛打。住对门的高中文化的三婶自然不服气了，两个人只要一见面就掐，三婶用文绉绉的字眼，讽刺挖苦，指桑骂槐，几下两个人就不欢而散了。

不过，村子里想巴结列琴姨的女人不在少数。巴结的理由很充分，就是想让列琴姨晚上在公剑叔耳边吹吹风，把她们家的男人带出去干点儿活儿，挣些钱而已。这样一来，列琴姨更加骄傲，更加有气势了。尤其是到了傍晚，列琴姨家的门前，坐满了小媳妇、老婆子，个个围着那些红的、粉的、紫的等各样盛开的花儿啧啧赞叹，说什么列琴姨模样生得俊俏，心灵手巧，人和花都被养得赛天仙，整个村子里，只有列琴姨家门前热热闹闹，笑声一片。心眼小的三婶在自家院子里看着听着，嘴里骂着：“再富也是泥腿子的命，顶啥用。”

三婶这样骂骂咧咧，自然是有原因的。三叔是人民教师，她自己又高中毕业，一家子识文断字，是我们这条后街上乡亲们公认的能人。平日里，三叔很受人尊敬，他为村里人写对联，掌管婚丧之事，村民因庄基或地界打架，也会找三叔评理说和，连村长和书记有事都经常找三叔商量。三婶认为，富起来的公剑叔会削弱三叔在村子里的威信和地位。

对于三婶的开骂，母亲和我隔着院墙都听见了，又不好吱声，只好由两个村子里的女能人相互折腾，一度弄得我们这条后街乌烟瘴气，感觉很不爽。而且，碍于和三婶的亲属关系，母亲和我都不好再去关注列琴姨家门前那一丛丛妖娆的花儿了，无论是摇曳在晨风里的指甲花，还是轻舞在秋阳里的小雏菊，我们只能远远地、悄悄地站在自家门前张望几眼。三婶的三个孩子更是不敢跨入列琴姨门前半步。过了几年，我考上学走了，那些曾给我无限惊喜的花儿渐渐淡出了我的记忆。

工作后，我回家的次数少而又少。偶尔，听母亲言及列琴姨和三婶的别扭关系，依然摇头叹气。不过，最终，三婶和列琴姨和好了，源于近几年列琴姨的患病。那日，列琴姨从厨房出来，一脚踩空，她跌倒在院子的房檐台下，痛苦地呻吟着。适逢孩子在外上学，公剑叔在外做工，大门敞开着，三婶在自家院子里瞧得一清二楚。那个时候，三婶不知道是列琴姨突发脑溢血了，她先是朝这边张望了几眼，嘴里骂了一句：“活该，摔断腿才好呢！”可过了一会儿，看列琴姨不出声，人一动不动。三婶坐不住了，走出来站在门口看了看，村子里静悄悄的，一个人也没有，她又朝列琴姨家院子瞅了几眼，列琴姨还是一动不动，嘴里直冒白沫。三婶这下慌了手脚，她毕竟念过书，懂一点儿医学皮毛，估计是脑溢血，不及时抢救要出人命的。三婶虽然小气，但大是大非、轻重缓急还是能分清的，再大的是非和积怨也抵不过人命关天呀。于是，她急忙跑进去先将人放平，然后撒腿到各家各户喊来人，将列琴姨送进县医院。

由于抢救及时，列琴姨的命保住了，却落了个半身不遂。精明能干的女人一下子变了一个人似的，斜眼歪嘴，口齿不清，整天坐在轮椅上，打发一日又一日。偶尔，公剑叔去地里时，会托我母亲或者三婶照看一下。三婶二话没说就同意了。她将列琴姨推到门口的桂花树下，看着面前这个表情痴呆、思维迟缓混沌、和自己再也斗不起来的对门，三婶心里不是滋味。她在农活儿闲下来的时候，主动去对门，帮着列琴姨活动腿脚，试着按摩，陪着说话，几年下来，丝毫也不厌烦。

列琴姨的腿脚一日不如一日，但语言功能却在神奇恢复中。一日，她开口说话，竟是麻烦三婶抽空将她家门前所有的花树移栽到三婶家门口，并用不太连续的咬字交代三婶，哪个花要好好伺候，几天浇一次水，施什么肥，怎样花才能开得好、开得艳，怎样花才能长得壮实、常青、常绿，不枯、不萎、不死。

三婶一个劲儿点头应允。她自然明白，她的对门不会有站起来的希望了，随着年龄的增长，终有一日，她会瘫痪，甚至会离去，一个喜欢花草的女人，这最后仅存的愿望，怎能轻易回绝呢？

这个暑期，我又回到乡下，列琴姨还在轮椅上蜷缩着。母亲说，她的眼睛几乎失明，大半个身子毫无知觉。当我从她家门口经过时，她竟然轻声唤我："回来了？"

我说："回来了，您还好吧？"

"呵呵，好不了啦！"

我建议她多活动。她苦笑了一下，说去年正月从椅子上摔了一跤，再也不敢站立了；还说虽然看不见我，但能听出是我的脚步声。

她跟我说话的时候，眼睛始终朝着一个方向。那个方向，有三婶替她打理的花花草草。眼下正值立秋后，牵牛花、打碗花、扫帚花、丝瓜花，正在空地里，开得沸沸扬扬。

倭瓜有味

我妗子是四川人，她一直把南瓜叫倭瓜，叫了大半辈子了。

倭瓜属葫芦科，蔓生，茎中空，叶心形，花钟状。原产于南美洲，明代始入中国。李时珍的《本草纲目》写道："南瓜种出南番，转入闽浙，今燕京诸处亦有之矣。二月下种，宜沙沃土，四月生苗，引蔓甚繁，一蔓可延十余丈。其子如冬瓜子，其肉厚黄色，不可生食。"

在我的家乡，谷雨时，一场场春雨将大地淋得酥软。妗子把菜园子里的土翻耙一遍，起一行行垄，垄沟垄台，像码好的书页，看着就有美感。等天晴了，抽空将去年留好的种子从阴干的高处拿下来，拆开，晒在落满春阳的窗台上，盘算着种两垄黄瓜，三垄茄子，四垄辣椒，西红柿也要种几垄，还有香菜、生菜、芹菜、韭菜，那些靠墙处、柴火垛下、篱笆上，甚至粪堆旁边，肯定用来种几株倭瓜了。妗子说，倭瓜属于粗糙的蔬菜，皮实，不挑地儿。

立夏，她开始移栽。那倭瓜真通人性，一点儿都没有辜负我妗子的心意，一棵棵苗长得很壮实，且茎粗叶肥，根上还带一坨营养土，像准备出门的人有了盘缠似的。不过，新栽的秧苗总是没精神，要缓苗，就像我们换了陌生地方，总有些不开心。几天过后，淋一场春雨，小苗苗便欣欣然抬起头，叶子舒展，腰身挺拔，引得各色的蝴蝶一只只都飞来了，菜园子简直可以入画了。

倭瓜渐渐茁壮，长了须蔓，向前爬着，像顽皮的孩子想抓住点儿什么。芒种过后，倭瓜开了花，黄色的，很肥硕。花雄雌同株，却异位，这要感谢风和蜜蜂，使之授粉怀胎。有时，妗子人也帮忙。比如说，她早起，去了菜地，把雄性花去了花瓣，只留蕊柱，生生摁到雌花上，幸福与否无人问津，人总有些武断。

芒种是要走亲戚的，母亲自然带着我们去妗子家里，吃罢饭，我和表弟们便去地里捉蝈蝈，用麦秸编了蝈蝈笼，里面放两朵倭瓜花，蝈蝈爱吃，也好看。晌午饭后，妗子用倭瓜花做煎饼，调面糊入盐，整朵花蘸面糊，入油锅，清香可口呢！

后来上中学了，从老师手里借了学生版的《红楼梦》来看，想不起是书中哪一回，只晓得其中有个情节是那刘姥姥不会酒令，被逼急了，张口就说："花儿落了结个大倭瓜。"众人大乐，笑成一团。

天一天天变暖，授粉的雌花慢慢蔫了团，成褐色，花柄处可见毛茸茸的小瓜蛋，像新生的婴儿，令人欣喜。等到立夏时，倭瓜慢慢长大，藤蔓爬上了柴草垛，爬上了篱笆墙。墨绿的倭瓜，橘黄的倭瓜，藤蔓肥叶掩映着，挂在草垛上，吊在篱笆上，是一幅水墨，浓淡相宜，疏落有致，远看近看，都有白石老先生的手笔。

霜降了，倭瓜叶子枯萎开裂，溃不成军，可仰面躺在地上的倭瓜却个个丰满硕大。妗子摘了一个，从村子里走过，有幼孩见了，爱不释手，非要抱着，走了几步，直打晃，倭瓜差点儿掉在地上。妗子恐摔烂了，赶紧接住，引得那小孩儿一阵哭闹，索性给了他。妗子又拐去地里摘了，放在窗台上、墙垛上，甚至摆在房顶上，墨绿的、橙黄的倭瓜，看着都有幸福感。

转眼秋分了，妗子忙碌着，倭瓜沉默着，在微凉的风中自然成熟，寒露一到，倭瓜晒老了，妗子将它们全部摘回来，变着花样做着吃了。用妗子话说，吃倭瓜比不得吃西葫芦，吃西葫芦，鲜嫩清香，吃的是青春期，而倭瓜要吃老的，有时光的味道，就像一个老男人，不张扬，醇厚，面糯，禁得起回味。

妗子说这话的时候，我已初长成少女，觉得怪难为情的，倒是她的“倭瓜乱炖”一直馋得让我流口水。依稀记得，妗子将土豆、倭瓜、豆角、玉米、肉骨头，切块切段，红绿黄白，颇为好看。然后，锅热入油，放葱、姜、花椒、大料等，将肉骨头炒至出油，加豆瓣酱，继续翻炒均匀，最后，再加几勺清水，大火煮开，将案板上切好的材料一股脑儿倒进锅里，改小火炖，一会儿，满院子的浓香。

淀粉烤倭瓜也是妗子的拿手菜。那倭瓜被她切成条状，滚干淀粉，入油锅，炸到表皮稍微带些焦黄色，捞出来，放到盘子里，趁热撒上白糖，咸中带甜，外皮脆，入口即酥软，老人最爱吃了。多年后，我在《北墅抱翁录》里看到倭瓜做法：“南瓜愈老愈佳，宜用子瞻煮黄州猪肉之法，少水缓火，蒸令极熟，味甘腻，且极香。”想来和妗子的做法差不多。

我工作后很少去妗子家了，妗子做的倭瓜自然很少吃到了。[illegible]年深秋里，见表弟发微信，窗台上全是倭瓜，才知妗子一直在种倭瓜，心里一阵温暖，不由仔细看那倭瓜，安静着，像一尊和善的佛，又像妗子，满目慈祥的模样。忽而有种冲动，待西风猎猎，大雪簌簌，去熬一锅小米倭瓜粥，黄灿灿的，一准喝得五脏六腑都舒坦呢！

两棵枣树

三爷喜欢枣树，并一直固执地将它封为千树万树中的谦谦君子。

不谙世事时，我自然无法体会和懂得谦谦君子为何意，不过，有一天，终还是懂了：三爷之所以这样说，主要缘于枣树身上有一种与生俱来的粗粝感和卑微姿态。

三爷的看法不是没有道理。在我小的时候，乡下人的日子多数过得比较清贫，孩子们吃水果的时候很少，一些人家会在房前屋后的空地上栽上一两棵杏树、桃树或者梨树。这些果树，冬天修剪枝条，春天梳理花朵，夏天和秋天里还要不停地杀虫打药，总难伺候。可栽下的枣树就不一样了，它们的生长大多凭借风儿吹、雨儿落。若是碰上干旱天气，洗锅或洗衣服的水随便泼几勺子过去，便足以使它们欣欣然睁开眼睛，摇曳出一树葱郁。故而，在乡下，贫穷也好，富裕也罢，几乎家家户户的院子里都有几棵枣树。

我家老屋的院子里也有两棵枣树，一棵靠近厨房檐墙，一棵顺着南面的院墙安静站立，算是南北相对。暮春时分，枣花开了，那鹅黄的、细碎的花儿，密密匝匝地爬满枣树的枝丫，风儿一吹，让人不觉想起苏轼那句“簌簌衣巾落枣花”的意境和清韵。

这种浪漫和诗意，三爷却是无动于衷的。他衷情的是那一片片翠生生的叶子，可以泡茶喝。早年家里穷，麦收时节，爷舍不得买茶叶，他用家里那只很大的罐头瓶子装满水，放几片枣叶进去。碧绿的枣叶在清澈的水里上下漂浮。通常，三爷干活儿累了，端起瓶子大口大口地喝着，全然一副很解乏、很惬意的模样。我有些纳闷，有一回，也学着他将鼻子靠近杯子口，果然，那盈盈绿色里渗出的淡淡香味，清新至极。我向三爷讨了一小杯，一屁股坐在田埂上，掐一根长长的麦管，塞在壶中，慢慢啜饮，不远处，几只布谷鸟嘴里唱着歌从天空飞过，枣叶茶、麦管、布谷鸟、金黄的麦田，成了我童年初夏时光里最美好的回忆。

三爷是很喜欢这两棵枣树的。炎炎夏日，从地里回来，撂下锄头和镢头，整个人就靠着枣树坐下去，点燃一锅旱烟，很滋润地抽着；秋日里，三爷将一串串玉米挂在枣树的枝杈上，黄澄澄的玉米衬着瓦蓝的天宇，像三爷诉说庄户人家五谷丰登的喜悦；冬日里，落了几场雪，麦田盖了一层厚被子，雪停了，太阳出来了，三爷烧好一壶茶，端着板凳，裹着棉袄坐在枣树下，解开纽扣，让熏暖的太阳晒进他的身体里，那一副沉醉的模样简直要把生活里的酸甜苦辣和枣树的枯枝败叶一起风干。

三爷虽然没念过书，但他却教会我一首写枣树的诗。当然，三爷不知道这诗是谁写的。我也是过了若干年后，才晓得那是一首清代的无名诗，诗曰："春分一过是秋分，打枣声喧隔垄闻，三两人家十万树，田头房脊晒红云。"当时很惊诧，后来识文断字了，觉这样的民间诗本身就简单明了，难怪不识字的三爷记得如此之牢。

在我的故乡，流传着许多关于枣的谚语。比如"一日三枣，长生不老""五谷加红枣，胜过灵芝草"等，几乎人人皆知。母亲做腊八粥，春节蒸糯米糕，枣是必须放几颗的，意在来年的日子幸福红火；村子里哪家儿女结婚，枣更是吉祥的象征，比如男方家炕席下一定藏着枣、栗子和花生，女方嫁妆里也少不了这些，有的还把枣和栗子缝在被子里，希望一对新人早生贵子，早立家业。

这是枣树带给我们曾经的欢乐和安宁，可枣树下有过的往事又怎能轻易忘记呢？记得那年的春天里，三爷家的小红姑姑和小兵叔叔要辍学，三爷像一头发怒的狮子，用扫帚撵着他俩满院子跑，嘴里骂咧咧的："兔崽子，我和你妈从早到晚出工出力，省吃俭用，图啥呀，你俩竟然不好好念书，还逃学，长本事了，看我今儿不好好收拾你们！"

三婆一看三爷真生气了，赶紧从厨房里探出头说："他爹，莫生气了，村里像咱这样穷过活的人家，能念成书的有几个？还不如回来种地，多个劳力，能多分些粮食，蒸几顿细面白馍吃！"

三爷一听，更来气了，转身就朝三婆大吼："你知道什么，真是头发长，见识短。也不好好思量一下，就说咱两口，面朝黄土背朝天半辈子了，黄土都快涌到脖子跟前了，成天蓬头垢面的模样，连件像样的衣裳都穿不起，难不成让娃们以后也这样？"

三婆不作声了。厨房里，传来风箱咯吱咯吱的声音。锅里蒸着窝窝头，一股子酸酸的味道，从锅盖下面草席垫的缝隙里渗出来。

三爷继续黑着脸，梗着脖子，喘着粗气，在院子里追着小红姑姑和小兵叔叔跑，扫帚已经挨到小兵叔叔的屁股了，小兵叔叔这才跪地求饶："爹，爹，爹，别打了！我错了，我立马去学校。"

三爷抡向半空的扫帚终于停下来了。他长出一口气，脸上带着几丝无奈，几丝恳切："娃呀，从你爹我往上再数三辈，咱老张家的人，大字不识一个，只知道趴在地里抡镢头，搂耙子，眼瞅着，日子越过越穷，爹就指着到你们这一辈，咱换个活法，过一过念书人的文气日子。爹就这点儿念想，没别的。"他说完，撂下扫帚独自进了堂屋，关上门。小红姑姑和小兵叔叔灰溜溜地背上书包走了，那个时候，正是枣子成熟的季节，满树红红的、玛瑙一样的枣，把天空的云都染红了。

为了让小红姑姑和小兵叔叔能安心念书，那一年，树上最先熟透的大红枣会被三爷死死看住，谁都不让吃。他将枣子装在一个布口袋里，偷偷拿到县城的老巷子里卖掉，换来几张皱巴巴的毛票子，这样，小红姑姑和小兵叔叔在学校里就可以少啃几顿锅盔馍。

有一回，我从外面玩耍回来，正好碰上我三爷摘树上的枣。他站在梯子上，用竹竿轻轻敲着，一脸的虔诚和憧憬，仿若那一颗颗乌溜圆的大红枣里面，藏着小红姑姑和小兵叔叔的读书梦。

只是最终，小兵叔叔还是高中没念完就辍学了，这成为三爷此生最大的遗憾。从那以后，他坐在枣树下，抽闷烟的时候更多了。

草木尘香

黄昏来临的时候，二叔与三爷正赶着牛车，沿着韩家湾到村子的那条羊肠小道走着。

三爷是个牲口贩子，每隔一段时间，总要把方圆二十里养的牛、马、驴和骡子等拉到北山去贩卖，由于我二叔不但识字，还拨得一手好算盘，账算得又快又准，故而三爷经常会带着他一起去。

三爷是入赘的外姓人，老家在河南，闹饥荒时流落到我们村。当时他不到二十岁，正值年轻力壮。村里人见他孤身一人，怪可怜的，就让他在砖瓦厂、油坊和磨坊里打短工，混口饭吃。后来，村东头的五爷两口子不生育，抱养有一个女儿，正到婚嫁的年龄，看三爷为人诚实又能吃苦，就差人做媒，三爷就成了五爷家的上门女婿。

入赘后的三爷除了能种庄稼，还能做牲口买卖，十里八乡的牲口，公的母的，肥的瘦的，他闭上眼睛都能数清，揣摩久了，竟然还懂得医治牲口的小灾小病，简直药到病除，令人刮目相看。

牛车在长长的土坡上蹒跚前行，三爷不停地弯下腰身，拍了拍沾在牛身上的几片乱草叶子，长长地舒了一口气，他们的影子迎着夕阳，缓慢行走。牛车上，除了换回来的药材和粮食，还有一头小马驹，是二叔和三爷下了北山路过一个村子时买的，一户人家的马下马驹时难产死了，那户人家男人生了重病，没钱医治，女主人看着刚下的马驹束手无策，一筹莫展。三爷掏干了身上所有的钱，将马驹牵走了，也算救了那家人的急。

三爷很中意这头小马驹，浑身的毛不但匀称而且又软又光，惹得他一路上不停地跳上马车，坐在小马驹身边，不是摸脑袋，就是拽耳朵，满脸喜滋滋的，活像捡了个宝贝似的。牛车两边，野刺玫在沟里开得正娇艳，一股子浓浓的清香弥散在空气里。

拉车的大黄牛显然有些疲倦了，只顾低头踩在花瓣上，蹄子沾满了野刺玫鲜红的花瓣。我二叔和三爷的裤管上、鞋子上也沾满了野刺玫的花瓣，细细碎碎的，随着风儿散落。

终于快走到沟口了，一条小溪缓缓流淌。小溪又窄又浅，溪水淹没了溪边一片片草滩，葱葱郁郁的。三爷手上牵着的牛鼻子灵得很，一闻到草的清香和水的清凉，眯着的眼忽而就来神了，牛蹄子也撒欢似的快了起来，几步之后，便把嘴巴扎进水里，咕滋咕滋喝起来。

看着牛儿喝得带劲儿，我二叔和三爷索性坐在身旁的塄坎上歇脚。塄坎上，长满了牛蒡子，蓝色的花蕊摇曳在夕阳下，像一只翩跹飞舞的蓝蝴蝶。

二叔说，三爷对于牛蒡的青睐是他所不能理解的。打他记事起，就见三爷经常吃牛蒡子花的花蕊，他从牛蒡的花塔上拽下来一个细长的花蕊，把白色部分放在舌尖上，轻轻舔舔，花蕊甜腻的味道便流入嗓子里，嘴巴一阵清凉。

回到村庄，暮色四合，一缕晚霞在天边肆无忌惮地燃烧着，像某个画家一不留神打翻了油彩似的，村庄一片静谧和绚红。老槐树上的猫头鹰，叽叽咕咕乱叫，房前屋后一缕缕炊烟从高低不齐的烟囱里冒出来，偶尔还带着稍纵即逝的火星，嗖地钻入暮色中。

让二叔和三爷非常惊讶的是，五爷家的牛两天前得了一种怪病，不吃不喝，满身长出疮疖，无奈下，五爷请给人看病的乡医八爷使尽了浑身解数，也不管用。令人担忧的是，五爷家牛身上长的疮疖竟然传染，一下子传染了村里多半人家的牛。

那个时候，乡下人对家里的牛、骡子和马驹，比对待自己的儿孙还要亲切温存，看着自家牲口被满身的溃烂折磨得一个个蔫头耷脑，心疼得茶饭不思。听说三爷回来了，他们像抓住了救命稻草一般来求他。三爷瞧了瞧症状最严重的一头牛，诊断出是天气炎热，暑毒旺盛，牲口皮肤排泄受阻，生了痱子后抓破感染所致。

很快，三爷在村子里的麦场边上，用砖头块垒起来一口大铁锅，填满水，将苦参、血参、桔梗、苍术、黄精、葛根、天花粉等几十种草药倒进去，熬了半个时辰，铁锅里溢出草药的苦味，和着蒸腾的烟雾，一直弥漫在整个村庄。

药熬好后，三爷和我二叔提着药桶，挨家挨户给牲口灌药。他一只手掰开牛的嘴巴，另一只手举起灌桶，把药汤倒进牛的喉咙里，这样灌了几茬后，牲口们背上、腿上的溃烂渐渐萎缩，精神头也好多了。

麦场上的铁锅里，还有剩下的药汤。三爷说，都是他亲自去马超岭和韩家湾岭上采的好药材，倒了怪可惜的，让娃们喝了吧，保证晒一个夏天，蚊虫不叮咬，还祛湿祛邪，很灵的。只是，村里人担心，牲口喝的药，人能喝吗？三爷急了，当即舀了满满一大碗，先放在自己嘴边喝了一大口，眉头紧蹙，唇角也皱成一道道褶子，似乎很苦。他转过身子把大碗递给我二叔说：“军娃，喝吧，喝下去，你就成了老张家的牛崽子，扛风又扛雨，还顶天立地呢。”

我二叔那会儿很听话，听话到像头牛一样昂起头颅，张大嘴巴，咕噜咕噜就把一大碗牛的药汤全装进了肚子里。这个情形，我后来在二叔的日记本里看到过，记得他是这样写的：“没有喝这碗药汤之前，我还是一个有很多梦想的乡村小伙，喝了这碗药汤，我也许会像父辈一样，变成一头牛，扛着锄头和铁锨，在这片贫穷的土地上，终老一生。”

不过，我二叔最终没有成为一头耕牛，倒是半个月后，村子里的牛儿们又开始了欢唱，满村子“哞——哞——”调子，拉得好长。乡亲们奔走相告，欢天喜地，一个个提着鸡蛋、烙饼、核桃、香烟、大枣等好吃好喝的，感谢入赘的三爷，一时，村里热热闹闹的，像过年。

那个夏天，我二叔终于金榜题名。临走时，二叔带着我去了三爷家里，帮着将小牛犊拴好，然后我们一起坐在院子的枣树下，说着各自的心事。透过一串串青枣和叶子的缝隙，二叔说，他看见了大片的云彩被一阵夏天的风驱赶着，就像三爷和他一次次在北山的小路上驱赶牛车一样。

我清晰地记得，那时，有沉闷的雷声从远处传来，天空飘起雨丝，落在脸上凉凉的。三爷慢悠悠地说：“立夏不下，高吊犁耙，这是老天的恩赐啊！”

一朵蜀葵的盛夏时光

我是在暑热中远远看见这一朵朵蜀葵的，它们顺着蜿蜒的渭水岸边，一片又一片地绵延而去。远远望过去，红的、白的、高的、矮的，开成汪洋一般的花海。

关于蜀葵，我再熟悉不过了。早年的乡下，靠村子的水塘、麦场边，一些人家的房前屋后，一株一株蜀葵随意散落着。无须照看，也不用打理，却能生得茂盛葱郁，蓬蓬勃勃。尤其是盛夏中，清晨，整个村子罩在一片晨光熹微之中，若不经意间一抬头，即可看到那细长瘦弱的枝干上爬满了密密匝匝的花朵，从邻家的墙头或者门口的柴垛空隙里伸出来，红得妖艳，白得素净，煞是好看。

村里人喊它“毡片花”，因其开得敦实肥硕。在我家里，婆更是毫不在意地将它种在后院的羊圈或者门口的粪堆旁边，风儿一吹，总会有一些小颗粒的粪土被刮到花的根部，故而我家的“毡片花”养分更充足，比村里任何一家的都开得茂盛和丰满。

我第一次留意并注视这花儿时，已经上了初中。长长的假日里，一本借来的书读倦了，或者眉间漾起一抹淡淡的年少清愁时，我会在院子里到处走走，那开得肥硕妖娆的花儿一朵接一朵便相继跌入了我的眼底。我将鼻子凑到它们跟前，香味不是很浓，却迎着朝霞热烈绽放，那恣意纵情的模样，像要点燃一个乡下女子深藏于心的青春梦想。就在那一刻，我开始喜欢这花儿了。每天下午放学后，邀来几个好伙伴，一起扎堆在蜀葵花下，掐一朵喜欢的戴在头上或者手腕处，相互嬉闹玩耍。偶尔，也会将那肥硕的花瓣一层一层剥下来，夹在书页里当书签，或用拇指、中指和食指捻成油彩，染指甲，抹腮红，臭美无邪的笑声，银铃一般响起来。

婆比我还要喜欢这花儿。一有空闲，总不忘将洗衣服、淘菜剩下的清水倒一些进去。清扫院子的时候，也会顺便蹲下身子，将蜀葵根部四周的杂草柴火清理干净，尤其是蜀葵盛开时，婆只要从旁边经过，再忙再苦再累，都要停下来，凝神注视一番，唇角漾起一抹深深的微笑。

待我上中学后，分家了，父母和叔伯婶子们各自过自己的日子，一天到晚手脚不闲地在地里劳作忙碌，若是没有要紧事，大家都很少去婆的老屋里，大多时候，三寸金莲的婆一个人守在窄长的院子里。只有我们几个孙儿孙女没事干了经常凑到她老人家的跟前，说几句卖乖的话，然后讨个一两毛钱，去买些好吃的。只是，那时的婆，看似很不情愿地打开箱柜，摩挲了半天，拿出一个缠裹得很结实的塑料袋子，层层打开后，是一沓子皱巴巴的毛毛钞票。她取出一张，一边分给我们，一边骂我们是馋猫，甚至捉起笤帚假装赶我们，其实心里并不恼火。

那日，我刚推开半扇门，大老远，看见婆拄着拐杖站在猪圈外面的粪堆上几棵衍生的蜀葵前，时不时地用手去摸摸蜀葵厚实的花瓣，满脸柔和，满目慈祥。我轻轻走过去，她老人家都没有觉察到。我只好故意咳嗽了一下，婆转过身子，看见是我，赶紧说："红红，快到婆房子炕柜的抽屉里拿一个塑料袋来。"

塑料袋子拿来了，婆很小心地将开败后已经裸露的种子取出来，包在一张纸里，再用塑料纸裹紧，嘴里自言自语："还是这花儿好，耐旱又耐热，整个夏天都开过来了，真的养眼哟。"

婆说这话的时候，我亲眼看见，她布满皱纹的眉头渐渐舒展，好像贫瘠日子里所有的清苦哀愁与寂寥寡淡都在这一朵的盛开里渐渐散尽。只是，那个时候我还不大懂得婆的这番心意。初三那年，我随着小叔到离家十几里地的长命寺初中求学，由于离家远，学习紧张，半个月才能回一次家。一个夕阳漫天的下午，我又去老屋看婆了，前院静悄悄的，进到后院，看见婆弯着腰，低着头，正在喂鸡，一条长长的影子落在低矮灰黄的土墙边，像一幅装帧好的油画。我忽而心里酸酸的，一种怅然若失的感觉，瞬间将我包裹得死死的，我甚至想着，若是没有院子里这一株株蜀葵，婆的日子是多么单调、寂寞。是哟，怎能不单调寂寞呢？她老人家从一睁开眼睛，一双三寸金莲的脚就在院子里细碎地走着，一年一年，一步一步，几十载的苦夏时光就这么丈量出来了，院子里的风雨，鸡儿、羊儿、猪儿，还有一株株蜀葵，都成了她老人家最亲密的伙伴，她可以对着它们指手画脚，嬉笑怒骂。想到这些，我的心里酸酸的，却又是无奈的。

后来，我考上学离开了村子，在很长很长的一段时间里，婆几乎不曾走出过村子。在她的世界里，地里的谷物、果树、野菜都会开花，开花的目的只有一个，为了打更多的粮食，结更多的果子，就连院子里榆树、香椿树、槐树开花了，婆是绝对不会白白浪费掉的。她会摘下那些花儿或者芽儿，和面拌在一起，蒸熟吃，炒着吃，以填补秋夏两季的青黄不接之需。我一定想象得到，在那苦得跟黄连一般的日子里，一棵只开花的树，会带给如婆一样的乡下女人的喜悦和兴奋是难以言说的，仿佛那花开深处，乡村女人们醇香而隐秘的心事，终有一日会被时光挑逗得无处藏身，恰逢一米阳光、一滴雨露，欣欣然将心事打开，袒露在世人面前，让荒凉的乡村不再荒凉。兴许，这花开深处，一块石头、一棵老树、一檐青苔，都有一段长长的故事，它们和花儿一起秘密相守。

写下上面这些字的时候，婆早已故去，我离开乡村已多年，儿时的伙伴亦散落天涯。我的小城里，一年四季，大街小巷里五彩缤纷、姹紫嫣红的花儿很多，它们此消彼长，像赶趟儿似的，在我身边妖娆着，丰满着。我几乎忘记了，这世上还有一种叫作蜀葵的花儿，曾经温暖过婆愁苦的岁月，亦缤纷过我单调的年少时光。

荇菜青青

小时候，吃荇菜的时候并不多，原因是乡下能吃的野菜实在太多了，荇菜属于不太好吃的那种。在我家，有亲戚来时，我娘用荇菜的鲜嫩茎秆来炝莲菜，或者凉拌豆腐。碰上大暑天，偶尔也吃荇菜馅的饺子，白净的瓷碗里，荇菜的叶子翠绿鲜嫩，挖一勺入口，满舌尖都是春天的味道。

初中时，老师语文课上讲《诗经》，讲到其中一句："参差荇菜，左右流之。窈窕淑女，寤寐求之。"我很是惊讶，怎么也想不到，这寻常人家离不开的荇菜，竟然被古人描摹得如此诗情画意，不觉莞尔。

掩上书的一瞬间，我似乎看见：两千年前，一个洒满阳光和雨露的清晨，一翩翩男子来到河畔。远远的，两只野鸭，一黑一白，一雌一雄，结伴游弋，一圈一圈的涟漪漾起无限生趣。河畔上，有大片的荇叶浮于水面，一女子在洗荇菜，她的纤纤素手轻轻拨弄着翠生生的荇菜，平静的水面便被划开一道涟漪，四下散去。女子身后不远处，一眉清目秀的男子在岸边驻足良久，他已看得呆了、痴了。他爱上了这一条河的广阔与这一汪荇菜的茂盛，更爱上了那个洗荇菜的美丽女子。

那一刻，我在想，多亏了诗人，使这乡野荇菜没有被埋没在水塘或者河流里，它们在蜿蜒的水边，与《诗经》一起，成为掩不住的清韵，流淌至今。

后来，我爱上了读书和写作。有一回，我在廉价的书摊上淘了一本《本草纲目》，知那荇菜又名莕菜、凫葵、水葵、水镜草，各地称呼不同，如池人谓之莕公须，淮人谓之靥子菜，江东谓之金莲子，听来蛮诗意的，心中竟对这不起眼的荇菜多了几分欢喜。每每回到乡下，看到河塘或者水渠边生生不息的荇菜时，总要停下来，看那黄色或白色的花儿密密匝匝铺在水面上，绵延不绝，生机勃勃。

很多时候，我更愿意浸在古诗词里，咀嚼那从渗满油墨的馨香里散落出来的悠然古韵。诸如陆玑《诗疏》云："荇茎白，而叶紫赤色，正圆，径寸余，浮在水上。根在水底，大如钗股，上青下白，可以按酒。用苦酒浸其白茎，肥美。"简约几句，荇菜之形神意趣跃然纸上。更有徐志摩，阔别剑桥二十年后，当他再次回到那里，漫步于古老的河岸，他轻吟道："软泥上的青荇，油油的在水底招摇；在康河的柔波里，我甘心做一条水草！"很显然，徐志摩笔下康河里的青荇，一定是荇菜了，它与康桥上流动的的浮云、碧树，成为诗人唯美诗篇的发源地。至于比徐志摩早二百五十多年的张岱，他在《陶庵梦忆·天镜园》中提到的浴凫堂，有高槐深竹、水木兰荡，又有鱼鸟和藻荇，错落有致的碧色叠加环绕，生趣别出。身居这样一处幽静之地，张岱赞叹道："余读书其中，扑面临头，受用一绿，幽窗开卷，字俱碧鲜。"

初读这篇文章时，我尚不知藻荇为何物。上网查询一番，方知藻荇即为荇菜，心中又是一喜。原来，这文人多喜荇菜，大抵是熏染了荇菜骨子里固有的洁净和诗意吧，难怪张岱文笔丰神绰约，富有诗意，有"小品圣手"之誉呢！

在乡下，父辈们说，荇菜是最爱干净的，有净化水域的作用，这是真的。村子里的水塘里，野生的水草颇多，一簇簇绕着水塘兀自葱茏。不过，只要有荇菜生长的地方，总要显得格外清冽些，故而孩子们总喜欢在这一处戏耍。我三爷牵着他家牛从沟底犁完地，路过小苇河时，河中有一段长满了荇菜，那牛儿仿佛闻见了清冽的水汽，急急将脖子伸进水中，咕噜咕噜畅饮起来。

荇菜开花在五月，最长可延续到十月，黄灿灿的五瓣花在水边一溜散开，远看近看，都是一道靓丽的风景。远在江南的朋友说，荇菜中含有丰富的蛋白质、维生素和有机酸，嫩叶和茎干可以食用。故而每年盛夏，她都会去附近的水塘边采摘一些回来，用蒜蓉清炒，青翠悦目，口味也不错。荇菜也可凉拌，主要用荇菜的白茎，去外皮，加几小撮叶柄，开水过一下，醋油拌之，颇爽口。

河北的姑姑告诉我，荇菜还有一种吃法，叫荇菜绿豆粥，做起来很简单。先将绿豆用温水浸泡两小时，粳米淘洗净，荇菜花去梗、去花柄，花瓣洗净，然后将绿豆放入锅内加水煮至豆开花时，下粳米，再加适量水，用旺火煮沸后，转用慢火熬煮绿豆和米熟烂时，下荇菜花，加几勺子白糖和荇菜一起搅匀，关了火，即可食用，白糖根据个人喜好可多可少。此粥的特点是粥糯、味甜、绿豆酥烂、花香、爽口，为清热解毒、解暑止渴的良品。

除了吃，荇菜还是中药铺的常客。药书中说，荇菜性味甘冷，无毒，有消渴之效。若将新鲜的荇菜洗净，捣汁服用，便可疗愈热毒，功效神奇呢！母亲说，我小的时候体弱多病，却又惧怕打针和吃西药，但对吃中药却有一种先天似的依赖。每次病了，熬几副中药，自个儿端起碗，咕嘟咕嘟一气儿就喝下去了。无论多苦的药，顺着舌尖就滑入肝肠。婆看得惊讶，一边摸着我的头，一边说，这丫头，前世肯定是一株草药。而我妹妹偶尔生病需要吃中药时，必须得连哄带骗，将水果糖、核桃、大枣等好吃的放到眼面前，才愁眉苦脸地对着那一碗苦汤药，闭着眼，屏住气，捏着鼻子，一小口一小口地抿着，简直跟喝苦水没两样。

其实，我对草药味道不排斥，还有一个原因应该是源于老屋隔壁的八爷。他是乡村医生，每个季节都要去北山采药。采回来的药，一般晾晒在他家窗台、墙角、屋檐下，甚至土墙的缝隙里塞的都是一束束艾草。这些草药入药前，八爷须将它们上锅蒸煮或碾成粉末，故而他家院子里到处弥散着草药的味道，我家也是。平日里，八爷走在村子里，他的身上也是草药的味道。奇怪的是，闻的多了，久了，我竟然有几分迷恋草药的味道。

若干年后，当我手捧《红楼梦》打发一个又一个寂寥雨夜时，隔着油墨，黛玉身上常年氤氲不绝的药香、宝钗衣袖不经意间散落的冷香丸，都会从纸墨间散落开来，成为草药世界里写不尽的风月与美妙。这种感觉，如同我熟悉的荇菜，入了药，熬制好，从舌下入肠胃，又至肺腑后，幽香、苦涩、沉郁，仿若通体被浸泡和洗涤得干爽洁净。

千年前，《诗经》里的那个河边采荇菜的女子，采得荇菜后，是入厨烹食，还是熬煮汤药，已无从知晓了。或许，我更在意的是，那丝丝缕缕的荇藻在水中、在风中自由摇曳，将女子的心事和情怀抖落在诗人的字里行间，成为千年绝唱。这种感觉就像生于水中的荇菜，清洁自持，它被诗人寄托了太多美好的想象，从而成为人们眉目之间的浪漫与纯粹，亦已成为人们衣襟里散落的俗尘，而无论哪一种，都在诠释着荇菜固有的清澈初心和处世之道，它给予后人的，该是一个多么广阔而深远的世界。

前年深秋，我去甪直参加叶圣陶教师文学奖颁奖典礼，顺便去了绍兴，一个人在沈园的墨池边辗转，行人寥落，秋雨绵绵，但见池中生长着大片大片葱茏茂盛的绿叶，走近了，原来是荇菜，零星开着鹅黄小花，散散淡淡地，似在向游园的路人诉说一份相思柔情。那个场景，总会让人想起许琮的《感秋诗》：“风动苹起，云光在水。荇藻有心，清我眸子。白露在衣，秋心易微。冠兮佩兮，君子当饥。”不用说，这是荇菜最为深情的一面，它与《诗经》一起，隔着千年的时光，将爱情放牧。再次念及，你会和我一样，深深恋上这个尘世的。

清欢土豆

土豆学名称作马铃薯，感觉有几分亲切与自然。在乡下，甚至有人家给孩子起乳名也叫土豆，为的是好养活，皮实耐摔打。而且，地域不同，土豆还有很多名字，比如：洋芋、山药蛋、薯仔等。在国外，土豆的名字更有趣味，法国人称之地苹果，德国人叫地梨。读这样的名字，不觉口里生津。

我二叔父算是早年期间乡下的读书人，识文断字比较多，他手里有一本徐光启的《农政全书》，里面写土豆："土芋，一名土豆，一名黄独，蔓生叶如豆，根园如鸡卵，内白皮黄，煮食，亦可；蒸食，亦可。又煮芋汁，洗腻衣，洁白如玉。"对我来说，土豆常吃，却不知土豆汁可以洗衣物，也许是最古老的那种浆洗吧。

薯块是一株土豆生长路上最早的盘缠。在乡下，春暖花开时，人们开始切土豆块，这常是农家妇女的活计。一个土豆要割上四五块，块块有芽眼，喷上一点儿链霉素，防止土豆染病菌。三伯说，光给土豆块上洒链霉素不行，还得往施的底肥里拌毒死蜱颗粒剂，才能有效防止蝼蛄和蛴螬，它们是土豆的天敌，必须从开始就加强防范。做好这一切后，只等大地淋一场透雨，土块湿润了，就开始栽土豆。这活儿不重，村里老少皆可下地，有的刨埯，有的下种，有的覆土，场面热闹。我懂事后，每每回想起来，心里滋生很多感想，他们不但埋下了土地和土豆之间忠实的秘密，也埋下了庄户人家最为朴实的心愿和梦想。

七月微熏，土豆开花。花有白色和蓝色两色，形如萼钟，密密匝匝，团团簇簇，如同花海一般。走近了看，白的玉润淡雅，蓝的丰腴沉静，繁盛之极，常有白蝴蝶、蓝蝴蝶、黄蝴蝶穿梭其中，翩跹起舞。偶尔，也有三三两两的蜜蜂飞到这里，悄悄俯下身子，趴在上面一心一意采蜜，一切都静悄悄，因为土豆的故事藏在土里呢！

那时，放了晚学，我常约几个同学去土豆地里找土豆梨儿，最是少年乐事。花谢了，土豆秧上结了果实，青白色的土豆梨儿，像如今的圣女果般大小，一串串挂在枝头，我忍不住摘下，尝几口，苦涩之中带有淡淡的辣味。若碰上凉风从远处吹来，气温降下来一点儿，那土豆梨儿渐成黄色，捏在手里软软的，入口酸甜，美味无比。生涩的也可摘，回家用棉被捂了，几日可食。

立秋后，天气渐渐转凉，土豆花凋谢了，土里已经结了鸡卵一样的土豆。那时家家寒苦，青黄不接，孩子嘴馋，大人可以到地里挖几个回来，或煮或烧。新土豆好吃，水分足，味道正，面糯饱腹。九月底，大田还没收割，秋天里乡亲们动的第一把镰，就是收土豆。镰刀割了枯黄的秧子，黄牛拉着犁铧，把土垄里的土豆豁出来，垄沟里白花花的，看着让人心喜，就像大地深处的秘密被公开了，这是大地九月的节日之一。

土豆收完，总有些土豆剩在地里。老人和小孩子拿着四齿钉耙，挎着草笼子或蛇皮袋子，遛得一筐土豆，满脸收获的喜悦，就像日子有了保障。

收回的土豆，要在菜园子里晒几天，去去水分和潮气。初霜要来了，把干爽的土豆倒入院子靠墙角的土窖里，一筐筐倒下去，几个时辰，人站在窖口膝盖已露在外面，一家人会觉得丰衣足食，漫长的冬天也不可怕了。

我依然记得，那些年，冬天来临时，下了晚自习回到家，我婆灶坑的灰烬里，常埋着两三个刚刚烤好的土豆，拿起两个一磕，土豆笑了，甜面可口，吃得甭提多舒服。偶尔，母亲也会为我们素炒土豆丝，母亲切土豆丝的声音好听。土豆丝入冷水浸泡，切葱末，锅内放少许植物油，炒香葱花，放土豆丝，快速翻炒，加适量温水，然后放盐、味精，淋醋，入口脆脆的，清爽之极。

后来，乡下人的生活好起来了，家家也晒土豆干。选小土豆，烀熟，凉后扒皮，切成比铜钱略厚的片，在阳光下慢慢晾晒几天，直至晒干，金黄剔透，久放不坏。等落雪了，一家人围坐一起，炖一锅烩菜，土豆、豆腐、粉条、青菜、胡萝卜等一股脑儿下到锅里，红是红，绿是绿，白是白，色香味俱全，热腾腾的，足以驱寒和暖胃。当然了，大人们看娃儿们嘴馋了，也会在碗里放一勺烧好的大肉片，或者来个纯粹的土豆炖鸡块，那个香呀，真叫人回味。

成家后，有了孩子，他喜欢吃土豆做的食品。如麻辣薯片、薯条等，吃得不亦乐乎。昨夜，我欲下楼散步，他一边写作业，一边朝外喊："妈，回来时给我买点儿薯条。"我转身，道："不就是油炸土豆条嘛，说得还文绉绉的。"他说："妈，瞧您，土气了吧，人家叫薯条，多好听。"我笑了，或许吧。只是，他哪里知道，味蕾忠于乡土，若一日渗入胃里、心里，便是其他名称和味道无可替代的。

写到这里，芒种已过，我身居小楼，一栋又一栋的钢筋水泥阻挡了我的视线。可我知道，远处的田野上，土豆早已出苗，正在春雨里纳新吐蕊，花期不远了。我忽而有种很强烈的欲望，去乡下走走，蹲在一片土豆田里，我也是一株土豆。

艾草绿了

生在乡下，长在乡下，与艾草算是老相识了。可以说，在我童年和少年时期，艾草与简陋的房屋、烟熏的门扉、高高的草垛、虫蛀的房梁、低矮的粪堆一起组成旧时乡下不可或缺的自然元素。

五月是艾草疯长的时节，充沛的雨水和温暖的阳光使得田野深处到处长满了这一株株微不足道的植物。若再来几场疾风，艾草的叶子渐渐发生变化，尤其是背面，像挂了一层薄薄的霜，灰白，疑是秋之薤露。除了偶尔飞过的鸟雀，从来没有人去过多地关注它们，但似乎都有一个感觉，那艾草一直在，在田野里，枕着风，傍着水，枝繁叶茂，不离不舍。

黄昏时，村里那条窄长的土疙瘩路上，总会拖着一条条瘦长的身影。那是锄禾归来的乡亲们。他们几乎每个人手里都会拎着一把雪亮的镰刀，路过沟壑或水渠边上那一簇簇生长茂盛的艾草时，也会不约而同地停下来，弓着身子，不疾不缓，砍回一大抱，插在门楣和窗框上，或搁在神龛和瓶子里，既可避邪，更可驱蚊蝇虫蚁。

我二婶的左腿患风湿多年，秋冬时分，湿气和寒气渐起，她的腿疼得下不了炕，二叔牢记着乡医八爷的嘱托，给二婶熬艾汤喝，早晚两顿，温气、散寒、生暖，都是不错的。偶尔，二婶添满一盆水在锅里，再放些艾草蒸煮半个钟头后，用来洗澡或熏蒸。此次，水不再清澈，倒有几分黏稠，二婶半躺进去，肌肤、经络和血管被浓稠的艾水浸泡后，腿部的疼痛会减弱很多，二婶蹙紧的眉头渐渐舒展。

随着年龄的增长，我更多感受到了贫瘠的乡民们对一株株艾草有着难以割舍的情结。他们每每触及艾草，总会爱不释手。比如三婆家的孙子得了天疮，三婆会将艾蒿和菖蒲捣烂，取汁，擦拭孙儿的全身，不几日身上便结痂了。再比如，二爷家的孙子出生三天了，二婆定然要为其“洗三”的，那是用艾草、松枝、蒲公英、车前草等混在一起煮，好了后倒入木盆，然后把小孩子轻放进去，先洗头发，再洗身子，那褐色裹挟着绿意从头浇下，流过身子、腿，一直到脚跟，河流般地缠绕孩子们的全身。不识字的二婆像诗人一般，很抒情地念叨着：“洗吧，洗吧，洗净污垢，洗净尘埃，洗出一个青枝绿叶出来。”

爱上文字后，我时常站在一株株艾草前浮想联翩，甚至想极力探究它们身上所携裹的神性和秘密。我终于发现，在父辈眼里，那苦涩的味道不仅给予他们粗粝生活的芬芳，也抚慰了他们疼痛的神经，每当我的父老乡亲们被某些沉重和苦难压得喘不过气时，那匍匐在大地上的艾草生生唤醒了他们对生活的热望。

我正是怀着这样一种虔诚的心态走近艾草的。心事深锁的艾草，透明如镜的艾草，启迪了我在书页里进一步探求的欲望。我沿着《黄帝内经》，沿着《本草纲目》，寻找它的足迹。在古人眼里，亲和无边的艾、艾蓬、香艾、灸草、黄草，像一枚枚珍贵的纽扣，织补着人们身体和生活里的罅隙和裂缝。后来，我无意间看到《荆楚岁时记》一书，更是鲜活地记载了艾草庄严的使命，我在心里一遍遍默念着：“鸡未鸣时，采艾似人形者，揽而取之，收以灸病，甚验。是日，采艾为人形，悬于户上，可禳毒气……”念到月明星稀，大地安详，不觉惊叹，不过是一株普通的植物，何以有如此大的能量？

去年冬天，母亲患了腿疾，好长时间不能下地走路，我从城里带了很多药回去，都不见好转。看着母亲被疼痛折磨得心力交瘁的模样，父亲和我的心也被撕扯着。一日，八婆来家里串门，她建议我们找些晾干的艾草，撮成绒条，用微火点燃，热敷在膝盖两侧和脚踝处，然后使劲搓揉，可以减轻疼痛。我和父亲手笨，半天弄不利索，八婆着急了，亲自上手，眼见那一簇簇柔软的艾绒在她老人家手里像变戏法似的，从一团干瘪的乱草变成粗细匀称的细条，燃成灰沫或颗粒渗入母亲的皮肤，直到深入骨髓。父亲一边仔细地看，一边跟着八婆比画，以便后续为母亲治疗。母亲双眼微闭，满脸安宁，这一幕，深深烙在我的记忆里，从老家归来后，我写下笨拙的诗句：

这一株善良而凄苦的植物
让我的父辈们如此安心地与它肌肤相亲
很多年后，我终于懂得
是它在擦拭着我内心深处的一粒尘土
让我打开洁净的身体
虔诚接纳它带给我故乡的告白书

第三章
乡村物语

落雪时，山川、大地与河流都静默着，唯一不变的，就是村庄上空那袅袅升腾的炊烟了，那是乡村永恒的颜色。它们从高高的烟囱里缓缓地冒出来，绕过一棵又一棵树梢，轻轻地拢住几声鸟鸣、几片瓦砾，再绕过那些白雪，然后便寂静地四下散去。但风还密密的，吼啊吼地吹着，地面一片白……

故乡的屋檐

记忆里，屋檐属于旧时，属于故乡。

那时，我只有五六岁，到了漫长的冬天，会有一场又一场的雪接连不断地落下来。低矮的茅檐下挂着一排排冰溜子，在太阳照射下，升腾起一缕缕淡青色的水雾，啪啪地滴落着水花，溅出一条水槽来。若从屋檐下经过，一不留神就会有一小块冰碴子或融化的雪水跌落在衣服领子里，飕飕凉。这一幕，不管是大人还是小孩儿，都会凉得龇牙咧嘴，缩着脖子打几个冷战，兀自又忙起来。

等雪停了，孩子们聚集在屋檐下，搬个凳子，仰着脖子，用瘦长的胳膊使劲够那些冰棱儿。有调皮的直接拿着竹竿朝着屋檐一阵胡乱敲打，散落的冰棱儿四下飞溅，惹得伙伴们叽叽呱呱一阵呼喊乱叫。还有的用冻得通红的小手接住，躲过家人严厉的目光，偷偷缩在墙角咯嘣咯嘣地吃着冰棱儿，嬉闹不休。那架势，就像现在我儿子坐在沙发上吃雪糕一样有滋有味。

很快，冬天过去了，春天来了，门口的屋檐下总会站着一群女人。她们围着围裙一边捡拾柴火，一边急急地向村口张望，直到看到自家男人一手牵着耕牛一手扛着锄头懒散而归。那牛蹄儿敲打着土疙瘩路的闷响声渐渐走近了。男人穿过上房的屋檐进了后院，将牛拴在桩子上，然后回到前院，接过女人递过来的脸盆，撩起水，擦洗去一天的劳顿和困乏。

后来，我家搬迁了，低矮的屋檐被青砖灰瓦的屋顶替代了。但我依然记得，父亲和母亲省吃俭用，一块砖一片瓦，一条檩子，一车沙子，一袋水泥，艰难凑齐了盖房所用的材料。挑了日子，放了鞭炮，请了乡邻，经过近乎两个月的日夜忙碌，终于换来了我家的几间大瓦房。乔迁新屋那天，厨房的大锅里炖肉煮菜，院子的饭桌上觥筹交错，好生热闹。安顿好了后，父亲在房前屋后，栽上了柿子树、枣树、核桃树、泡桐树、土槐树。这些树，经一缕缕的风轻拂，一场场的雨滋润后，枝干一日日粗壮，茎叶一日日茂盛。

流年似水，不知不觉中，我和那些树一起成长。只是我忽略了，一直为我遮风避雨的老屋和填满我欢声笑语的屋檐，正一年年地被风雨残蚀而渐渐衰败。我更忽略了，当我出落成一个亭亭玉立的大姑娘时，我的父亲和母亲，却在这片老屋的屋檐下，慢慢老去。如门房檐下的那两棵土槐树，仿若被岁月拽着奔跑似的，恍然间已根深叶茂，绿荫婆娑。而我却在一个有着收获和丰盈的九月，要与它分别了。从此，这屋檐成了我生命里一道酸楚而甜蜜的回忆。每当我在异乡漂泊中感到疲倦时，每当我在人世浮沉中感到浮躁和茫然时，那屋檐下总有母亲慈爱的呼唤，总有父亲平和的注视，而我，就像服了一剂心灵的汤药，顿觉温暖和豁然。

今年夏天，我又回到了老屋。偶见檐下那棵老槐树上，爬满了层层的蜘蛛网，有蝉儿罩在上面嘶鸣。我的心忽而温软起来。那些和伙伴们上上下下爬树、扑蝉、掏鸟蛋的欢乐情景，又一次浮现在眼前。还有老屋檐下飘过的一缕风一阵雨，也是那么的熟悉和亲切。大抵是因这风声和雨声里，曾经掩着太多我们檐下玩泥巴、捏泥人、捉迷藏的开怀吧！

整个假期，我尽情摊开自己的身心，行走在故乡的每一条小路，每一片田埂，触摸一份远离城市的安静和清新。其实这些年，门口那片屋檐下，一次次的迎来送往中，我总是不停地驻足和回望。虽然，我寻不到幼时那低矮的屋檐了，那个有着燕子呢喃的屋檐，那个有麻雀垒窝的屋檐，那些在冬天挂着长长冰凌的屋檐，那些在雨季里长满青苔的屋檐，永远不再有。然而，我甚感欣慰的是，在老屋的檐下，一直有老父亲和老母亲，一年一年地默默守候着我。于我而言，何尝不是幸而又幸呢？

这般想的时候，我心足也！

远去的笸箩

外婆走的时候，棺木和墓坑里放了好多东西。吃的，喝的，包括她老人家曾经喜欢穿的衣裳，用着顺手的一些旧物，都给放进去了。大姨说，有了这些与外婆一生相依相伴的老物件，外婆一个人睡在这冰冷的世界里，大抵就不孤独了。

那时，我还未成年，远远站在外婆居住的上房的门槛边上，看着母亲和老姨们一件一件整理着，一句一句絮叨着，似乎每一件物品上面，都还清晰留着外婆的气息。当这些东西被大包小包逐一规整利索之后，剩下一只外婆用了几十年的针线笸箩筐，静静放在炕头的一角，棱角的边上已经被岁月打磨得有些发亮。小妗子腿脚利索，三两下上了炕，顺手拿过来，转过头用眼神看着大姨。大姨接过笸箩筐子，仔细端详着，揣摩了半天，才慢言慢语说道："这筐子，咱妈平日里仔细惯了，竹篾编制完好，细滑柔软，放进去，真有些可惜了。"

就这样，外婆的针线笸箩被留了下来，缝缝补补，又是好多年。

后来，我婆去世了，她的针线笸箩虽然也被小婶子留了下来，但几乎不太用了。我偶尔去小叔家的时候，笸箩静静躺在炕头一角，堆满了随身穿的小衣物，鼓鼓囊囊的，将笸箩压得变了形，让人看了多少有些遗憾。

记忆里，女人炕头的针线笸箩是轻轻巧巧的，但它却盛放了太多的岁月流年。尤其是在那些缺衣少穿的贫瘠日子里，乡下人一年四季从头到脚穿的粗布衣物，长的、短的、薄的、厚的，都是用笸箩里的针线缝起来的。先是我爷前日下地干活儿时磨烂的袖口、松了的纽扣、刮破的衣襟，再是三叔的袜子，在生产队平地时，他拉着架子车满地跑，脚后跟磨烂了的大洞挑衅似的张望着。还有小叔的裤脚又短了一截，眼瞅着天越来越凉了，需要接一截布……这些细碎的紧要活儿，我婆得赶着日头做。比如趁着早起窗外透进来的亮光，或者落满夕阳的窗台，不大工夫就完成了。若是整件的衣裳或者裤子，那就只能等着下雨天或者农活儿不紧时，摊开场面做。她早早将被子叠起来，炕头收拾利索，然后将裁剪好的布平铺。那只笸箩就放在手边，一轱辘线，被婆不停地取出来，放进去，串一些，再串一些。她一针一针扎下去，袖子、领口、前襟，一片一片衔接起来，风声、雨声和婆的背影成为那个雨天里一幅温暖的水墨。

婆的笸箩形状像一弯月，里面放着颜色各异、粗细各异的线、剪刀、铜顶针、碎花布，以及一本发黄的书。书里夹满了一家老小一年四季用的鞋样、窗花，还有绣花用的箍圈，都一一躺在笸箩里，静静恭候，某天某时某刻它们会被派上用场，好让全家人安然度过风霜雪雨与寒来暑往的四季。

笸箩一般用细柳条编制而成。褪掉皮的柳条白生生的，乡下人叫水柳，长在水边，与芦苇一起，沐浴溪流、日光和风。待某日，长得婀娜多姿、纤细柔曼时，村子里的篾匠张四会用一把亮闪闪的篾刀褪下它粗糙的外皮，顺着柳条的纹路经脉，一层一层割出自己需要的长度、宽度和厚度，再经日光锻打、炉火熏烤，直到它柔韧结实，可以任意弯曲或折压为止。待农活儿清闲时，张四寻屋檐下一处干净的地儿，一根根柳条从篾刀间划过。他的拇指按住刀口，柳条反复在篾刀上划过，直到被打磨得透薄光滑。用他的话说，篾匠活儿不难，细致活儿，主要是靠一双手砍、切、拉、编、磨，笸箩、簸箕、背篓、筛子、笼子等就出来了。我亲眼看到，他劈出来的柳片，粗细有致，青白分明，一点儿毛边都没有，可他那双手，早已糙如老树，手指头上布满了细细的口子，连关节也有稍微的弯曲变形。我问他："四爷，你手疼不？"他笑着说："手上磨出的茧太厚了，早感觉不到了。"完了，又多说一句："娃呀，你好好念书，爷这手艺养家糊口还凑合，要想过上好日子，难！"

冬闲时节，家家户户的炕头上，笸箩闲不住了，它被乡下女人翻来翻去，织补着各自心头的喜怒哀乐。比如，隔壁八婆家老二刚子的媳妇怀孕了，让刚子满村子找酸杏子吃，眼见那肚皮一日日鼓起来，尖尖的，肯定是个顶门杠子。三婆一边给孙儿缝老虎枕头，一边乐得合不拢嘴。前街的秀红姑姑刚刚和镇上家境殷实的药铺老刘家订了婚，郎才女貌，村里人都说是天造地设的一对。秀红姑姑一个人悄悄躲在厢房里给女婿绣鞋垫，一双纤细白净的手在针线笸箩里刨来刨去，红的、绿的、蓝的花丝线，也在她手里比画来比画去，直到鞋垫上红的花绿的叶，活泛逼真。尤其那鹊儿，红嘴、黄脚、蓝羽、乌溜圆的黑眼，似要张嘴说话呢。

月亮悄悄爬上树梢的时候，夜渐深了，街门六婆家传来时断时续的争吵声，一声高过一声。不一会儿，那争吵声变成重重的摔门声，紧接着，是六婆的低啜声和六爷的叹息声，在寂静的夜里格外清晰。听得出，是六婆的三个儿子为分家吵起来了。六婆很伤心，她一边抹眼泪，一边从笸箩最下面取出一个裹得严实的手帕，跟六爷说："家里就两块能浇上的水田，咋分都不能称三个人的心，再说了，水缸、面瓮、坛坛罐罐，他们看上啥，都拿吧，咱俩一把老骨头，好凑合。要不，棺材板先不买了，搁搁，用这钱给娃几个每家买个新锅，再添置些新碗筷，过日子嘛，不能让人笑话。"六婆说这话的时候，手里的鞋底正好是最后一针，大抵是针尖使唤长了有些干涩了吧，她抬起右手，捏着针，从花白的耳鬓边上划拉几下，狠着劲儿戳进鞋子里，拽着绳子拉过，打好死结，用嘴轻轻咬断线头，然后将针别在线轱辘上，收进笸箩里，长长地舒了一口气。屋内灯火昏暗，两只孤单的影子落在窗户上。

快过年了，大雪纷飞，五婆家的翠红姑姑过两天就要出嫁了。火炕上，五婆从她的针线笸箩里取出一根绳子，开始给翠红姑姑“捋脸”。这是旧时关中乡下女子出嫁时必不可少的一道程序，被“捋”过脸的新娘子，皮肤鲜亮细滑，泛着微微的潮红，楚楚动人。要说的是，五婆是村里的“捋脸”高手，手中那根绳子，不知捋过多少张纯朴美丽的面庞。这一次，是她的小女儿翠红。她捋得很仔细，两只手使劲绷紧绳子，顺着女儿脸蛋自下而上一圈一圈，轻轻碾过，不怎么疼。大约一炷香的工夫，翠红姑姑脸上那些细密的、肉眼看不见的茸毛便褪得干干净净，整个脸蛋红扑扑、亮光光、嫩生生的，看着越发俊了。

很多年后，翠红姑姑总会想起那个风花雪月的旧历年，那个红烛摇曳的夜晚，一弯清月悄悄爬进院子，落在贴满大红喜字和百鸟朝凤的小轩窗上，透着一抹嫣红的光亮。炕头的角落里，她的婆婆早已安放好了一只簇新的针线笸箩，里面放着簇新的丝线，簇新的顶针，以及簇新的剪刀和针，似要将小两口簇新美好的日子缝起来。

一晃很多年过去了，五婆早已离开人世，翠红姑姑日渐老去，耳鬓的白发跟霜染了似的。她的儿女各自成家，空闲时，孙儿孙女们围着她，叽叽喳喳，好不热闹，哪里还有闲工夫穿针引线？用她的话说，生活好了，日子日新月异，现在的孩子们哪个愿意穿手工做的衣裳？连自家娶来的两个儿媳妇，都只想着外出打工挣钱，东奔西跑，没有一个能静下心来，做几件针线活儿，这平日里，身上的衣裳，脚上的鞋子，全在商店里买，方便啊！说完，她的目光落在炕头的针线笸箩上，像是在自言自语，又像是在叹息——多好的笸箩，成摆设了。

后来，我再见到它，是在喧闹的城市一角，一个民俗小吃餐馆里，很多旧时的物件都摆在那里。一只很旧的笸箩，也静静挂在用麦草和泥巴糊起来的墙上，落满了微尘，像乡下女子远去的岁月。

年画记忆

进入腊月，年味儿渐浓，想起它的一些标志，鞭炮、对联、窗花、新衣裳，还有那些已经褪色了的年画，一张张如雪片一样，飘落在眼前。

读小学时，过了腊八，逢礼拜天，我总是匆匆吃一口饭，踩着嘎吱嘎吱的雪，和伙伴们聚集到镇子里，逛年集，看年画。

年画一般都在书店和文具店外面，一张帆布篷架子四周上，排了细绳，绳上别着一幅幅年画，一字排开。每张年画上标着号码、价格。我矮小的身影，挤在和我一样仰脸看画的人群中间。画的价格是一角两角，还有五角一元的，最贵的要三元，已经是很贵的了。

年画有山水、草木、人物、古代故事、四大名著、民间传说等种类。我喜欢梅兰竹菊、岁寒三友，母亲喜欢杨柳青的那个胖小子，大耳有轮，眉清目秀，怀里的鲤鱼丰腴喜人；弟弟则喜欢披绿袍、鬓须飘然、手握偃月刀的关公，千里走单骑；父亲自然喜欢《红灯记》里李铁梅高举红灯，唱道："我家的表叔数不清，没有大事不登门……"而爷和婆，似乎更偏重财神宽大突出的额头、门神秦琼敬德的威武，还有武松打虎的英雄气概。

那些年月里，无论日子怎样，每家都要买几张年画，就像买来喜庆和幸福。其实，老屋的东墙都是满的。土炕上的东墙放满了被垛，地下的东墙又摆放了木柜，木柜正上方一般还要悬挂一面镜子。一般年画都贴在靠西面或北面的土墙上，若太阳透过窗户缝隙，正好可以照见，令老屋蓬荜生辉。买年画时，心里要略知自家房子的高低，墙面的大致面积。买大了，有点儿喧宾夺主；买小了，又显小家子气。更难的是选择什么样的年画，是选热闹的，还是清雅的，随人心而定，但亮堂喜庆绝对是大主题。

腊月小年，是要扫尘土的。母亲把笤帚接上一根长长的木棍，头上系上毛巾，屋子和院落以及旮旯犄角都要彻底清扫，桌椅板凳、盆盆罐罐都要擦拭一新，然后就是用四叔从学校拿回来的旧报纸糊墙、贴年画了。贴年画一般是父亲的活儿，母亲在远处指挥，往左往右，角低角高，年画要贴得周周正正，大大方方，就像一年的日子。年画贴毕，已是夕阳衔山，鸟儿归林，炊烟浩荡。一家老小环顾一周，顿觉老屋焕然一新，明亮润贴，喜庆无比，心也开了一扇窗。

在我家里，贴得较多的是《红灯记》《西游记》《西厢记》《岳飞传》等一些成副的年画。贴好年画后，爷总要坐在炕上，眯起眼睛看一阵子，就像看见那些陈旧的故事，日子的美好，他的唇角泛起淡淡的微笑。

村里的六爷是公社书记，比我父亲只大几岁，自幼家底厚实，多读了几年书，算是村子里的文化人。打我记事起，他家墙上每年贴的年画，无论是大小、颜色，还是境界上，都比普通人家更气派，尤其是大屋子黝黑锃亮的木质柜子上方，一张大幅尺寸的《松鹤延年》，淡雅古朴，意蕴悠长。两侧有苍劲的对联：“云鹤千年寿，苍松万古青。”六爷很满意地对着栩栩如生的松鹤出神，好像看到自己多年的青云直上会一直延续下去。

有一回，跟随我婆去舅爷家走亲戚，舅婆从柜子里拿出好多好吃的糖果、核桃、点心给我，都是她在外工作的儿女们过年过节拿回来的。我胡乱抓了一把，塞进上衣口袋里，眼睛却死死盯着她家墙上花花绿绿的年画出神。那些年画，和我家的截然不同，不光颜色鲜亮，印刷精美，连内容也丰富多彩，除了山水、田园风光，还有世界各地的风景和建筑，对了，还有穿着时髦的摩登女郎呢。

那一年我八岁，身居乡野，田园风光早已看惯看腻了，倒是那一张张迷人的城市风景和摩登女郎，让我向往。舅爷自然看出了我的心思，就一张张给我解释说：“这些年画都是你在外工作的叔叔和姨姨们单位发的，你瞧，每张上面还有单位名称和过年贺词呢！”我仔细一瞅，还真是的。从那以后，我暗暗发誓，要好好学习，争取考上学，去外面的世界好好看看。之后，在学习和生活中，每当我偷懒倦怠时，总会想起那些年画，仿若美好的未来向我召唤。

在乡下，年三十，早上要贴对联、福字的。破旧漆黑的门扇上贴秦琼、敬德的年画和“出入平安”的横幅，猪圈上是“肥猪满圈”，鸡窝上是“金鸡满架”，粮仓垛上是“五谷丰登”，石磨上贴“福”字等。最不能少的是，家家户户门楣下都要挂大红灯笼。暮色四合时，那些灯笼在寒风里摇晃着，点燃了农家人火一样的热情和希望。若站在高处远望整个村庄，会看见，云朵是天空的年画，村庄是尘世的年画，温和而安静。

如今，年画走远了，成了影影绰绰的背影，就像我们初来尘世的一些美好，再也找不到。我不由心中泛起几许怅然。

石碾碾过日落与星光

去年八月，去乡下扶贫，路过一个旧村落，门开着，院子里一白发老人，正在和一个大约七八岁的男孩子玩猜谜语。听得老人慢条斯理地说："长路漫漫走不远，磐石迭迭不见山。闷雷隆隆不下雨，雪花纷纷不觉寒。春夏秋冬汗落地，东西南北都走遍。十里八里不歇脚，千里迢迢在眼前。"老人讲完，眯着眼睛告诉他的孙儿："这是一件老旧物，很多年前，我和你婆、你爸经常使唤，一家人吃喝都离不开它，开始猜吧！"

那小男孩儿应该是老人的孙儿，只见他瞪着一双乌溜圆的大眼睛，使劲挠着后脑勺，半天也没猜出来。而此时，站在门外的我，早已知道了它的谜底是石碾。

记忆里，石碾默然站立在村头，站了多久，连我爹都说不上来，以至于很多时候，它成了我们村独有的符号。比如家里的新客来串亲戚，看着沿着粮库大道随意散落的村子，不知该拐进哪个岔口，总会有人热心指道儿，"一直朝南，村口立着石碾的那个就是了。"

更多时候，石碾就像村庄的牙齿，啃咬着我儿时的贫困与苍凉。打我记事起，它就从早到晚，一碗谷、一碗豆、一碗面地碾着全村人的温饱，也碾着他们的辛酸与憧憬，直到村庄的胃口不再饥肠辘辘。故而那时村头的石碾很少有清闲的时候，几乎是每天天一亮，睁开眼，就听见石碾响起来了。用我爷的话说，乡里人离不开石碾啊，家家户户分的玉米需要碾，喂猪用的干豆渣需要碾，辣椒、生姜、花椒需要碾碎，从供销社买回的粗粒盐更需要碾，离开了石碾，庄户人的日子都不知道咋熬了。

父亲说，爷因为石碾，还遭过罪呢。那是全国“农业学大寨，工业学大庆”的运动中，村里所有人家的铁锅都被公社收走炼钢铁了，全村男女老幼吃的是大锅饭。村里的石碾也冷清了很多，偶尔响动，也是村子集体食堂的灶夫们碾谷物用。有一回，爷在交公粮时偷偷留了两升玉米，深夜里，喊上他一起悄悄碾，结果，被革委会的人撞见了，要把父亲和爷一起绑了。

爷将深蓝色的长衫一撩，大踏步站出来，说：“玉米是我留下的，家口重，娃们肚子吃不饱，碾玉米也是我的主意，我跟你们去，放了我娃！”

第二天，爷被放出来，他的身上，紫一块，青一块。这一幕，父亲至今记忆犹新。

十一届三中全会后，政策变了，石碾又开始热闹和活泛起来，除了碾谷物，甚至有人家将蒸好的红薯面饼子趁热用石碾碾压成片状作为饭食，换换口味。当然了，也有人家，白日里在田间地头忙碌着，只等夜里安闲了，才出来碾东西，需自带一盏带玻璃罩子的油灯，挂在石碾旁边的柿子树上，呼儿唤女齐上手，借着油灯昏暗的光线，一圈一圈推着，直到把月亮和星星也碾进茫茫无边的夜色里。

村里的二婆是利索之人，逢家里有谷物需要碾时，她天不亮就起来，拿一把笤帚放到碾盘上先占着，然后才转身回去催促一家人赶紧起来，后来，笤帚占碾似乎成了一条不成文的规矩，大家默默遵守着。稍晚一点儿的人来了，一看石碾上的笤帚，脸上虽然有点儿失落，但更多的是自责来晚了，然后转身走了。当然，也有懂得谦让的，石碾虽然占了，一看自家碾的东西很费时，偏巧有人来碾咸盐或用竹篮拎了红薯面饼子来碾片，着急等着给在镇子里上学的娃娃做饭，便立刻把碾盘上自家的东西扫起来，让等开饭的人家先用碾。

我依然记得和母亲父亲一起碾苞谷（玉米）的情景。那时，我只有六七岁，个头还够不着碾台，就站在碾子旁，看着母亲先用笤帚把碾子扫干净，把金黄的苞谷粒均匀地摊到碾台面上。父亲开始用力推那个圆滚滚的石碾子，母亲随后，一边推，一边用小笤帚把散乱的颗粒扫回来，再接着碾，一圈又一圈，直到碾成了黄澄澄的苞谷珍（玉米粉）。夜里，一家人终于吃到了秋收后的第一顿苞谷珍，那清甜醇厚的香味让我至今难以忘怀。

后来，我大一些了，必须跟着大人碾东西了，深知推碾子的过程枯燥又乏味，时间短了还好，碰上难碾的谷物，从碾出皮壳，到碾细，得大半天的光景。那的确是一种无奈的苦差事，抱着碾棍一圈又一圈，没玩没了地转动，等石碾上的谷物碾好了，累得晕头转向，腰酸背痛，苦不堪言，甚至晚上睡着了，仍感觉自己在推着碾子转呢！

在乡下，农活儿闲时，石碾旁边就是故事会，也是新闻联播，天南海北，古往今来，时事政治，都是说不完的话题，就像一扇窗户，将村庄以外的讯息随着风儿和尘土一起传递过来。也有平日里口无遮拦的男人，喜好说一些段子，惹得推石碾的女人抓一把碾盘上的谷糠撒过去，男人满头雪白，嬉笑怒骂，蛮有趣味，推碾人的疲顿似乎也被笑声驱散了，也算苦中作乐吧。当然了，石碾旁边也是孩子们的乐园，可以趴在石盘上写作业，看闲书，还可以坐在石碾上读云朵，看归雁。碾盘四周也常有羽毛艳丽的鸟儿或麻雀飞落，叽喳一片，不知不觉，童年时光就这般溜走了。

进入腊月，石碾更忙碌起来，很多人家要碾红豆包豆包，还要碾辣椒面、生姜粉等，常常月上柳梢头了，石碾还在吱吱呀呀转动着。石碾旁边的大皂角树下，我的母亲和婶子们，端着小凳子，怀里揣着针线活儿，一边做一边排队。很快，黄昏来临，朔风凛冽，冷得手握不住针了，就起身，用自家的笤帚、簸箕、筛子放到石碾旁边的空地上，一一排好，轮到谁家，相互喊上几声，各自就来了。

石碾经年转，石齿也会磨损的，自然要请韩家湾的石匠重新凿錾，凿好了，队长请石匠师傅吃年菜，喝烧酒，韩石匠拍打着满身的石灰，亮着嗓门说："又是一盘新碾。"

大年三十，家家户户都要贴春联的，村里的教书先生五爷总忘不了给油坊、磨坊和石碾也贴上。用他自己的话，左青龙，右白虎。石碾为青龙，石磨为白虎，青龙大吉，白虎大吉，以祈年景丰腴。我清晰记得有一年，年关落雪了，石碾在雪中，静默敦厚，红纸墨字，白雪掩映，像一幅画，张贴在庄户人的心里。

很多年后，我在西山一户农家的门旁，看见一个石碾静静地卧在树荫里，石盘上落着灰尘、树叶和鸟粪。走近了看，碾子身体上的凿纹早已磨损得粗粝不堪了，只是推握的木柄却愈加光滑，这碾子，被多少人的双手抚摸过，经历多少年，又经历了几代人？我无从知道。

户主是中年人，问他现在还有人用石碾碾东西吗？他说早不用了，又说，乡邻在县城开了一家饭店，想买石碾摆在门厅招揽食客，长辈不许，说是村里几代人曾经用过的，要留个念想。

年关里，得闲与几个朋友去餐馆小聚，后厅的土墙一侧，放置了各种农具，有铁锹、锄头、镰刀、马灯、扁担、犁铧等。最惹眼的是墙角静默的一盘旧石碾，上面撒了各种谷物，旁边的土墙上，挂着两串辣椒，一串苞谷棒，两个孩童正一边嬉闹，一边推磨。那一瞬，我心中某根柔软的弦被拨动了，忍不住看了又看。临走时，仍不忘站在石碾旁，让朋友拍了一张照片，我的身后，是那些渐渐远去的农具，欲说还休。

蝉声飘过夏天

雨后，太阳出来了，站在窗前看不远处的渭水，耳边是一只蝉的鸣叫声，应该是落在楼下的樱花树上，或者更远的那棵杜梨树上，只听得它以一种昂扬的姿态，孜孜不倦地叫着。

若是其他聒噪声，我早就厌烦了，甚至会起身，关上窗户，拉上窗帘，将那声音遮蔽起来。因为那会儿，我正读了一些书，改了一篇文字，脑袋和思绪处在大片的木讷和混沌之中，很需要闭上眼睛，安静地躺下去，歇一歇。

可是，我并没有这样做。相反，我转身走到阳台，将头探出去，循着声音，静静聆听起来。听了一会儿，忽而有些感慨，不知道这一只蝉，是不是来自乡下的那一只？

记忆里，乡下人将蝉唤作知了，整个夏季，蝉声从早到晚萦绕在各家各户的房前屋后，从未间断过。村里人对蝉声，就像对牛儿、马儿、羊儿的叫声或者邻家孩童的嬉闹声，早已习以为常了，孩子们也是，少不了围在一起，捉蝉来玩耍，或者烧肉吃，蝉趣的快乐填满了整个夏天。

捉蝉最好的时机是在吃罢晌午饭后，正值大暑节气，气温最高，蝉鸣也最热辣，近乎疯狂。伙伴们趁大人不注意，悄悄从门缝里溜出来，上树的上树，递竹竿的递竹竿。不过，要麻利捉住一只蝉，还真不是一件容易的事，那小东西鬼精鬼精的，毛手毛脚肯定不行。用我婆的话说，想很快捉到一只蝉，一是需要很大的耐心，二是要有熟练的技巧。通常我会循着蝉声，选择一只伏在低处柳枝上的蝉，慢慢逼近到伸手可及，那蝉似乎感觉到了，鸣叫声戛然而止。我屏气凝神，不再动弹，等蝉放松警戒时，以迅雷不及掩耳之势，猛然向前一捂，一把逮住它。若要捉高处的蝉，就只能用网兜套了，选一支长竹竿，顶端扎上一只小网兜，瞅准蝉，快速将网兜往上死命一扣，蝉受到惊吓，想展翅欲逃，已经被网粘住了，轻而易举成了我的“俘虏”。

伙伴们捕到蝉后，并不着急吃，先是抓在手里玩弄，让蝉唱歌，蝉唱累了，不出声了，就用手扳住蝉肚皮上的那块硬盖板，那蝉就又乖乖地唱起来。

我们也经常结伴钻进村南的韩家湾岭上，寻找蝉蜕下的壳，岭上的树木很多，蝉也很多，蝉退下的壳是很好的药材，有散风热、利咽喉、退目翳的功效。我婆说，蝉还可以治疗小儿惊痫、夜哭不止，我曾亲见，很神奇呢。

一场大雨后，蝉蛹从老树根部的洞穴里爬出来，好多。我们跪在树下，抢着捡回去，放到笼子里，用塑料布盖严实，一夜醒来，笼子里落满了棕黄色的蝉壳，蝉早已不知去向。太阳出来了，院子的枣树上，准会响起一阵阵激情昂扬的叫声，“知了——知了——”，仿佛在释放它们成功逃生的喜悦。

夏天即将过去，我们积攒的蝉壳也差不多了，逢镇子里有集时，跟着大人去卖掉，换成一元、五角、二角或者更多的钱，交给大人补贴家用。母亲总会留出一点儿钱给我，让我买自己喜欢的小人书和糖果点心之类的，那种满足感和与幸福感是现在的孩子们所不能体会的。

我是上小学三年级后才知道了蝉有雄雌之分。公蝉，身体较长，尾巴有些尖，母蝉，身体短一些，尾巴稍显圆形。不过，蝉的尾巴多数时候被宽大蝉翼罩着，不细心的人往往忽略这一点，最显著的区别还是在蝉的肚子上，公蝉的肚子前面两侧，长着一个大而圆的盖板，能叫，而母蝉没有，算是哑巴蝉。

那时的公蝉，躯体不大，外表黝黑丑陋，歌喉却天生美妙动听。很多时候，我的伙伴们与一只只蝉就像好朋友一样，能一起消磨整个夏日，这也算是贫瘠年月里不可或缺的快乐之一吧。只是那时，我对蝉的科普知识知之甚少，倒是村里的先生五爷，说起蝉来头头是道，有板有眼。有一回，在作文课堂上，他让我们写自己熟悉的动物或者植物，讲完写作要求，大家开始打草稿。我想了半天，发愁不知道写啥，正在此时，窗外响起几声蝉鸣，我灵机一动，就写蝉吧。

我开始在草稿纸上写蝉，我写了蝉的身体、颜色、动作、神态，唯独对蝉的鸣叫声不知道咋写，只用了一串串的象声词，然后就停住了。

先生五爷不满意，问："这就完了？"

我扮着鬼脸望着他，有些不好意思，还有几分懵懂。

他说："你仔细听，好好听，蝉鸣里的门道多着哪！"

我偏过头，转向窗外，拽长耳朵听起来。听了好一会儿，还是没有找到最好的文字来表达。先生五爷一着急，脱口而出："写任何一种动物或者植物，既要写它的表象特质，更要表达它的精神和情感。你听，窗外每一棵树上发出的蝉鸣声和节奏，不一样呢，有优美婉转的主旋律，也有舒缓轻盈的过渡曲，还有亢奋激昂的高调和沉郁寡欢的低吟呢，多像一个人的生活多重奏，将你自己的真切感受用文字表达出来，这纸上的蝉才算写活了。"可能是我年纪小吧，先生五爷的话，我是过了好长时间才慢慢琢磨出其中深藏的人生哲理。

后来，读法布尔的《蝉》，才知在世间，蝉也是一个苦主。他在文章中提到，蝉在黑暗的泥土里要熬过五到十七年，才能换得在大自然的阳光下享受三个月的快乐生涯。这就是一只蝉的生活和命运。

再后来，读庄子的《逍遥游》。其曰："朝菌不知晦朔，蟪蛄不知春秋，此小年也。”也说蝉的命很短。那一瞬，我生出很多怜悯之心，也顿然理解了它为何在烈日下那般纵情而执着地放声高歌，大抵是对大自然的赞美、对生命的讴歌和对尘世的留恋吧！

从那以后，我对蝉的鸣叫声莫名喜欢，甚至觉得，在浓郁稠密的树干或者枝丫间，一只只蝉鼓着圆乎乎的眼睛，挺着起起伏伏的肚皮，用极其热烈的声腔嘶鸣着，向大地诉说着自己的前世或者今生。我儿子出生后，那一年的夏天，我带他回到乡下，院子墙角的葡萄架上，一只蝉正在粗壮的藤枝上退壳，它的前腿紧紧地扒着藤杆，纹丝不动。过了一会儿，蝉外层的皮开始从背上裂开，露出淡绿色的蝉身，然后，这只蝉的头部慢慢移动出来，接着是蝉嘴里细长的硬管和前腿，最后是后腿与翅膀，等尖尖的尾巴出来后，蝉的身体就完全蜕出来了，只剩下一只壳，停留在葡萄藤枝上，空落落的。

很多年后，我坐在喧嚣的城市的一角，听蝉鸣，也读唐代诗人骆宾王、李商隐、虞世南脍炙人口的“咏蝉三绝”，他们的家国情怀在如歌的蝉声里跌宕起伏，也在深厚的诗行里墨香四溢。如一生心怀高远抱负的李商隐，唐文宗开成二年，他因卷入“牛李党争”的政治旋涡而备受排挤，以至潦倒终身，他的蝉诗“本以高难饱，徒劳恨费声。五更疏欲断，一树碧无情”，可谓满腹牢骚，哀怨深沉；再看“初唐四杰”之一的骆宾王，因上书议政，触犯武则天被诬陷入狱，他的蝉诗“露重飞难进，风多响易沉。无人信高洁，谁为表予心”，渲染了一种愤懑痛苦、孤独无助的心绪；而虞世南就不一样了，这位才高学广，深得唐太宗器重的礼部尚书，他的蝉“垂緌饮清露，流响出疏桐。居高声自远，非是藉秋风”，读来直抒胸臆，朗朗上口，不觉读一遍，复一遍，竟不厌倦。

相比之下，我喜欢虞世南的蝉，像一幅画卷，带着我的思想和灵魂向蝉靠近，看它垂下像帽带一样的触角，吮吸着清澈甘甜的露水；

也听它抑扬顿挫的鸣唱声，从稀疏的梧桐树枝间传出，高远清晰。毋庸置疑，这是虞世南人生得志的豁达，也是蝉另一种生命姿态，清华隽朗，高标逸韵。

夜里，喧嚣退却，伴着窗外的蝉鸣，读散文家刘绍义。先生认为蝉有五德："饥吸晨风，廉也；渴饮晨露，清也；应时长鸣，信也；不为雀啄，智也；垂首玄缕，礼也。"这样的诠释着实让人开眼，也对蝉平添了几分敬意，仿若心灵也跟着透明澄净起来。恍惚中，我已找到很多年前的自己，正用一根线绳牵着蝉的一只腿，在院子里快乐地跑着。我婆坐在茂盛的枣树下缝补衣裳，如同缝补一段寂寥时光。很快，黄昏来临，四野低垂，鸡鸭上架，而蝉声依然如歌，一种"西陆蝉声唱，南冠客思深"的意境，即在眼前。

秦声悠悠

马超岭上那一丛丛山桃花开得正艳的时候，一缕和风正顺着蜿蜒不绝的漆水河一点儿一点儿拂过庄户人的脸面，是那种“吹面不寒杨柳风”的舒畅感觉。这时候，父亲就在河边的洼地犁地，他最憧憬的事莫过于这春风荡漾时的开犁了。“春种一粒粟，秋收万颗籽”，父辈们像金子般含在嘴里的谆谆教导，父亲怎可轻易忘掉！圪蹴（方言，蹲）了一个冬天的他，吃罢早饭，很自觉地从后院扛起犁铧，走到门口粪堆旁边的木桩子跟前，解开拴在老黄牛脖子上的红绳子，甩着响鞭往地里而去。父亲的脚步踏实稳健，连枝头的鸟雀都惊得叽叽喳喳的，抖着不再僵硬的翅膀，轻巧地乱飞着。

那时，打小摸爬滚打在土窝窝里的我们虽然上学了，依然很贪玩。二毛下了课，挤眉弄眼跑到我们班，撺掇三娃几个，去犁过的地里捡拾打碗碗花根。他还跟我说：“红红，你也去吧，看你蜷缩着身子，猫了一个冬天，好不容易春天来了，晒晒阳光，闻闻花香，也挺不错呢！”我笑着不语，但心里早就期盼着操场边那棵大槐树上的铜铃赶紧敲响。果然，铃响后，大家一窝蜂似的从教室里涌出来。路过二毛家时，门锁着，二毛就将门槛抬起来，翻进去，取了一个大馒头，蘸着辣椒油，分几块给我们。他家的大黄狗，像个跟屁虫似的，撒着四条腿儿，早已在前边开路了。

远远地，我第一眼就看见父亲，身板不算高大，但很结实。他一手扶着犁杖，一手甩着响鞭，身后是一行行被翻过的簇新黄土，父亲的脸庞在阳光和黄土的映衬下显得亮堂而红润。父亲累了，一屁股坐在田埂上，脱了鞋子，先是抖掉灌进鞋子里的土，然后掏出烟袋，点上一锅旱烟，眯着眼睛，一口一口吸着，一副舒坦又解乏的样子。

不一会儿，父亲烟兜里的烟丝燃尽，他清了清嗓子，开始吼几声秦腔来了。很快，地里的三伯也会跟上父亲的调子，虽算不上音域宽广，字正腔圆，但也洋洋洒洒，自我陶醉。我记得父亲和二伯唱的最多的是《苏武牧羊》和《周仁回府》，最苦的段子，莫过于《卧薪尝胆》里勾践扫雪的那一段。我不知道父亲和二伯是被戏里越王在雪地上手握扫把边扫边叹的意境所感动，还是有感于当下庄户人家贫穷日子里的艰辛和困顿，反正，当他俩一句接一句吼着时，旁边的母亲和婶娘，一边叹息，一边在偷偷抹泪。

天很蓝，蓝得像母亲在漆水河里漂洗过的干干净净的蓝碎花布衫儿，父亲和二伯的身影，像画一样映在天幕上，一阵阵鞭梢儿高高地甩起来，秦腔回响在前坡后洼。几尺之外，母亲和二婶，跟在身后用铁锨敲打未被犁铧破开的大土块，能看见刚刚被新翻的泥土里，落满了打碗碗花根，母亲大声喊我们赶紧过去捡拾起来，晚上熬粥，当凉拌菜吃，脆甜爽口。在青黄不接的春日里，这打碗碗花根算是难得的佳肴。

我蹲下身子，小心捡拾着，生怕折断了。那隐藏了一个冬天的草根，喲饱了大地母亲的乳汁，白白胖胖的，像娃娃一样招人喜爱。三娃、二毛和秀霞也跟在各自父亲的犁杖后边，捡拾着，我们都以自己有个能扶犁杖的父亲为自豪，互相攀比着，自己家的犁杖走得快。

终于歇晌了，太阳也快下山了。父亲的犁铧到了地的另一头，那里立着半截界石，父亲又拿出烟袋，咣咣咣地在上面磕着烟袋锅。不远处的塄坎边，有两棵臭椿，亲兄弟般挤在一起，侧耳听，有细碎的声音传过来。循声望去，可以看见枝丫上有一个野雀窝，几只毛茸茸的小鸟儿，正趴在窝边探头探脑，嘈嘈切切，眼巴巴地等着它们外出觅食的“爹娘”。

地里一片安静，悄无声息，只有犁铧新翻的泥土散发着潮润的气息，一大群的鸟儿飞过来，撒着欢在酥软的泥土里找虫子吃。我和妹妹同时看见了这一景象，马上争论起来：“这么多鸟儿，哪两只是大树上鸟宝宝的爹娘？”不过，还未等我们争出个结果，立刻就看见有两只雀儿，跟商量好了似的，轮流飞起来，落下去，一趟又一趟地，将嘴巴里的虫子一条条喂进大树上鸟宝宝的嘴里。

此时，父亲也将手里正在把玩的一疙瘩泥土丢掉，抬起头，静静地看着。他的表情里开始变得温热，平日里的严厉一扫而光，眼眸间满是柔和。这时，起风了，有些凉，父亲脱下热乎乎的棉袄，将我们包裹着，然后从怀里掏出一大把白生生的打碗碗花根，招呼着，分发给我们。

我抽出一根浆汁最饱满的甜根，在衣襟上捋一把，递给父亲。他微笑着接了过去，一边咀嚼着，一边心满意足地哼起了《张良卖布》的诙谐调子，仿若日子里的贫瘠和窘迫从来没有走近过我们。父亲哼完，又开犁了，他的犁铧后边，黄褐色的细浪一垄一垄翻卷着。偶尔，父亲吆喝牛停下，弯腰拾起泥土里秋天丢失的玉米棒子，拨开干枯的壳儿，露出黄灿灿的玉米颗粒。父亲拨开牛笼嘴，给牛说着：“今儿你运气好，还有细粮吃。”牛张大嘴巴，吞进嘴里，不停地咀嚼。父亲一个响鞭挥在空中，老黄牛喘息着粗重的气息，一步接一步地往前走着。

远远地，从父亲嘴里又传来几声秦腔调子，此刻，天色向晚，我和母亲、妹妹还有鸟雀儿，一起跟在父亲的犁杖后边，父亲的秦腔声、鸟雀的啾啾声，洒得满犁沟都是。

草香入梦

年少时，最好的时节是在春天，说得再具体些，是在春天的野地里、草坡处。那个时候，日子很穷，阳光却很富裕。春天来了，伙伴们一堆堆躺在村子南边土壕里的苜蓿地里，透过指缝，看四下散去的日光。也有伙伴嫌草地里虫子多，喜欢去河边，专门躺在妇女洗衣物时搁在河边的青石板上，扯一撮毛草当枕头，干干净净，清清爽爽，睡在上面，看天上流动的云朵，然后，想远方美丽的世界。

似乎躺在草地上的还是多一些。只要不上学，吃罢早饭，准有伙伴会上门，唤了张三唤李四，几个人一起，提着笼子，带上镰刀，疯一般冲向田野深处，二毛的身后，总少不他家的大黄，汪汪汪，一路撒欢地叫着。

田野里，到处是草。荠荠菜、车前草、婆婆丁，绿油油、翠生生的，铺天盖地，稍微留点心，很快笼子就被填满了。剩下的时间就很自由了，比如，水平喜欢趴在草丛中捉蚂蚱、寻鸟蛋。运气好，还会撞见一窝野鸡下的蛋，乐滋滋地捧回家；秀霞喜欢将五颜六色的野花编成发卡或项链，戴在头上、脖子上、手腕上，臭美得好像她自己就是一个小仙女；狗蛋最捣蛋，随意在地里打滚；巧儿喜欢仰面朝天倒在地里，嘴里咬着苜蓿花；最疯的是三婶家的红娟妹妹，调皮地扯下一根根苜蓿的花茎，窜来窜去挠同伴的耳朵、眼睛、脸蛋和胳肢窝，嬉闹声传得老远。

我那会儿算比较安静，喜欢躺在青草地里，近距离地闻各种草的味道。躺得久了，仿若自己都成了一棵草，钻进土里生根发芽。只是，那些草种子是会飘的，风一吹，它们就飘远了，远得不见回来的路。一想到这些，我忍不住将头偏过去，四下张望。这时，有风吹过来，那些草儿和花儿很不安分，有爬上鼻尖、蹿上耳朵根的，也有从裤腿里钻进来很调皮地抚摸我，那种感觉轻轻痒痒的，却又令人几分沉醉，沉醉到暂且抛却一些烦恼和忧愁。

草香的味道最奇特。有的浓香，有的淡香；有的绵甜，有的辛辣；还有的，苦巴巴的，甚于黄连。它们远远近近，高高低低，飘散在空气里，萦绕在身旁。我的好伙伴萍儿书念得最好，她舒展身子，平平地躺在草丛里，闻着各种草香，眼睛却不停地朝天上张望，嘴里向我念叨："红红，你瞧，天好蓝，云好白，要是能扯下一朵拿回家，种在田里，看能长出棉花不？若长不出来，让我娘做成被子，盖在身上，多好。"

我盯着她看了半天，说了一声："做梦！"

二毛就在不远处躺着，白色的布褂子敞开着，他家的大黄一点儿也不消停，不是用舌头舔着二毛的肚皮，就是用嘴巴蹭着二毛的身子，大抵是想让二毛起来带它玩儿吧。见二毛不理它，索性跑远了，好像是在追逐花丛上翩跹而舞的蝴蝶，又好像在追逐天边的云朵，最后，大黄看见远处一只野兔，撒腿跑去，没撵上，耷拉着脑袋又回来了。

我也喜欢躺在草地里，看瓦蓝的天空上飘着白云朵朵。那云朵好像总在变着模样，一会儿像耕田的牛，一会儿像吃草的绵羊；一会儿像威武的将军骑着马，耍着大刀，一会儿又像一位白胡子老爷爷，拄着拐杖，留花白的胡子，真是变化多端，奇妙无穷。我一直看，一直看，看到有炊烟从村子里袅袅升起。然后，是母亲的呼唤，一声接一声。

舌尖上的搅团

父亲来电话了，说今年雨水好，院子里的玉米架都被挂得密密实实的，连上房屋檐下两棵椿树的枝丫上都一串串地吊满了呢。昨儿个，他磨了一些新玉米面，问要不要给我捎些过去做搅团吃。我赶紧说，好不容易忙完了，让他和母亲先好好歇歇，我们想吃了，会等个晴好的周末，开车回去美美饱餐一顿，然后再带也不迟。母亲笑了。

放下电话的一瞬间，我的脑海里马上出现了黄灿灿的玉米面还有亮黄黄的搅团，它们曾经带给我很多甜蜜而酸楚的回忆。记忆里，吃搅团的日子太长也太多了。小时候，我们老张家属于村子里家口大、人丁旺的门族，但祖祖辈辈都是贫农出身，父亲和姊妹兄弟八个几乎过着贫困潦倒的生活，一日三餐粗粮为伴。后来，爷实在穷怕了，坚持把比父亲小的两个叔叔和姑姑送到学堂念书，家里劳力减少了，挣的工分就少，分的粮食自然也少了。每年青黄不接的时候，家里不是缺吃就是少穿。尤其是添了我和妹妹还有堂姐堂弟几张小嘴后，日子就更艰难了。

我印象很深的是，那些年月里，搅团吃得简直没完没了。有时候，中午吃打搅团，晚上吃烩搅团，第二天早上起来，一家子一人端起一碗玉米榛子，桌子中间的碟子里还是凉调的搅团，直吃得我们皱眉头。可不是，这东西真是让人难以言说的可近而不可亲。只要你稍微多吃几口，肚子立马会像皮球般鼓起来，胀得特别难受。大人们头也不抬，轻描淡写地说，娇气啥呢，耍耍就没事了。还真灵呢！饭后，一群孩儿们聚在麦场上，推着铁环滚几圈或者踢几场沙包，奇怪的很，立马又饿了。要是连续吃几天，还会吃得人吐酸水，胃里很不舒服。好几回，婆、母亲还有二婶，为了给我们几个孩子改善一下，把玉米面和细白面搀和在一起，打成搅团，这样口感会滑润绵软一些，吃完，也不太打嗝了，至于苞谷面做的馒头和饼子，就不用说了。

后来分家过了，乡里人的日子渐渐好起来，家家户户，饭桌上顿顿几乎都是白米细面的，吃多了，反而怀念搅团的滋味，只要有人提议吃搅团，全家人立马积极响应。不同的是，母亲打完搅团，晾到案板上，到自留地里割一把韭菜或蒜苗，放油锅里翻炒几下，一股子汆香味儿扑鼻而来。然后剥几个蒜头，捣成蒜泥，调成酸辣汁水，浇到碗里，香辣味都冒上鼻尖了，一家老小或蹲或坐，吃得有滋有味、酣畅淋漓。

等我十二三岁时，一放学，就得提着笼子打猪草或者下地帮父母干活儿，碰上母亲农活儿太忙时，还得搬着凳子站在锅边做饭，这在那个时候很常见。做搅团也是在那个时候学会的。

其实，搅团的做法非常简单，但要做好还真不容易。关键是掌握好火候、时间、水和面的比例以及在锅里搅动的节奏。如果火太大，搅团就烧煳了；火太小，搅团从锅里舀出后，像散架了似的，不黏香；可若是水多了又太软，筷子怎么搛都搛不起，不劲道；水少了擀面杖不好搅，费劲得很，而且搅团在案板上凉了以后会发硬，吞进去，卡在嗓子眼，会噎得人直掉眼泪呢！

通常，母亲一边站在锅台旁，一边叮咛我："搅团搅团，关键在搅，'搅团要好吃，搅上三百搅'。"我的妈呀，这一阵搅，真是苦不堪言，我到现在都记得，母亲两只手握着擀面杖，顺着一个方向一下下连续不停地搅拌，不一会儿，脸上、头上、身上就出汗了。等用擀面杖挑起一点点儿搅团，眼睛能看到一串细细滑滑、柔柔亮亮的搅团像绳子一样没断茬时，证明搅团真正做好了。

打好的搅团，黄澄澄、清亮亮的在锅里，看似软成一摊子，舀一勺倒碗里，吃一口黏甜清香。最难忘的吃法是：趁热直接做成 “水围城”，一勺勺酸汤浇在搅团上，红的是辣子，绿的是青菜，色香味俱全，爽口得很。也可以用漏勺做成“漏鱼儿”，光溜溜的从嘴边溜下去，一直滑到肚子里，那感觉，美妙不在话下。还可以摊开晾到案板上，薄厚均匀即可，等下顿切成条，凉热都能吃。

如今，搅团不再是人们生活的主食，但西府人吃搅团的习俗依然没有变。尤其是近几年，搅团成了西府家喻户晓的一种名小吃，一个个村落里亮堂堂、欢腾腾的大小宴席上，一盘见辣不怕染、放盐不畏蚀、倒醋不怕浸的搅团，只要上了席面，即可博得众人一番津津乐道。

每当我看到这一幕的时候，心里就会涌起无限温暖和感动。是啊，乡亲们恋着搅团，贪恋的无非是搅团里满溢的香辣和劲道，交织在一起，可不是我祖祖辈辈农家人历经风雨、历经艰辛，依然如犟牛一般辛勤耕耘的那份执着和纯朴吗？

怀念土炕

节气过了霜降，气温一天比一天低。那日，跟朋友一起去山里，走在路上，一张口便是一团白气，朋友戴的眼镜也是擦了又擦。待进了山里，才知这里昨夜落了雪，今儿中午才融化，屋檐上挂了细小的冰凌，很冷。

村里静悄悄的，走了好一会儿，碰上一大叔，朋友显然和他不陌生，打了招呼后聊起来，聊了很多，比如挂在房檐下一串串玉米的产量、价格、年景、大豆的补贴，还有乡下人的日子等。唠完嗑，我们一直走，走到最东头，就到朋友的小院了。

这是当地一家人去城里后留下的，闲置着，朋友花了四千元租来的。盛夏时分，凉风习习，绿影婆娑，是避暑的好去处，可眼下是冬天，冷飕飕的，一派萧瑟。若想存几分闲情在此消磨漫漫冬日，还真需具备足够的勇气。不光我这样想，同去一美女此时也站在屋子里，嘴里哈着气，两只手不停来回搓着，喊："好冷，好冷，该生炉子了。"另一朋友马上说："是冷啊，该给你这屋里盘个土炕了，大冷天想来写写东西，上山里拾些柴火烧一烧，晚间 睡在土炕上，身子底下热乎着，睡觉舒坦，还能活络筋骨，土炕养人呢！"

他的话是顺口说的，我却无端想起了睡土炕的日子。记得小时候，家里来了客人，婆总会说："上炕坐吧，炕上热乎。"来人如果只站着，说几句话就走。她踮着小脚送出房门时，总会不停念叨："他叔，这就走啊，你看，连热炕都没坐会儿，多大的事。”

那个时候，爷和婆与小叔一家一起过。他们有三间房，中间开门，算是过道，南北两间住人，我爷住南屋，小叔住北屋。南屋进门就是炕，很大的一铺炕，铺着炕席。炕席被烟火熏、汗渍浸，早已变成茶褐色了，十分光滑，应该是时间磨光了很多东西。炕头一侧叠着被褥垛。每早起来，我婆总是先把炕扫干净，然后将被褥铺得整整齐齐的。待吃饭时，掀开被子，炕中间放一个正方形的木盘子，里面的图案和红色油漆在乡下柴米油盐的日子里浸泡得失了本色。还有一个小方桌，很低很短，敦敦实实，是专门给小孩子吃饭用的。记忆里，木盘子里总是那几个画着兰花的白瓷碗，几双染着红道的黑筷子，还有一碟萝卜菜，偶尔会有一碗清汤菜，菜是白菜、豆腐、粉条，上面漂着一坨一坨的清油。主食不外乎玉米、粗面、高粱和馍，或者窝头。最好的要数牛蹄花卷、油饼，算是稀罕物了。一家人总是吃得很开心，大米饭平日里几乎就没吃过。很多年后，时不时地，我总会想起窄小的院子里曾经有过的那些开怀爽朗的笑声，它们一次次穿过故乡，走近我的梦里。

炕头另一侧连着土灶，由于一日三餐点柴火，这一侧总是温热的。霜降前后，天渐渐凉了，夜里冷气上来，手脚冰凉，孩子们总要抢着睡炕头。抢不过来了，就来石头剪子布，谁赢了谁睡。炕席下，常常烘着湿乎乎的鞋垫，还有几个硬币或一角两角的纸钱，当然是婆拿来奖励我们用的。炕席最里面，隔三岔五有她老人家用抹布捂着的发面盆，等面发好了，就可以蒸馍或烙饼子了。偶尔，还有一小盆生的黄豆芽或者醪糟，静静躺在热炕上。我对醪糟不感兴趣，倒是那一颗颗黄豆，密密匝匝挤在一起，一天天变粗变长，多像一天天长大的我们！

我上初中后，去镇子里上学，只有礼拜天才能看到婆。她好像一直不太出门，喜欢盘腿坐在土炕上，用牛骨制的拨棱锤纺线。她的右手指擎起拨棱锤用力一转，左手提高线绳，拨棱锤就转动起来，并且会转上很多圈，一圈一圈的，眼瞅着，屋外暖洋洋的日光就从窗台上滑落下去了。线纺好了，婆又开始做鞋了，一双又一双，大人的，小孩儿的，都是攒着做。她身旁的针线箩筐里，有一本泛黄的书，里面夹着一家人春夏秋冬的鞋样，还有一些窗花模板，用大红的帖子剪出来，有花草虫鸟，十二属相等，它们是我最早接触到的剪纸和图画。我最喜欢婆炕头上的羊骨线轴了，经年使用，温润鲜亮，像玉一样。没事的时候，我总忍不住摸了又摸。

炕头最热闹的时候是每日睡觉前。我们几个小脑袋挤在一起，仰着脖子看用报纸糊的土墙，一人念字三人找，恢复高考、改革开放等时闻，蛮吸引人的。那个时候没有电视，乡下孩子正是从这一张张旧报纸上，去抵达外面的世界。还有，碰上高兴事了，我爷总要喝两盅，喝得脸有些微红，总是擦汗。他常常拿我们同炕沿比，长高了又和炕桌比，后来又和院子墙角的向日葵比，春天我们比葵花高，秋天我们伸手也触不到花盘了，爷只顾眯着眼睛乐。

土炕上，最让人烦的是写作业，一页一页没完没了，可窗外吧，总有太多的诱惑。比如，夏天里蝈蝈在叫，牵牛花爬上高高的篱笆；冬天里有麻雀落在院子的墙角，一场场鹅毛大雪飘飘洒洒……这些都会让人心头发痒，想飞出去玩儿。有时候，我也很安静，那是从别人手里借来的《西游记》拴住了我，我蜷缩在婆的热炕上，如饥似渴地翻。

很快，寒气逼人的冬天到了，忙碌了一天的大人都会早早上炕的，小孩子当然不例外。等我们都躺下了，一个个小脑瓜铺排在一起，我爷和我婆总是喜欢不够，摸摸这个，又摸摸那个。尤其是我婆，一边摸，一边不停念叨：“难怪咱老了，瞧娃们长得真快，红星的棉袄短了一大截，赶明儿得找块布垫上新棉花接上。”我爷马上紧随其后：“还说呢，你瞅瞅，刚子匪得很，从早到晚不消停，刚穿不久的鞋子，大脚趾都出来了……”

这样一幕一直延续到我考上学，离开村子，离开土炕，那些唠嗑也彻底地远离了我。之后，在异乡某处，只要一眼看见土炕，心中会陡然升起一股温暖。那一瞬，我甚至想着，某一天能回到乡下，盖了房子，请了匠人盘了土炕，就像小时候我婆家的土炕一样，东墙贴上杨柳青的年画——一个胖小子抱着一条红鲤，笑呵呵地看着我们。西墙放两个木柜子，一沓叠着落满光阴味道的被褥静静铺在上面，我如早年的婆和爷一般，正窝在炕头逗着我的孙儿玩儿。偶尔，会取出老花镜戴上，读一本年轻时读过的书。读倦了，透过玻璃窗，似乎看见童年的雪依旧无声落着。房檐下，吊着一串串金黄的玉米。院墙边的枣树上，落满了肥硕的麻雀，就像夏天茁壮的叶子。

土墙趣事

少时，在乡下，村子里随处可见土屋、土墙。土墙很低矮，矮得伙伴们几乎不费吹灰之力就可以爬上去。相比之下，我有些笨，总得踩着打墙时箍椽留下的边棱或者顺着比较宽的墙缝往上爬。快到墙头时，还得二毛在上面使劲又拽又拉，要不然，我准会哧溜几下，又滑下去了。相比之下，巧儿平时猴惯了，胆子大，爬墙时，身子轻得像燕子一样。她先上去了，坐在墙头上，看我憋足了劲儿，吭哧吭哧，挣得满脸通红，嘴里不停喊："快，快，快，腿上使劲儿蹬一下嘛，哎呀，你真笨！"

我最终还是爬上去了。墙上的世界，高远开阔，别有洞天。可这不是唯一的目的，大多时候是为了解决嘴馋。比如隔壁的二伯家有棵杏树，麦黄时节，杏儿熟了，一只只黄澄澄的，很诱人。午饭后，看着父亲与母亲歇着了，想着隔壁家的二伯和二娘肯定也一样歇着了，我和堂姐爬到墙上，专挑粗壮的枝杈和茂密的树荫遮住身体，偷偷摘一些，赶紧下来，躲到一边，美美吃一顿。有时，正在摘，猛然听见二娘在她家的上房里咳嗽或者说话，吓出一身冷汗，赶紧往下溜，溜得太急，结果裤子被扯住了，脚也崴了，不敢出声，随便找根针和线缝起来，连着几天，在大人面前装作若无其事，背地里，一瘸一瘸，疼得龇牙咧嘴，活受罪！后来发现，二娘的咳嗽或者说话声并不是针对我们，真是虚惊一场！

也有正大光明爬墙的时候，大人允许，自个儿也乐意。这种情况多在秋天，母亲和二婶在院子墙角种的南瓜熟了，一只只像顽皮的孩子，长着长着就蹿到墙头了。低处的，已经被母亲和二婶摘下来煮熟凉拌或者做成南瓜盖被子吃了。高处的，她俩够不着，于是，我堂弟自告奋勇，两手扒着墙缝的凸凹处，几下就蹿上去，摘了南瓜，满脸骄傲，好像在说他是家里的男子汉。中秋前后，院子里的枣儿熟了，红红的，像玛瑙一样挂满了枝头，高处的，依然够不着，我们姊妹几个爬到墙头，一字排开，拽着枝杈，心安理得地摘着吃。那一刻，吃得最是舒心。

土墙，鸡和猫也喜欢爬。先是公鸡，吃饱了肚子，憋足了劲儿，扑棱着翅膀，一下就飞上去，雄赳赳气昂昂地在上面踱着步子，惹得墙下的猫儿、狗儿、鸭儿等眼巴巴地瞅着。偶尔也有母鸡，下完蛋，一飞一跳就上去了，然后站在墙头，仰着脖子，嘴里咯咯嗒、咯咯嗒地叫个不停，貌似让全村的人都知道，它下蛋了，功劳大大的。猫，似乎比鸡爬墙的时候还要多，尤其是我家的猫，大白天经常卧在墙头，时而眯着眼睛，时而竖着耳朵。很显然，它站得高，看得远，可以眼观六路，耳听八方。但这只是我的猜测，几十年过去了，我始终不明白，猫爬墙头，究竟为了什么？

我空闲的时候，喜欢坐在墙头，看远方。比如可以看到整个村子里高矮不一的房屋、土墙、灰瓦，长满了苔藓和毛草，落一场雨，长得浓郁茂盛的苔藓和毛草翠生生湿漉漉的，像水墨一般的静美；也看坡下一阶一阶的棉花梯田，晴天时，天空湛蓝高远，棉田翠绿辽阔。天空上游弋的云朵和咧开嘴巴微笑的棉花衔接在一起，白花花一片，分不清是云朵下凡间，还是棉花飘到天边。当然了，还可以看到村子以外很远的地方。比如，顺着小路，向北和向西，可以通到镇上和县城，干净的街道，好看的衣裳，好吃的美食，都在那里，很热闹；向南，可以通到绛帐，有蛇一样蜿蜒爬行的绿皮火车载着不同的人走向远方；向东，是我向往了无数次的省城西安。很多次，我妈从墙下走过，远远吆喝着：“瘦猴女子，看啥呢，还不下来，小心摔着！”

我眼巴巴看着向东飘去的一朵云，说：“妈，啥时候能带我去西安城逛逛，多好！”

我妈说：“你好好念书，争取考到西安城上学，过上城里人的富贵日子，就可以不用背着日头风吹雨淋了。”

我妈说得一点儿都没错，那个时候，乡下孩子通向省城的路只有一条，那就是念书，挤过千军万马的独木桥。用父辈的话说，不点灯熬油，不寒暑苦读，只能一辈子当个泥腿子了。

我妈说这话的时候，我很茫然，茫然得坐在墙头上，两只脚荡来荡去，一颗慌乱的心也在荡来荡去。我不知道，如果有一天，我也离开这里，我会遇见什么，若是我想家了，又要面对怎样的孤独？如我的二姑，她远在邯郸，回趟老家，一票难求，几乎是山一程水一程地赶着。二姑曾说，想家的时候，她的思念就会越过邯郸城高高的墙头，向西北张望。

我最终离开那片村庄，跻身到繁华喧闹的城市深处了，偶尔，会在某个画面上看见一堵土墙，爬满了狗尾巴草。土墙在风中静默，如我内心深处的某些思念，亦藏在心中，沉默不语。

杀年猪

小时候，杀年猪多在娶媳妇的乡村人家。

那时，新年娶新媳妇是家门大事，大到人丁兴旺，扬眉吐气。就算日子过得再苦再难，都不会有所怠慢，摆宴席招待远近亲朋好友、街坊四邻，其重视程度不亚于庄稼地里的五谷丰登。这不，一只脚刚踏进腊月，一些人家便早早请来媒人，定了日子，下了帖子，请了厨子，临到迎娶前几日，还要带上好酒和好烟，去请韩家湾杀了半辈子猪的韩老三。

韩老三，彪形大汉，浓眉大眼，走起路来脚下生风。最是那嘹亮的嗓门，往猪圈跟前一站，两手叉腰，喊两声，猪就灰溜溜地卧在靠墙处不动弹了。

在我的记忆里，我家杀年猪，是师范毕业做了人民教师的三叔结婚。新婶子在邻村，高中毕业，也算半个文化人，爷对这门亲事很满意，杀年猪的劲头儿自然足得很。家里那头黑猪，是从年初就买回来的，从拔草、打糠，吃喝拉撒，全是爷一个人伺候。眼瞅着猪一天天膘肥体壮，尤其是一身黑毛浓密乌亮，爷看在眼里，喜在眉间。

要说的是，杀猪前一月，爷喂猪不但精细，眼底更是多了一抹柔和与疼惜，我知道，爷动了恻隐之心。这个吃糠咽菜的家伙，虽然不及家里的大黄狗和小白羊温顺伶俐，但时间长了，总有感情的。那些日子，爷喂饱了猪，并不像平常那样添了食急着走开。他站在猪槽前，给猪挠痒痒，捉跳蚤，嘴里还不停和猪嘀咕，又像一个人自言自语。也不知道猪听懂了没有，我只看见猪的尾巴朝着爷摇了又摇。

杀猪当日，一家人早早吃了饭，收拾妥当。韩家湾的韩老三和帮忙的邻居陆续来了，开始抓猪。韩老三是第一个上去的，他动作娴熟而敏捷，几下就抓住猪的前蹄子，将猪顶到墙角，爷和父亲拽尾巴，一侧一堆，猪就被撂倒了。然后，一旁站着的邻居手脚麻利地把四蹄捆上，就剩下猪横在原地垂死挣扎，声嘶力竭。韩老三听得烦，索性用一个三角铁钩子放进猪嘴里撑着，猪一下子就老实了。几个人用杠子把猪抬到低矮的老木桌上，桌旁放好接猪血的盆子。韩老三挽起棉衣袖子，用膝盖压住猪头，右胳膊一刀下去，血汩汩喷出来。等猪的血放净，没了气息，几个人很快将猪抬到院子阳面空地上事先架好的大铁锅上，锅里沸水翻滚，准备给猪刮毛。

刮毛前有一个必干的活计，就是在猪后蹄上破个小口，用一米多长的猪梃从小口伸进猪的皮下，多处探伸，形成气道。待这一切就绪后，韩老三蹲下去，嘴对所割的小口往里吹气，吹到猪鼓起来，圆滚滚的，身上的褶皱都不见了，就用水瓢往猪身上浇水，一遍又一遍，热气腾腾。浇透了，韩老三用自家弯成的铁皮刮板刮毛，一下下猪就见白了。通常要刮很多遍的，边刮边浇开水，三四杆烟的工夫，一头白白净净的猪就摊开在我们面前了。

猪毛刮干净后，下一步是开膛。须卸下猪头、四个蹄子、尾巴等。韩老三将猪四腿朝上，从两只前腿之间开始下刀，划开的刀口，或直溜，或拐弯，直至猪尾。他一边下刀，一边兴冲冲说："喂得好呀，足有四指膘，蛮肥的。还有，瞧这猪油，瓷实匀称，是上好的板油哟！"说完，三下五除二取出猪腰子、肠子、肚子，卸下排骨、肘子，分解成小块，一头整猪就消失了，成了一块块肉，一根根骨头。最后剩下的是猪的胰脏，做猪胰皂，很去泥，还不伤皮肤呢。

杀猪日，桌子上的晚饭最是丰盛。一家人围坐在一起，菜先上几盘素的，比如酸辣土豆丝、糖醋花生米、木耳洋葱什么的。当然了，唱主角的一定是刚杀的猪肉了，比如母亲的红烧肉和盐煎肉，色香味俱全，馋得人直流口水；二婶最拿手的猪肝、肠肚拼盘和大烩菜，柔滑细嫩，暖透心窝。这一桌难得的牙祭，爷、父亲和二叔肯定要喝两盅的，而我们小孩子最喜欢喝婆熬的小米粥，甜丝丝的，散发着谷物浓香的味道。

腊月二十六，新婶子娶进了门。她身穿大红的缎棉袄，和母亲、二婶一起烙锅盔、蒸花卷、做甜糕、冻豆腐、剪窗花，一番忙碌后，年是越发近了。

安神记

一

在关中老百姓心目中，年是人和诸神共同拥有的日子。打我记事起，老辈们都会说，安家先安神，年要过好，家宅六神也要敬好。后来我知道，这“六神”指天爷、土地爷、灶王爷、财神爷、仓神爷、龙王爷，他们各司其职，共同庇佑一个家门的兴旺与安宁。

起先，我总是记不住六神的名字，胡乱张贴，张冠李戴。每每我婆看见了，急得满脸通红：“小祖宗，瓜女子，不得了了，你咋连灶爷、天爷都能弄错呢，可不敢，要遭罪的。”

接下来，在婆一遍又一遍地谆谆引导下，我终于弄明白了，天爷是天上的钦差，有生杀予夺的尚方宝剑，即所谓“上天言好事，下凡降吉祥”；土地爷是看护家院的，“进门一老仙，四季保平安”；龙王爷管吃水和庄稼的风调雨顺；仓神爷保佑全家吃了上顿有下顿，粮仓饱满，取之不竭，年年有余；财神爷保佑一家子财源滚滚；喜神爷守在大门外，保佑一家人避口舌，免是非；最有趣的是灶王爷，“人间司命主，天上耳目臣”。他是管一家口粮的，每到腊月二十三，他要清点家里人数，向天庭申报一家的口粮。于是，家人便在这一天好吃好喝地招待他，灶王爷喝了稀的，拿了干的，自然要替人说好话了。

我婆在世时，每逢初一和十五，对家里六路诸神都要进行一次很有仪式的上香和诵经，其虔诚的模样令我费解。还有，平日里，家里做了改样饭（变花样做的饭），这第一口，绝对是敬土地爷，我们家几乎所有人都曾有过端着第一碗臊子面，来到土地爷堂前，弯下腰，洒些汤水、几块豆腐丁、几片黄花菜或几根面条，奠一奠身居高堂、留着一撮花白胡子的土地爷，这份习惯一直延续到现在。

戊戌年，我蛰居公婆家，一个有着太多尘土飞扬的渭北旱原村落，在村里过年，除了年三十要去坟里请先人之外，似乎没有其他太多的讲究。倒是从大年二十八开始满村子缠绕的煮大肉、蒸糯米、炒酱辣子等各种味道和气息绵绵不绝。我在村里走了一圈，只有两三户人家门上贴着春联或者挂着灯笼，大部分人家的土墙、砖墙，柴门、铁门上都是光秃秃的。

傍晚时，太阳落山了，一抹夕阳挂在遥远的天边，天空是灰色的，静谧、安详。风吹过，有些凉。我顺着风声望过去，背阴处的墙角有成片未融化的、厚厚的积雪，一层恹恹的黑色。路边墙头下几棵树，落尽了叶子，在风中抖动瘦长干枯的细枝。

夜色渐浓，四周寂然，我深深感到，其实自己身体里挥之不去的凉意或许来自眼前零散坐落的房子、树木、土墙，以及渐次漫上来的那份无边的空旷。

要说的是，夫家这条巷子里，往南，还是有些人气的。比如，偶尔会从一家大门里传来说话声、电视声和泊车声；比如，突然从一扇门里窜出两个顽皮孩童，手里拿着鞭炮，在空中划过，一阵噼啪后，笑声荡漾；再比如，有男人打牌回来了，可能输钱了，女人嘴里甩出几句数落，惹得院子的狗“汪汪汪”地叫个不停。男人自知理亏，不敢发作，只好朝狗吼了一声。那狗仿佛很知趣，乖乖缩回墙角，一声不吱。不一会儿，院子里又清寂下来。

往北的几家，大门紧锁，好像我从来没有看到过这几户人家。问及公公，知道其中一户，公公叫他五爷，举家去新疆好多年了，一直没回来过，原因是五爷家跑长途运输的儿子在自家门口倒车时不小心碾死了邻家七岁的男童，结下了仇怨。后来虽然经过村长和族人调解，赔了人命钱，但家里还是被砸了个稀巴烂。再后来，死了孩子家的女人隔三岔五总是以各种借口对五爷家人进行谩骂和欺负，有时还将大粪抹在他家门栓上，到最后，五爷家里养的鸡和猪莫名被毒死。五爷虽然心里很生气，但总归是自家儿子惹的祸，觉得理亏，只能忍着，实在忍不住了，只好全家投奔亲戚去了，一晃，好多年过去了。

此时，我回望那锈迹斑斑的门锁上，落了满满一层土。门扇上，两张唯一的、发黄的、残缺不全的花纸，被寒风吹彻后，依稀可辨的是门神，寂寞守护着这座院落。

还有一家，是我公公的表亲，我管那家女主人叫“姨”，儿女都在城里工作，年纪大了，被接走了，大门紧锁。前几天，他的儿子鹏娃开车回来，提着礼品转了一圈，匆匆来，匆匆去，算是给亲戚潦草拜了个早年。临走时，并没有忘记给自家门上贴上门神和春联，说是他母亲叮咛的，不在家过年，别的神没法子请了，门神是必须要请的。

村子里，像这样不回村里过年的还有好多户。尤其是老人过世后，失去了和众亲友之间维系的纽带，乡村年对他们来说，正在不断淡漠和疏远。终有一天，他们会像一只断线的风筝，只能在梦中遥望故乡了。

二

年三十，照例是要请先人和安神的。

记忆里，我爷和父亲去很远的老坟里请先人，俩人在那片早已被夷为平地的麦田里争执起来。我爷说，往右些。父亲说，不对，往左些。争到最后，谁也不争了。尤其是爷，几分无奈又几分幽默地说了一句，都是一个村子的先人，给谁烧都一样。说完了，席地而坐，一张一张烧着纸钱，倒着白酒，撒着油花馍，嘴里絮絮叨叨，大抵意思是让先人们吃好、喝好。说了好一阵，他们才从地上起来，转身走开。

如今，村子里，请先人多数靠老辈。如村里的二叔，眼睛不好，前几年请先人，都是儿子陪着去的。今年，二叔想让自己两个孙子一起去，顺便多认一认先人的坟，免得日后不记得先人的坟的准确位置。谁知那俩人淘气地说，才不愿意呢，那是你先人，还是你自个儿去请吧。后来，在二叔声色俱厉之下，总算去了。可是，一路上，两人嘻嘻哈哈，打打闹闹，给先人烧的两卷黄纸被胡乱抢着玩耍。二叔一气之下，各踢了两人一脚，结果，俩崽子撒腿跑了，剩下二叔一个人，坐在先人的坟头，独自郁闷。他小心换下坟头一块砖头下面的旧黄纸，换一张新的上去，然后将四周干死的枯草清理干净，最后，点燃一根蜡烛、三根香，一卷卷黄纸和纸票，缓缓烧起来。他的眼前，是先人温和慈祥的笑脸和一袭青灰色的布褂子，似乎告诉他：勤俭持家不能忘，丰衣足食不能忘，忠厚贤良不能忘……可这些家门曾经的谆谆之语，如今，又说给谁呢？

旁边不远，是三伯和他儿子军娃的坟，被一堆稍微新一些的黄土簇拥着，在风中静默。三伯和儿子军娃死于一场车祸，是在去年深秋。冬天里，军娃媳妇撇下两个孩子另外寻了下家，三娘独自一个人撑起了这个摇摇欲坠的家。如今，这年三十上坟的任务，无一例外落在这两个幼小的孩子身上。俩孩子显然不懂上坟请先人里深藏的含义，手里拿着黄纸和蜡烛不知道如何操作。二叔拍了拍身上的土，默默走到俩孩子跟前，手把手教给他们，跪地、点蜡烛、烧纸、点香火、磕头，一道道程序一丝不苟地下来了，动作和表情从开始的怯生笨拙到后来的大方自如，二叔才觉安心。

上坟回来的路上，二叔一边摸着俩孩子的头，一边讲，我三伯和军娃如何起早贪黑种菜种西瓜，如何风里雨里编席卖扫帚，又如何积攒家业兴旺家门。二叔想让孩子们记住和秉承父辈们沿袭下来的家风和门规，走好脚下的人生路而已。

二叔说这些的时候，坟地头又过来几个人年轻人，多是从外地打工回来，手里拿着纸票和香烛，上坟遇上了，彼此说说笑笑，还相互打趣，随便摆弄几下，上坟就算结束了，吹着口哨，扬长而去。

二叔远远看到了，眉头紧皱，一种难以言说的复杂情绪堵住了胸口。也是的，如今在乡下，这种没有追忆感、缅怀感的上坟，越来越流于形式，导致的结果将是老一辈人对后一辈人的影响正在减弱，后辈对先辈的记忆越来越模糊和淡化，也许再过十年，或者二十年，村子里的上坟和请先人的活动就会消失。

如今，在公婆家里，请先人也是以年纪大的人为主。待做完这一切，婆婆来到我屋里聊天。说是聊天，更多是听她老人家讲这个村子里那些我并不熟悉的人遭遇的心酸故事和悲欢离合，也听这个村子里存在的种种贫穷和种种死亡方式，它们就像几张永远没有黏连的外皮，各自光鲜，各自粗粝。

在这里，夜晚的风很大，呼呼作响。风会从这家的梧桐树窜过去，伸向那家的窗台边上，听几声孩童的哭声，再听几声老人的叹息，最后停留在堂屋里几张悬挂着先人照片的黑色相框前，似在窃窃私语。

婆婆唠嗑完了，会自言自语："今晚的风咋这么大，是不是谁家忘了请先人了，先人跟着风自己回来了？"

有多少场雪在村庄上飘过

屈指算起来，我离开小村庄已有二十多年了。但我依然记得，那片罩着青砖灰瓦和绿树成荫的小村庄上空落过一场又一场的雪。那些留存在雪中的温暖回忆，至今难以抹去。

听大人们说，我是在一个朔风凛冽的雪夜里，被缠着三寸金莲的婆用一张红花棉被裹着来到这个人间的。婆说，我的第一声哭，透过糊满窗花的纸缝，传得老远老远。有一丝丝的凉气和一片片的雪花挤进来，落在我的身上和被子上。至此，那一抹有着明澈和苍凉的雪域世界，成了我生命里不可或缺的依赖。

记忆里，村庄的冬天很单调，单调得就剩下安静和萧瑟了。北风呼呼刮个不停，刮得村口张四老伯家门口那棵粗壮的老槐树上的叶子全掉光了，刺骨的冷气一日日地深重起来，终于有一天，离村子南面不远的涝池里，也结起了明晃晃的冰碴儿。因为身体弱，空气里的干燥和阴冷总让我感冒、发烧，咳嗽反复发作。当我一声声干咳不休时，母亲疼惜的眼神和父亲紧缩的眉头交织在一起。尤其是每一次的狂风怒吼之后，尘土夹杂着枯叶四处狂舞，迷住了人的眼，呛住了人的喉咙，他们会眼巴巴地说，老天爷要是下一场雪多好。可是，依然无雪。母亲只有一遍遍从我的鞋子里掏出厚厚的棉垫子，放到热炕席子下面烘干烤热再一遍遍塞进去，父亲只有一把把往我睡觉的炕头边添柴火，直到我手脚不再冰凉。

小雪之后是大雪，小寒之后是大寒，这些积蓄了冬天太多烙印的古老节气，终于让我的小村庄落了第一场大雪。一片、两片、三四片……一夜之间，雪改变了村庄所有的颜色。整个村子被一尺多厚的雪罩着，白茫茫一片。铺盖在屋顶和草垛上面的雪看上去有点儿沉重，好像随时会翻滚下来似的。远处的垄上、沟壑、渠坝，错落有致地掩在这一片苍茫之中，白花花的。

雪地里最欢实的是猫儿和狗儿了。“落雪狗欢喜”，可不是吗？大雪漫天飘飞而来时，堆积在村口胡乱闲侃的乡亲们狂呼一阵后，呼啦一下散了，转身回屋，关了门，关了窗，围着火炉话家长。这个时候，后院开始热闹起来，一两只大黄狗在雪地里摸爬滚打，围着草垛咬尾巴，不过只一会儿，它们玩耍的痕迹就被风和雪抹去。偶尔还会看见一些人家的草垛附近，一摊一摊凌乱纤细的足印浅浅地铺开，那是麻雀扑棱着翅膀留下的。等天色暗下来，猫儿闲不住了，撵着老鼠满后院跑，一直撵到草垛洞里，愣是把老鼠给揪出来。那时候，于雪夜的寂静中，听老鼠挣扎的叫声渐渐小下去，然后就是猫儿撕扯着嗓门，似将军得胜一般地吼叫着。

落雪时，山川、大地与河流都静默着，唯一不变的，就是村庄上空那袅袅升腾的炊烟了，那是乡村永恒的颜色。它们从高高的烟囱里缓缓地冒出来，绕过一棵又一棵树梢，轻轻地拢住几声鸟鸣、几片瓦砾，再绕过那些白雪，然后便寂静地四下散去。但风还密密的，吼啊吼地吹着，地面一片白……

第二场雪来的时候，我还在甜甜的睡梦中。天刚亮，父亲的推门声惊醒了我。他顶了一头的“棉花糖”，喃喃地说：“下雪了，呵，雪真大啊。”雪？我瞬间雀跃起来，急忙趴到窗前。我看到了窗外白茫茫的一片，不见了臃肿的草垛，不见了低矮的牛棚。“雪花开了，堆雪人去！”我欢欣地喊完后，调皮地看着母亲。母亲轻轻一笑，算是应允。不过，她会把我拉到她跟前，用棉围脖、棉筒袖将我裹得像一只狗熊，只露出两只眼睛，等我一步一滑地走到门口时，我可爱的小黄狗正跟在我的后面，摇着尾巴东张西望，甚至还仰着脖子让雪花落在它嘴里呢！我好像记得那个时候，我痴痴地想着，走在雪地上，是不是可以碰见童话故事里的白雪公主和七个小矮人呢？但我很快失望了，我的前面或后面弓着腰、缩着脖子、跌跌拌拌行走的，不是身子臃肿的东家婶娘，就是身披羊毛大褂、头顶火车头帽、脖子后面别着烟斗的西家老汉爷，他们一行行铿锵有力的脚步声在雪地里留下深深的印子，洪亮如钟一般的说话声和笑声也传得老远老远。

“今冬柴门大雪飞，来年五谷满仓来。”这是从我大字不识几个的爷嘴里脱口而出的。那一瞬，我张大嘴巴，惊愕不已。等我回过神来，正好撞上爷的眸子盯着窗外飘飞的雪花，那和雪花一般白的胡子里面似乎装满了沧桑年轮的烙印。我茅塞顿开，这大抵就是落在村庄里的雪赋予庄户人灵性太多的缘故吧，它们让我纯朴可爱的爷陶醉其中。

此后的几年，父亲和母亲承包了村里水井边的那片低洼地用来种菜，上冻之前，父亲和母亲会把地里饱满盈实的大白菜和粗壮浑圆的白萝卜全部收回来，顺着南面院墙的向阳处埋了很多，等村庄上空飘满雪花的时候，再挖出来装满一车串村走巷去卖，他们说只有最冷的时候，才能卖上好价钱。有一年冬天，我放学了就去老屋，住在爷和婆的土窑中。

老屋的土窑年头很久了，冬暖夏凉。爷和婆住惯了，愣是舍不得搬出来。尽管陈旧的木门和木窗到处漏风，但婆的炕头由于连着锅灶，一日三餐烧火的余热总让里面温暖似春。那些日子，和着小村庄上空陆陆续续飘起的炊烟，也会有雪花儿洋洋洒洒飘起来。我蹲在爷和婆热烘烘的炕头上，揭开窗纸，一片片调皮的雪花儿倏地钻进脖子，噗地一下就融化了。爷自言自语：“下吧，下吧，好雪呀，好雪，赶紧给咱那几亩薄田盖上厚厚的雪被，让麦苗儿暖暖地睡它一冬，丫儿，来年可以吃上白面馍了。”爷说完，善解人意的雪就像得了准令似的，你撵着我，我扯着你，撒着脚丫子蜂拥而至。整个村庄的上空，又像水墨一般白白净净，苍苍凉凉。

经年之后，我想起爷一份“瑞雪兆丰年”的愿望，感慨万分。是啊，我纯朴善良的乡亲们过久了又穷又苦的日子，怎可轻易让这一场场冰凉湿滑的雪从眼眸间悄然溜走呢？他们以最虔诚的姿态迎接一场又一场雪，眉间的惊喜和热望，藏也藏不住。

这些年，当我置身于喧闹繁华的城市，冬天里，也会有雪花漫天飘落。只是，那些空中散落的雪花，被林立的高楼和狭小的街巷挤得几乎无处藏身。那一瞬，我的眼前，忽而就会呈现出雪花飘飞的村庄，以及飞雪掩映下灯火融融的柴门老屋。那五花八门的砖头地面上，用泥巴糊起来的火炉上架着铁锅，铁锅里翻滚着甜丝丝、香喷喷的苞谷稀饭，案板的碟碟碗碗里腌好的萝卜丝红里透白，白里透绿。尤其是爷，端起老碗，一阵吸溜完，打几个响嗝儿，浑身叫一个舒坦呢！放下碗筷的婆戴着老花镜穿针引线，缝缝补补，爷靠着炕柜吧嗒吧嗒抽着旱烟，嘴里不停念叨着村子里的长短旧事和深浅过往，那神情安详而平和。乡村的雪夜安静得只有落雪的声音，簌簌又簌簌。

若干年后，某个落雪的夜晚，我看见儿子坐在小屋里，咧着嘴巴，一遍遍摇头晃脑地背“孤舟蓑笠翁，独钓寒江雪”和“忽如一夜春风来，千树万树梨花开”的诗句时，我的眼睛常常会湿润。似乎那一纸馨香的墨迹里也能渗出雪花朵朵，它们一片一片，正从我的小村庄上空缓缓飘到我的小城，入了眼，入了心。

有多少人路过我的村庄

小时候，从镇子里通往我们村的路是一条黄土路，路面被来来往往的架子车碾压得光洁又平整，时不时还能看到牛羊在雨天里留下的蹄印，一只摞着一只。天一放晴，成串的蚂蚁就在这一只只坑窝里跌跌撞撞、出出进进地爬着。路的两边，是无边无际的麦田，春分已过，麦子起了身，像极了一个个穿着绿袄绿裤的乡村女子在风里顾盼生姿。

在这条路上，还有一片生产队的菜地，种着时令蔬菜。夏日炎炎时，我和伙伴们在放学路上，趁着看护菜地的种菜把式（种菜的技术人员）三爷打瞌睡的空档，偷偷溜进地里，摘几个黄瓜、西红柿一解眼馋和口馋。三娃家里穷，实在揭不开锅的时候，他还会顺手摘一些红辣椒、青菜、豆角什么的拿回家，我们装作没看见，更不会向老师告发。

当然了，还会路过社公寺队的几户苏姓人家，能看见窑洞的土檐下放着一架陈旧的铁犁，犁铧上沾着几块被岁月晒干了的泥土；还有几只锄头和铁锨，顺着篱笆墙立着，它们大抵在主人的手里挥舞久了，明晃晃的刃口像被磨光的月亮。

快到另一段比较陡的土坡时，一道道土黄色的屋脊挡住了风声，挡住了雨声，却挡不住阳光、蓝天和白云。我时常会在上坡之前，盯着湛蓝的天空，几朵洁白的云飘摇在屋脊上……这些诗意和古朴的景象总会点燃我内心深处的柔软情怀，也激发了我用文字记录和书写它们的冲动，抑或是，我的文学情怀也是从那个时候开始的。

顺着这条路，再往南走，就是被灰瓦土墙环绕包围着的乡村，像一颗痣，坐落在阡陌之间。放眼望去，天空高远，云雾缭绕，桃李杏花正当时，满目的红黄绯紫一片接着一片。风一来，空中纷纷扬扬，地上落英堆叠，一不留神，鞋尖上就沾满了多汁的花瓣。

听父辈们说，这小小的村庄，横亘在这里，虽不起眼，却是秦陇门户、古丝绸之路的必经之地，从古至今，不知有多少人从它的身边走过路过。我爷说，马鸿逵的队伍曾在我的村庄里驻扎，有书香人家之称的二伯家里，其识文断字的老爷（曾祖父）将这边的辣椒、花椒、棉花等土特产生意做到了宁夏和青海。他为人和善大方，在村里有很高的声望，有军官来时，选了他家暂住，时局消闲时，他们就凑在一起打牌抽烟，关系和谐融洽，这些驻军看在二伯家的面子上不扰百姓，只拣大户人家去刮些钱财。那年逢山西蝗灾时，灾民一路蜂拥而来，村人出钱出粮，在村口搭了粥棚，虽然自己过得不很丰裕，却也没让路过的人饿着肚子离开。

后来，念书的三叔也知道了这条路上发生的事情。他说，那日，看见一位生得眉目清秀、衣衫简陋的书生路过村子，走累了，孤单单在村口的皂角树下坐着，天擦黑时，善良的爷将他带回家来，挤在三叔的土炕上。书生的行李包很简单，几件随身穿的衣服，更多的是一些书和一盏油灯。那晚，三叔和书生说了很多话，大抵是家里遭遇变故，书生要投奔远方的亲戚，这些陪了他多年的书，舍不得丢弃，随身带着，用来打发路上的寂寞和孤独。半夜起来解手，三叔说他看到书生一个人在清冷的门槛上坐着，月光洒了一身。等第二天醒来时，书生已经走了，三叔的枕边放着一本《玉堂字汇》。婆说，书是我爷让她用两个温热的馒头换的。三叔大喜过望，爱不释手，他一直珍藏着那本书，直到考上学，去了很远的县城。

究竟有多少人路过我的村庄？村里年纪最长的大爷，蹲在阳光如炉的土墙角落里，眯着眼睛，掰着指头，满口浓郁的西府腔调在风中回荡：西汉扶风四大名将班超，智勇审察，平定西域，安邦定国；魏晋才女苏慧于织锦巷中，留下满腔忧思的回文《璇玑图》；李世民和薛仁杲路过，就有了丢鞭断流的浅水塬大战；左宗棠路过，有了千里葱笼的左公绿柳；苏州城滚绣坊的书生柳毅路过，有了千里传书的美谈；还有宽仁文雅的隋代宰相牛弘，重整河山的中唐名将郭子仪，风流倜傥的宋监察御史陶谷，当代“草圣”于右任，西北王胡宗南……更有许多无姓无名的贩夫走卒、商贾官宦，他们都曾路过这片土地，吃过庄里的粮食，喝过村里的井水，算着算着，二爷就迷瞪了，似睡非睡，嘴里兀自嘟囔着：“老了，老了，记性不好了！”

结婚后，除了节假日，我很少回生养过的村庄。一个人走在日益空旷的乡路上，总会想起在我生命中走过的那些人、经历的那些事。我的父亲，曾经用沾满杂草的手帮着邻居八爷（辈分大，其实年纪和我父亲相仿）抬过他的父亲，一个面色青白的亡人。父亲一点儿也不惧怕，就像去帮人拉了一车干草，或者帮人拉回一车粮食那样镇定自若。那时我已上初中，挤在人群的缝隙中，我瞅见八爷的父亲身着簇新的老衣，躺在窄窄的床板上，整个人表情通透而宁静。

很多年后，我终于明白，对天地而言，村庄就是一湾浅水，荣与衰就是一场路过；对村庄而言，人就像一片叶子，生死于斯，也是一场路过。就像我的父辈们，一茬一茬地来了，走了，去了，如一缕缕轻烟。如今，村庄就剩下那些和我父亲、和我年龄相似的一茬人，义无反顾地守护着村庄，如同一只蚂蚁守着蚁穴、一束蒿草守着墙头、一茬庄稼守着田地。逢年过节，也会坐在一起，喝点儿小酒、唱段苦戏，一觉醒来，一掰指头，时月又过去一截，每个人与村南边的旧坟冈之间的距离又近了几步。

父亲常常哀叹，村庄里的年轻人越来越少，甚至，父亲在担心，某一日，他过世了，估计连抬棺材的人都找不齐整，他的身躯连同棺材可能会被冰凉的吊装机三两下就放进坟墓里。我不觉凄然，夜晚总在做梦关于儿时的情景，醒来，耳边不停回想起那些年村里的老人们喊我乳名的声音，远几声近几声，尖几声瓮几声，尖的如同钢针，瓮的却似陶罐，合在一起，许是我无法遏制的乡愁吧？

酒事二题

一

早些年，二爷喝酒的理由很简单，就是劳累了一天，浑身筋骨疼，到了夜里，会让二婆弄一盘腌菜，一个人只喝三两盅酒，然后脱鞋上炕，坐到光线最弱的墙角，将煤油灯照得最亮的地儿让给二婆，俩人唠一阵嗑，打发一个又一个漫长的夜晚。

二爷和二婆都没有多少文化，他俩唠嗑的话题很简单。首先是二爷，他稍带几分命令的口气跟二婆说："赶明儿，你做几双鞋垫子，给村长老婆送去，她家儿子上大学了，用得上的。"

二婆有点儿意外，转过头说："你终于开窍了，管用不？"

二爷说："管他呢，总没坏处吧，试试。"

二婆想了想说："也是的，咱不能一天到晚光出蛮力，你看人家狗子爹，嘴上跟抹了蜜似的，见人说人话，见鬼说鬼话，在村长跟前，红人一个，你明儿趁工歇的时候，也多往村长前靠靠，说些好话，套套近乎。人嘛，越走越近，说不定哪天他会多给咱派些工分多的活儿。"

更多时候，二爷和二婆在唠嗑自家的光景。比如二爷希望老天爷能风调雨顺，地里多打粮食，麦包鼓起来；二婆希望儿孙都能吃饱肚子、健康成长，家门人丁兴旺。聊着聊着，不知什么时候，二爷先沉沉睡去了。

时间久了，二爷的喜怒哀乐都掩在喝酒的状态和表现中。比如他顺心时，端着酒盅浑身是劲儿，充满豪气，吼几声秦腔《铡门案》；不顺心时，二爷看着眼前的一盅酒，好长时间闷着头一言不发，猛然抬起头，一饮而尽，然后做一个长长的深呼吸。也就是说，二爷的情绪咋样，我们会从他饮酒弄出的声响里得知。

在二爷眼里，酒是西坡村亘古以来维系生活和人情的纽带。多少辈人群居在一个村子里多少年了，早已数不清了，只是，日子久了，不免张家长李家短的一些是非话，被没事的人赋闲时用来嚼舌头，像一阵风到处吹到处刮，胆大的明处说，胆小的暗处聊。或者说，你家的牛啃了我家的庄稼，张三家的鸡鸭鹅走丢了，怀疑是隔壁王五给顺走的……诸如此类，鸡毛蒜皮，没完没了的官司和陈芝麻烂谷子的事情永远扯不清，断不离。你瞧，一大早，南边的自留地里，三娃和水平的爹为了地畔上种的一行玉米吵了起来，不知是谁先说了一句不顺耳的话，瞬间，这两个血气方刚的汉子红脸相对，拳脚相向，相互撕扯几下后，甩下一句去你的，这辈子老死不相往来。

话是这样说，三娃和水平爹从早到晚都在一个村子里转腾着，一条乡路上行走着，一片田地里耕作着，咋能做到老死不相往来？到了年底，村头的建平考上大学了，建平爹请客时，三娃和水平的爹又坐到一张桌子上，先是尴尬，后是闷头，再后来，几杯烧酒下肚，曾经的“深仇大怨”便随一身酒气烟消云散了。

建平家的喜酒自然是“张三烧酒”。酿酒主人排行老三，我叫三爷。他说，自家的酒像一个乡村汉子，性情刚烈却不失绵柔，初抿几口断肠炙腹，再喝几盅，回味绵长。很长时间，我们村里人的酒宴上，总少不了张三烧酒，有时它像一味药，喝到人烂醉如泥时，再深的怨气也能消除；有时它像交心汤，住客之间相互灌得语无伦次，却也算乐得其所。于是，喝张三烧酒成了西坡村人排解忧郁、化解恩怨的最佳方式。

三爷当然是酿烧酒的老手，他闭着眼睛都能把自家酿酒的程序毫厘不差地走一遍，但他自己却不爱喝酒，没有酒瘾。按照他的说法，杀猪的还不爱吃猪肉呢。三爷制出的烧酒不兑水，酒质相当纯正，质地醇和，入口柔和细腻，香而不艳，淳而清烈，芳香浓郁，余味悠长。每当开炉烧制，流出的头酒，三爷必须先敬灶神祖师爷，第二斛才入口品其性味，当烧酒慢慢流出，整个村庄便开始飘荡着醉人的酒香。

暮色四合，二爷和西坡村很多人家的的男人丢下一天的劳累，兀自躲进张三家的烧酒里，消磨着周而复始的、粗粝简单的光阴。我爷去世后，我婆也时不时地与张三烧酒为伴，那是鸡鸭上架、倦鸟归巢时，她老人家一个人坐在厢房里，对着爷的遗像出神。蓦地，婆想起什么，跳下炕，给爷斟一杯张三烧酒，说几句惦记的话，说完后，她将腿盘起来，双手合十，开始唱佛经。此时，窗外月色漫漫，屋内香火缭绕，不一会儿，酒盏里溢出的烧酒味道，一点儿一点儿将婆的孤独和寂寞淹没了。

二

村里的先生爷喜欢喝酒，喝到尽兴了，两只手搭在腰背上，满村子转悠，嘴里还文绉绉地不停唱说：“一滴凤，就是凤凰的一滴眼泪啊！”那一副满足安逸的模样，很是滋润。

先生爷说这话的时候，马上就要过旧历年了，我婆正准备将剪好的窗花糊到窗户上去，那是一只红得耀眼的凤凰，翘着脖子，向洒满阳光的院子张望。

先生爷属于家底厚实人家，乐善好施，在村里威望很高，酒量也比较大，但凡谁家孩子满月、老人高寿、婚丧嫁娶、盖房立木等头等大事，常常都来请先生爷撑场面。先生爷喝多了，满村子胡乱转腾，有一回摇晃着到我家里，靠在房檐下的土墙上，脸红如关公似的。坐了没几分钟，就挨个叫我们小孩子到他身边，不是让堂姐给倒茶，就是让我给他把我爷的烟斗拿过去。有一回，先生爷又喝多了，把我叫到跟前，却什么也不说，只笑眯眯地看着我。最好笑的是，我弟弟结婚那一年，他喝得颠三倒四，一个人趔趄个身子，在村里胡乱转，转着转着，竟然走错了门，一头窝到别人家热炕上呼呼睡过去了。

村里还有一个爱喝酒的，叫“瘸子张四”，是六爷的儿子。六爷过世早，是六婆一把屎一把尿将他拉扯大的。十八岁那年，去北山种地，回来的路上，牛车翻了，摔断了一条腿，因为家里太穷了，没有及时治疗，最终那条腿残废了，走路一瘸一拐。后来，虽然娶了媳妇，可没过几年，媳妇便走了，留下一个两岁的儿子跟着他眼睛半瞎的老母亲一起生活。

张四觉得丢了面子，在村子里抬不起头，人也变得颓废起来。偶尔谁家过事随礼了，一上席面准会喝得醉醺醺的，地里的庄稼也不好好伺候，日子越过越恓惶，恓惶得房顶漏雨、窗户漏风、锅里漏气，连炕上的席子也破了好几个洞，没钱换新的，只用一块块碎布补着凑合，夜里睡个觉，不敢挪地方，否则，身上准被扎得血印一道又一道。用邻家五婆的话说，这人要是穷了，连村子里到处乱飞的麻雀都不愿意落到他家树梢上。

其间，村里也有人给张四张罗过几门亲，有从北山逃荒下来的，也有周边村子里死了男人的，光景不长，大都受不了他又懒又穷的惰性，转身走了。后来，张四彻底失去了生活信心，更是什么也不想干，一天到晚提个西凤老白干，喝得一摊烂泥，连他家里那只馋嘴的狗也会跟着醉，人醉得满嘴胡话，狗醉得摇头摆尾，狗和人一程又一程，在村头那条土疙瘩路上穷撒欢。

祭灶前后，村里外出务工的人如倦鸟归巢一般都赶回来了，家家户户出门赶集，割肉、买菜、买酒、买新衣裳，置办年货，好不热闹。村子里，一股子酒香、肉香和糯米的甜香缠绕在一起，旧历年的味道越来越浓了。

那日，暮色四合时，张四满身脏兮兮地坐在村头的皂角树下，他的脚下，一瓶西凤老白干已快喝得瓶底朝天了，天色一会儿明，一会儿暗，他一会儿哭，一会儿笑……

夜越来越静，我爷却睡不着，他正寻思着，年三十晚上，让我父亲将张四和他娘请到家里来，过个像模像样的年，毕竟是一个村里的，年过得太寒碜了，总归看着不忍心。我爷的主意父亲采纳了，腊月二十八，我母亲去了张四家，烧了一大锅水，给六婆和孩子洗了头洗了脚，换了干净的衣服。用我娘的话说，咱乡下人过年，过的就是一个清爽，一个热闹。

大年三十的晚上，六婆、张四、张四的儿子，还有我们老张家十六口人围在一起，桌子中间，依然少不了一瓶包得严实的西凤老白干，父亲用螺丝刀一点儿一点儿剔去酒篓盖子上的封泥，打开盖子的瞬间，一股子清洌的香气飘出来。爷、父亲、二叔、三叔、张四，几个乡村男人围坐在一张方桌上，一杯一杯，觥筹交错，心满意足，喝到最后，张四又微微醉了。不过，那一次，他没有撒酒疯，只是一双眼窝被充满年味儿的酒灼得溢满了泪水，一滴一滴滚落在他眼前的白色酒盅里。

那一瞬，我深深懂得，那泪水应该是张四内心深处幸福和温暖的泪水。

第四章
天涯萍踪

街巷深处，雨依然在落，湿漉漉的桥下，河水悠然流淌着。一只鸭子掠过，寂静的水面上荡起的涟漪一圈一圈散开。不远处的码头边，掩着一户人家，可看见白墙灰瓦的背后，长出几棵香樟树，高大茂密，想必是该家深闺的姑娘已长成了吧，待某日，请了匠人，打几件箱子和柜子作为陪嫁，用来盛放南国女子一生的幸福与愁怨。

烟雨周庄

我是从苏州城辗转来的周庄。

眼前的周庄在落雨。那雨滴顺着伞的骨骼落在青石板上，青石路沿着河流优美的曲线蜿蜒向前。

我在想，这古巷深处不知有怎样的地老天荒，这千年古镇哟，我又该怎样翻阅着你的宁静？

我从包里取出伞，迎着风雨而去。走了一会儿，感觉有一点点儿凉，索性拿出前一天在苏州山塘街买的一条梅花披肩，顺着肩膀搭下来，缠在手臂上，顿时，一丝温热的气息传遍全身。

雨中的周庄游人并不多，一个人慢慢徜徉其中，我的鞋跟轻叩青石，耳边有从丝绸店里飘荡而出的、熟悉而喜欢的《琵琶语》相伴，颇有几分安逸和雅致的韵味。这副情景是我来之前就想好的，无琐事催促，无繁冗心事，亦无山鸣谷应，我与我的悠闲和平静相伴，就像我脚下的青石板路与木板门一样，相互守着时光和岁月的那份默契。

转过一个弯，有一条窄街，有的地方仅能容一人过，有的地方两人并肩撑一把伞都稍显拥挤。这样逼仄的街，滋养着毗邻或相对而居的人们，在彼此的熟络、和睦与包容中一代一代居住下来，竟也过了千年之久。

在这里，几乎每家天井的下水盖四周全是铜钱状，这是江南民居的一大特色，不管是阳春白雪和下里巴人，都希望自家财富一直延续下去。

走完东街，来到码头，一只只来往的乌篷船慢慢晃悠着，使临水的木墙黛瓦建筑显得更加古朴安静。雨依然在下，水面上，涟漪一圈一圈散开。码头边，一户人家的门前，几棵香樟树高大茂密。想必是该家深闺的姑娘已长成了吧，待某日，请了匠人，打几件箱子和柜子作为陪嫁，用来盛放南国女子一生的幸福与愁怨。

我这样想时，桥这样窄了，街这样窄了。两个姑娘穿白色纱裙、拖鞋，背着单反走在我前面，细碎的泥水一滴一滴飞溅在白色的纱裙上。几步之外，一个三十岁左右的女子身穿旗袍半倚亭栏，有男伴脖子上挂着小包，肩膀上背着大包，在亭外的雨中专注为她拍照。一对老年夫妇走过，老太太说："老头子，我终于看明白了那些姑娘自拍是怎么回事儿，咱也来一个。"说完，拍了一张给身边的老伴看，脸上有少女般的娇羞。

那一瞬，我突然明白了，这世间的千般美好，都在不经意间。

周庄的西巷子里，水依旧成为这里的活性剂，它缓缓地、蜿蜒流过。临河而建的房舍，一半延伸在水面，以水为街，以岸为市。我有些怀疑，河岸两边人家的船若是划得快一些，估计都可以划进彼此家的厨房去了吧。逢年过节，以及这平日里的亲戚往来，是不是从一家的后门撑船出去，也可以划到另一家的后门了吧？

真的，在这里，出入都在水上，像人的一生都在摇篮里，晃晃悠悠，跌跌荡荡，缓缓向前。我顿时明白了枕水人家的妙处，比如，一天劳作停下来，夜阑人静，躺在床上，细细聆听河水轻轻拍打石柱和台阶的声音，从清醒到入眠。

这里的房舍大都是木质结构，临河有木格子窗户，有的人家有水阁，更有富庶人家，还有私人码头，运送着大米、蔬菜和黄酒等。

雨渐渐大了些，那些屋檐下，挂着的吊兰，茂盛翠绿，亦有盆栽，红红黄黄，粉粉紫紫，盛开着细碎的花儿。临窗而望，总能看见对面木楼里的女子坐在茂盛的花间，侧影窈窕，神态安适，自成风景。

走累了，就去手工作坊歇歇吧。作坊不大，三两间小院，板蓝根汁蜡染的印花布晾在院子里，一幅一幅随风摆动，让人想起儿时母亲织布时用面汤浆洗过的被褥，有小孩儿在帐幔里嬉闹，一条一条的碎花布在他们手中翻飞，一股阳光和棉麻纤维的味道瞬间弥散开来。或者去小茶轩坐坐也行的，最喜那手绘的精致茶具，青瓷盈润欲滴，枝蔓纤毫毕现，索性坐下来，饮一壶，如同饮了人间风月一般。

其实，更多时候，我在看雨中各色的油纸伞，翠绿、粉白、胭脂红，以及那蓝如苍山的，每一把都惊艳，每一把都给人难以抵挡的深度诱惑。我甚至想着，也撑一把，走进雨巷深处，像戴望舒一般去寻觅雨巷中那个结着丁香一样愁怨的姑娘，只是不知，她的爱情，还会在这里吗？

就这样走在青石路上，把一些人、一些事，从记忆里打捞起来，再放回去，算是一种安放吧。

记得那日，辞别周庄，依然在落雨，我藏不住初来的喜悦，亦藏不住离别的彷徨。

平遥之夜

母亲大抵是十年前去平遥的。她归来时给我带了一对殷红的桃木手镯。母亲说，是在一条很长很长的明清老街买的，外观精雕细琢，纹路繁复。用手触摸一圈，柔滑光洁，很明晰的木质感。再低下头细闻，竟有一股淡淡的桃花香气。

这对手镯陪我很久了，每每看到，总有几分向往：他日，若得空，定要去那个古色古香的地方走一走。

这一天来得很自然，一如我的想象。我渐渐靠近它时，它像一位慈祥的老人，头枕黄天厚土，身裹灰砖青瓦，我几乎是急不可待地奔向其中的。不过，这种亢奋和热情，只几秒钟，就被我掩饰住了。可不是？自己脚下这座经过漫漫岁月浸泡而出的千年古城，是带有一定温度的。就像人的体温，老了，自然镂刻了时光和岁月深处一份或深或浅的印记。须轻轻走、慢慢看、细细品，急不得、躁不得。我不停地告诫自己：你的两只脚已踩在千年的青砖上，怎可轻易轻浮和张狂？

中秋刚过，平遥的夜空和我的小城一样，也有一弯明月当空照耀，给人几许寂静和平宁。城内灯火阑珊，人潮涌动。黑色凝重的门楣上，一溜的大红灯笼一盏挤着一盏，像要点燃这座千年老城似的。夜幕渐深，从一家家店铺、票号、酒吧、食府里透出的绚丽灯火，暖融融的，愣是将漫天的月色和星星撵得无处藏身，远远躲了起来。灯火深处，一间又一间旧得不识本来面目的古老瓦屋、门楣、窗棂，盯着多看几眼，会有一种恍若隔世的感觉。我想，无论是谁，初来乍到时，游离于身心之间的陌生和孤独感，都会在这灯火里一点儿一点儿退远和消失的。

平遥夜，一家挨一家的酒吧绝对是主角。酒吧里，一桌一椅、一窗一轩，都是古旧的样式，古旧的颜色。几朵镂空的牡丹千年不变地开在窗棂之上，几只喜鹊和心愿一起，被雕刻在院子的砖墙或照壁上，属于旧时光的印记，在这里一一可见。

令人颇为惊奇的是，这些古旧的家具上，却摆放着现代精美的瓷器和玻璃器皿，里面盛满了浓香可口的咖啡和酒水。置身其中，古老陈旧与现代时尚的气息，杂沓交织，相互缠绕，这大抵算是平遥古城一处独特景致吧？

平遥夜，每家店铺都开门迎接远道的客人，想看什么买什么都会如愿以偿的。我瞅着一家名叫“往事如烟”的小店，门口放了两张桌子，属于原木，散发着一缕清漆的味道。桌子两旁，各放置了两条长椅，铺着布衣垫子，在昏暗的灯光下，渲染出一份幽幽古意。我忍不住停下脚步，仔细打量起来。店铺很独特，两扇大门紧闭，只从一边开出一条很逼仄的过道出来。最引人注目的是，敦实的、漆黑的大门上，挂满了古典味道浓郁的裙装，热烈奔放至大红大绿，素雅清淡至黑白简约。我第一眼看到时，眼前一阵恍惚，仿若这灯影之中，一扇古朴的门，吱呀几声响动，就会从里面走出一位清秀女子，或是端着针线箩筐去串门，箩筐里，没绣完的手帕、荷包或者鞋垫安静躺着；或是拎着水桶去城口的井边摇着轱辘打水，荷叶田田，荷花婷婷……

如此令我心动的店铺，怎可轻易错过？顺着逼仄的通道拐进店铺里，那褪色的画梁、雕花的窗棂、剥落的漆皮，向我清晰地诉说着陈旧与遥远。仰着脖子看，四面的墙壁上，挂满了手工蜡染的布衣长裙、家织围巾、宽脚长裤等，五颜六色，令人眼花缭乱。墙角的空地上，随意摆放着两个木质衣柜，亦是平平展展地铺着一件件短衫和长裙，或染着大朵的牡丹，或绣着艳丽的孔雀。即便平放着，那细密的针脚、精巧的盘扣、纤细的腰身，都会使人莫名滋生出很多怀想来。一瞬间，我竟有一丝冲动，想穿上那件斜襟盘扣的、印着清荷的衣裙，再穿上一双绣花鞋。那绣花鞋，定是心仪了很久的丝缎鞋面，柔软鞋底，用五彩丝线绣着喜欢的清瘦梅花、戏水鸳鸯，或者雀鸣枝头什么的。这副模样，像不像旧时女子呢？

因为是夜间，平遥县最大的票号“日昇昌”大门紧闭。我只能站在门外，尽情想象两千七百年前，这门里面的每一个日出日落里，演绎了怎样一场场车水马龙的繁忙景象？那风声、雨声、叫卖声、脚步声，还有柜台前噼里啪啦的算盘声，又迎来送往了多少出出进进、身着长袍马褂的平遥子民及天涯票客？如今，平遥古城里日出依旧，日落依旧，日昇昌除了几分安静和孤独，还带有几分骚动。这骚动源于如我一样前来探寻的游客，总想隔着这一块砖、一片瓦、一扇门、一堵墙的缝隙，寻找当年山西汉子走西口的沉重与收获，总想听几声从大漠深处走近的一串又一串的驼铃声声。更想知道，那个泱泱大国的票号、镖局，如何在这里落地生根，传承繁衍，又如何没落到消失？

夜已深，游人依然来来往往，如同白昼。这个时候，走来一位大叔，头戴红翎，肩上扛一杆刺枪，一身清朝打更人的装扮。他一手提着铜锣，一手拎着铜槌，轻轻敲两下，一串干净清脆的铜质声音即散开。只听得他嘴里慢条斯理地喊道：“已是二更，小心烛火。”不时，有游客要拉着他拍照，大叔丝毫不回避，也不厚此薄彼，一一应允。我清晰记得，他每每入镜时，那苍老的、布满褶皱的脸，镂刻着深深的温和与清宁，令我感动难忘。

黄河谣

此次来兰州，自然少不了去黄河边。那是一个清晨，河边行人并不多，一位大妈在我前面慢慢走着，满头的白发被风轻轻吹起。大妈很自然地伸出两只手，将有些散乱的稀疏头发捋了捋，很整齐地别在耳后。整个过程中，她的视线一直不曾离开蜿蜒流动的黄河水，唇角泛起淡淡的微笑。那一瞬，一种既苍凉又柔暖的感觉将我包裹住了，我也随着风吹起的方向，和大妈一起张望宽阔的水面。

其实，与母亲河有很多次邂逅。犹记得在青藏高原相遇，那一日，天高云淡，草色青青，我的眼前，蔚蓝色的母亲河，九曲长歌，纯净绵长，如诗如画。那应该是少年时期的黄河，成为我生命中对黄河最初的一段记忆。后来，当我和家人置身壶口瀑布的那一刻，眼见那一阵阵浊浪呼啸奔腾、掀天卷地而来，阵势犹如洪钟惊雷，荡气回肠，像极了一个个西北汉子挥舞着臂膀，高歌猛进，我认为那是壮年黄河的一声声呐喊。

在我的个人感知中，母亲河就是这般走过来的，从一个俊朗少年到矫健青年，然后再到沉稳中年，最后走向耄耋之年。不知兰州城的黄河像哪一段人生？我在用自己的身体和思想极力探寻着。此刻是夏天，雨水充足，宽阔浑黄的河水平缓地流淌着，就像一个人，开始进入休养生息的状态；更像一位宽厚慈祥的老母亲侧身躺在那里，给你缓缓诉说岁月往事。碰上大雨或暴雨，河水翻滚，汹涌奔腾，似一匹烈马，挺着胸膛，越激流，过险滩，多像我们曾经苦难深重的中国母亲！

太阳出来了，岸边游人多了起来，徜徉其中，百年老柳摇曳生姿，绿影婆娑。我的耳边，吹来黄河的风，带着独有的泥土和黄沙的味道，不由得做了几个深呼吸，内心即滋生出一种宁静感，似乎还有那么一点儿倦鸟归巢的感觉。对，那是对黄河母亲的依恋！

在黄河岸边，除了铁桥和黄河母亲雕像之外，还有一个好去处，便是充满风情的水车园了。身尚未至，已有吱吱嘎嘎的声响随着风声一起传来。顺阶而下，一排排错落有致的水车旋转不停，浪花飞溅后，徐徐汇入一边的渠堰，一汩汩清流似在向路人诉说黄河灌溉史上古老的歌谣。

哦，你听，还有一首歌谣呢，它正从河水中央的一只羊皮筏子上缓缓飘来：

哎，中间是黄河哈，两边是崖耶
哎，峡口里站两朵云彩哈
哎，云彩是搭桥者呀，你过来哈
哎，心头的“花儿”哈漫来……

我被这歌声一下子吸引了，抛开身旁的文友阿依古丽急急扑下台阶，一位带着白色帽子的羊皮筏客正在摆弄他的羊皮筏子。歌声显然是从他喉咙里喊出来的。那声音忽而低沉浑厚，忽而高扬清脆，到最后，变成一串串悠长的尾音，在黄河的上空久久飘散，连同一河的水也微微颤动起来。

这就是“花儿”，一种绵绵不绝的民间歌谣。千百年来，这歌谣带着黄河母亲的乳汁，流经青海、甘肃和宁夏，飘荡在西北高原的群山之间。我不止一次在书本上看过、电视上听过，然而，如此真正身临其境、耳濡目染，却是第一次，不由心中一阵狂喜。我以最快的速度靠近那个羊皮筏子，睁大眼睛，竖起耳朵，竭尽身体所有感官，去细细聆听和回味。

其实，关于黄河“花儿”的独特魅力，我最初是在已故的甘肃本土作家王家达的乡土小说中充分感受到的。他的黄河小说，像一幅幅黄河风俗长卷，更像一曲曲黄河儿女的悲欢骊歌。毋庸置疑，一定是我眼前滔滔不绝的黄河水滋养了他的文学气象，他的笔下，祖祖辈辈的黄河儿女一边唱着裹着泥土的“花儿”，一边创造艰苦而美好的幸福生活。在日复一日、年复一年的时光更迭中，那长长短短、繁复多样的黄河“花儿”唱出了几代人的生离死别，也唱出了一个人的爱恨情仇。显而易见，在一首首“花儿”中，一个民族的精神世界和日常生存状态被鲜活淋漓地勾勒和呈现出来。诸如王家达颇有影响力的长篇小说《清凌凌的黄河水》中，尕奶奶与二哥子的婚外恋故事可谓曲折凄婉、纯真动人，但更多打动我的，是小说中蕴含的那种浓烈饱满的异域情调，它们来自于尕奶奶与二哥子之间频繁出现的“花儿”对唱。通篇中，王家达不惜笔墨地将这缭绕在黄河岸边的古老民谣大肆渲染，也让我们看到一个作家用文学作品来传承古老民俗文化的担当和情怀。毋庸置疑，因了这些“花儿”，王家达的小说多了些许独特的韵味。

曾经，深秋的夜晚，窗外星月如水，一个人静坐，读李修文的《山河袈裟》，我更加理解了黄河“花儿”所传递的无限乡愁。那时寒风吹彻，几个修船打工的弟兄，其中一个生了重病，大家花光了身上所有的钱，以至于没有回家过年的盘缠了，大年夜，他们被阻隔在黄河边，突然想家了，有兄弟买了廉价的酒，一个个喝到醉醺，脸上爬满了滚烫的热泪，大声唱着：

贵德的黄河往南淌

虎头的崖又落了一对儿凤凰
朝你的方向上哭一场
有心来
没个落脚的地方……

那一瞬，我的眼角也湿润了，甚至也想跟着吼一曲，来排遣和释怀心中堆积的沉郁气息。

如今，徜徉在这条享誉西北的十里黄河风情线上，身边三五步不时有兰州的老百姓一边休闲，一边赛唱“花儿”，我记住了一位头戴白帽子的大叔，高仰着脖子，大声唱着：

吉祥葫芦牛肉面，
羊皮筏子赛军舰；
坑上蹲个尕老汉，
沙锅里煮着洋芋蛋……

歌声刚落，我身边的文友问随行导游：“王导，羊皮筏子咋做的？”王导很幽默地用带有一点儿“花儿”味道的腔调说：“别看我们这空空的羊皮筏子，做起来，门道真多嘞。不信，你去问问兰州城里任何一个老百姓，他都会说，杀它一只羊，剥它一张皮，晒它一个月，抹它一身油……”

王导说这话时，我正透过人群，将视线落在涌动不息的黄河里，几个羊皮筏子顺着河道漂荡，天空湛蓝如洗，一缕又一缕的黄河风从我的耳边吹过，飘向远方，将游子回望故乡的眼神，一遍遍打湿。

姑苏清韵

曾经来过平江路的。不过，那会儿，是和几个同事以及孩子同行的，很多想独自停留慢慢体验的地方，只能割舍掉了，心中总有些遗憾。好在这次，秋深意重，独行一人，可以随心所欲了。

站在这座千年古镇入口的牌坊前，依稀觉得，曾经久违的熟悉感和亲切感依然在。

清晨，游客不太多，我缓步迈进其中一家酒庄。不同时期、不同形状的各色酒器吸引着我。看店姑娘二十出头，一身江南的碎布花衣裳，很乖巧地站在我身旁，只是悄悄的，并没有打扰到我。之后，她看我在女儿红的坛子前久留，便很热情地问："这位姐姐，喜欢的话，请坐下来，品一品，很不错的。"

话音落，她几步上前，手脚利索地去揭酒坛子。酒坛半掩着，顺手推一下，即开了，再打开红色的小阀门，一股子琥珀色的液体汩汩流出来。

女儿红，我怎能不熟悉呢？江南的朋友每每提及，总是赞不绝口，如数家珍。我亦觉得，单是那名字，就足够令人动心和垂青的了。不过，对其更多的了解，是从"汲取门前鉴湖水，酿得绍兴万里香"的句子里得来的。说的是，绍兴人家生了女儿时，就酿酒埋藏，嫁女时就挖出来宴请宾朋，久而久之，形成习俗，千年流传下来。

酒肆的酒坛雕花，如同女红，酿女儿红，更像抚育女儿身。酒至唇边，浅酌，最初的感觉，有酸亦有甜，皆淡淡的。随即坐下，慢慢饮，属于女儿红原本的苦、涩、辛辣味道逐渐上了头。

记得苏轼在《行香子·秋与》里写道：“不语书空，一回醉，一回病，一回慵；付与千钟，任酒花白，眼花乱，烛花红。”这首词我读了很多次，却并没有读到其中的悲秋之感，倒是不止一次想象，若他日，藏得女儿红，寒夜温酒，侍弄墨香，该是多好的意境！

出了酒庄，往古巷深处而去。弄巷里，随处可见摆着各种姿势竞相拍照留念的红男绿女，一脸的幸福和陶醉。我被一家时光印记小店锁住了脚步，进去慢慢闲逛。在木质的柜台前，一根木质的发簪插在土黄色的陶罐里，簪头上一串白色琉璃，柔和温润。看店女子见我动了心，便热情邀我坐在木凳子上，用檀木梳子轻轻挽起我不算乌黑的头发，将那只发簪轻轻插了进去。眼前的铜镜里，一个影像渐渐淡去，另一个影像渐渐浮出。忽而想起一句话，梳头画眉，与君言欢，大抵就是这般的景象吧。我随即买下两根一模一样的木质发簪，继续拾阶而上。

平江路的巷尾拐角处，游人并不太多，印象里，有一家古朴又精致的茶肆，我再次循迹而去。

很快便寻见了，依旧是小店，门口右侧，一只陈旧黝黑的大铁壶格外抢眼，茶器也是铁质的，着色厚重，铁砂匀称，线条细腻。左侧，一张石磨盘做的茶台前，几把木椅子，一扇木窗，青藤垂挂，透着几分幽静。我又舍不得离开了，双脚迈进其中，里面除了一位侍茶女安静坐在茶炉前，其余角落空荡荡的。

坐定，帘子落下，门外的喧嚣便戛然而止。于是，一个人，一杯茶，一曲古筝，于闹市中独辟一室幽静，这份感觉，清净得宛如出世与入世。

十点钟，青石弄巷里，游人渐渐多起来，杂沓，凌乱，我赶紧逃避，去了最僻静的一处巷子。远望，窄窄的河，细细的水，蜿蜒而去，烟水弥散中，有木舟静静停泊在那里。或许，那里亦是我此次来想放逐身躯和心灵的港湾吧。

在这里，白墙灰瓦是静的，小桥流水是静的，柳叶蔷薇是静的，连河里的鸭子也安静得气定神闲。偶尔，紧闭的木门“吱呀”一声打开了，一头戴蓝色碎花巾帕、腰系蓝色碎花围裙、手端竹篾圆簸箕的大妈从门里出来，她顺着台阶下来，蹲下身子，在绿油油的水里舂米。她的手随着簸箕在水里来回拨拉，漾起一圈圈涟漪。大妈的米还没有舂完，一只黑白相间的小狗出来了，很乖巧地蹲在大妈身旁，静静看着对面的我。

我对着这一幅温情水墨端详了好久，不由得感慨岁月静好，何惧风霜。其实，很多时候，我们都在人为地将自己捆绑在俗世里，只顾机械疲惫地赶路，而忘记了放下身躯，去看一看流年和岁月深处最为朴素和纯真的原始风景，殊不知，某一日，慢下来，且行且歌，原来也是这般令人欣慰和怀恋呢！

被灼热的废墟

抵达交河故城时，正是吐鲁番最热的时候。这座在沙漠中埋没了千年之久的故城遗址更是以五十五年来罕见的高温迎接了远方而来的我，我几乎是喘着粗气艰难靠近它的。

时值正午，太阳像一口烧红的铁锅扣在交河的上空，行走其中，目之所及，尽是垣断壁缺，黄沙瑟瑟，几分狼藉又几分狰狞。偶尔，会有一小丛的骆驼刺伸展着羸弱的绿枝，散落在木栈道两旁，除此之外，故城的骨骼、脉络、肌肤只被一层层土黄色满满地罩着。这种黄，在蓝天白云的映衬下，平添了几许苍凉和厚重。

走了一会儿，跨过一道短矮的河桥，当看到两道干瘪的土崖深豁处闪出一块白底红字的标牌“交河故城”时，被密不透风的热浪炙烤得有些倦怠的我顿时兴奋起来，不由得加快了脚步。很快，我被故城拥入怀中了，可我没有一点儿惊喜和陶然，有的只是无边的震撼。这是怎样的城啊，它分明就是一座废墟！准确说，我是站在废墟之中，除了横贯城中的东西、南北两条大道，还有不少像胡同一样的小道以及残存下来的城墙、佛塔和柱子，破败之后经千年的日晒风蚀，奇形怪状，千姿百态。诸如有像两匹骆驼在深情“接吻”的，有像一个站在烽火台上瞭望的将士的。

不得不惊叹，这座在土夯深处掏挖出来的城市就像一个庞大的雕塑群，它高傲地矗立在一块面积达三十五万平方米的柳叶形台地之上，四周没有城墙，只有近三十米高的悬崖，层层叠叠地挤压着近千座古代房屋的残垣断柱。悬崖下，就是著名的交河了，据说这河水曾经湍急咆哮，也曾经碧波荡漾，如今却早已干涸了，只留下两道深深的河谷，犹如刻在故城憔悴面颊上两道深深的皱纹。

顺着中央大道走到最北端，道路正中，耸立着一座高塔，这就是中央大塔。这是佛教寺院区，也是全城规模最大的建筑物，它与东面的官署区，西面的手工作坊区、居民住宅区呈“品”字结构，鼎足而立。放眼望去，寺院、佛堂、佛塔栉比林立，规模壮观，俨然一座佛城。其中的大佛寺左前方，有一座十米土质高台。人站在高台上，整个城市景致一览无余。关于这个高台，说法不一，有人说是佛塔，有人说是鼓楼，也有人说是烽火台，究竟哪种说法对，还有待考证。传说，汉代名将班超和他的儿子班勇曾在这里饱蘸浓墨写下了他们戎马生涯中的重要诗篇呢。

出了故城最北端的寺院区，是一大片空地，安静而空旷，烈焰下，偶尔有风，将地上细碎的黄土吹起来，又一粒粒落在脚下。转身回望，这片柳叶之城与远处的地平面连为一体，天地白茫茫一片。再转身，能看见一河之隔的村庄里错落有致的葡萄晾房，还有维吾尔族特有的乐器冬不拉与达甫相伴弹奏的乐曲，一声声响起。这首热闹的曲子，与我身后苍凉的故城遗址形成了强烈的反差，让人不觉唏嘘长叹。

交河故城是二世纪至五世纪由车师人开创和建造的，生活在这里的人们以最原始的方式骑马、放羊，他们大口吃肉、大口喝酒，日出而作，日落而归。沙漠的黄，羊群的白，草地的绿，天空的蓝，构建了他们赖以生存的世界。不久，这种宁静，便被张骞，那个穿长袍牵驼队的人打破了，丝路通了，五彩的丝绸、缤纷的珠宝、迷人的香料以及沁人心脾的茶叶等一切和物质文明有关的事物开始使交河繁华和兴旺起来。可随着商业兴起，时光与铜臭剥蚀掉了幻化的美丽，利欲使人们由纯朴走向贪婪，最初的友好热情变成了盘剥与骚扰，交河主权一再易手，车师、高昌、吐蕃、蒙古先后成为这里的主人，尤其是汉武帝元丰三年（前 108）至汉宣帝神爵二年（前 60），在汉与匈奴长达五十多年的时间里，一直将交河作为争夺西域的焦点。五十多年中，西汉王朝与匈奴在车师进行过五次大战，到了公元十三世纪末，以海都为首的西北蒙古游牧贵族的铁蹄再次践踏了交河城，他们用战争灭绝了这里的生命和未来，只将这一截截断墙残壁和烈焰烧不掉的黄土堆，长久地留在了炎炎烈日和皓月星空下，任凭戈壁大漠的风沙吹打和掩埋。

历史津津有味地记载着汉朝与匈奴的强弱对比、战争得失，鄙薄着车师人的朝秦暮楚，却一笔没有提到真正火线上的车师人的呻吟，倒是唐代诗人岑参曾写道："曾到交河城，风土断人肠。塞驿远如点，边烽互相望。赤亭多飘风，鼓怒不可当。有时无人行，沙石乱飘扬。夜静天萧条，鬼哭夹道旁。地上多髑髅，皆是古战场。置酒高馆夕，边城月苍苍。"（《武威送刘单判官赴安西行营便呈高开府》），形象直观地描述了交河上空孩童的啼哭声、士兵的厮杀声、戈矛的搏击声以及车马的喧豗声，他将一座城的苍凉与绝望表达到了极致。后来，诗人李颀在《古从军行》中这样写道："白日登山望烽火，黄昏饮马交河旁。行人刁斗风沙暗，公主琵琶幽怨多。野云万里无城郭，雨雪纷纷连大漠，胡雁哀鸣夜夜飞，胡儿眼泪双双落。"细细读着这些打上交河烙印的诗句，眼前浮现出当年号角鸣烟、马蹄声碎的战火燎原，看到了黄昏时分背着行军锅饮马的疲惫士兵，看到了细君公主凄婉地走在和亲的路上，琵琶声中透着悲怆和哀怨，更看到了交河人脸上纵横流淌的泪水。到了明代，吏部外郎陈诚再次出使西域，当他看到眼前荒凉破败的故城黄土漫天，衰草遍地，不禁触景生情，仰天长叹："沙河二水自交流，天设危城水上头。断臂悬崖多险要，荒台废址几春秋。"

不用说，陈诚眼里的故城，俨然是一饱经风霜的老人，用暮迟气衰的神情，守着消逝的风华与终结的生命，那随处可见的岑寂落寞与萧瑟衰败叠加在一起，使它再也回不到昔日的喧嚣昌荣和繁华鼎盛了。

若干年后的今天，我用探秘和追忆的姿态站在这里，伸出手，想要在灼热的空气中抓一把那些远去的人和事，可我什么也没抓住，我手中握住的，只有一缕灼热。满目而来的黄土和风沙，深深刺痛了我。

大“道”拂我心

想起第一次去楼观台的情景。那年的人间四月天，长安春深，随处可见一片又一片桃红柳绿、香气馥郁的好风景。我怀着四个月的身孕，领着四十多位十七八岁的翩翩少年，一路小心行走，小心照管，唯恐自己腹中的小孩儿和跟我一路叽叽喳喳的学生们出现意外。属于楼观台宏达博深的蕴含，竟然没能给予我身体和灵魂太多的感悟和淘洗，如今想来，多少有些遗憾。

再次踏上这片圣洁的土地，已是二十多年之后，丁卯年的深秋，寂静的终南山寒露漫过，草木枯衰，大有唐人祖咏笔下“终南阴岭秀，积雪浮云端。林表明霁色，城中增暮寒”里所描述的苍凉意境。我们车子两旁，悠悠渭水在薄凉的秋风中缓缓流淌着。不一会儿，太阳出来了，一米阳光暖暖地照着蜿蜒清浅的水面，映衬出几分当年姜太公垂钓的闲趣来。只是那渭水，早已错过了唐时细雨，宋时笼烟，留给我的，是一份热切的欲望，想顺着这条生生不息的河流回到古代，探寻和捕捉道文化的精深和历史的风尘雾霭。

我来了，山脚下的古街上摆满了小摊，观台门口挤满了沿街的乞讨者，来来往往的游客络绎不绝，烟雾缭绕，一派繁忙景象。远远看去，圣人老子的汉白玉雕像，童颜鹤发、大耳美髯，飘飘然独立于尘世之外，他在微笑着、俯瞰着这个世界背后的秘密，有关“道”的秘密。

停车，随着人流前行，朱红色的山门两侧高悬的一副对联映入眼帘。我不觉慢下脚步，轻声念来：“山水抱楼观此地有崇山峻岭茂林修竹，日月明经台看谁似往日圣哲当世神仙。”又念，似明月清风拂过，荣辱皆散。

很快进山门，左侧百竹园，右侧百花珍兽园，前方拾阶而上则通往老子的说经台。此时，正是赏竹、品竹笋的极佳时间，漫山遍野郁郁葱葱的翠竹挺拔潇洒、竹笋凌云奋发，给人以美的享受和向上的力量。沿着并不陡峭的山路前行，很快至说经台，传说为当年老子面授弟子之所。

我的视线落在观台前的石刻上，正面的《道经》和背面的《德经》洋洋洒洒五千言，涉足宇宙，包罗万象，影响着一代又一代中华儿女，是中华文化宝库中一块绚丽夺目的瑰宝。

在这里，我一字一句读着：“道可道，非常道；名可名，非常名。无名，万物之始；有名，万物之母。故常无欲，以观其妙；常有欲，以观其徼……”这通俗易懂的谆谆教诲，读来如怀揽亘古长风，将心中沉积的郁结和滞气，一扫而光。我终于知道，两千五百年前，伟大的老子告别繁华的洛阳城，骑着青牛，西出函谷关入秦，伴随着秦岭山中那飘忽不定的山岚雾气，昏暗的青灯之下，浩渺宇宙之间，天地万物，相依相存，相克相生，无穷无尽的自然法则，在老子的胸中升腾奔涌。他铺开竹简，用黝黑闪亮的笔墨，留下了千古传诵的不朽名篇《道德经》。直到今天，我依然能想象得出，某个凉秋的早晨，远山岑寂，道观前的银杏树下，花白胡子的老子开始了他的传道授业。在他谆谆道来的声音中，世界与人性之初的很多混沌突然被打开了，天道合一的种子被他埋在这里，生根发芽，遍地弥香。可以说，楼观台的一草一木，一石一水，都写满了道法。你看，秦始皇在此筑清庙祭祀，汉武帝在此建老子祠，唐宗室在此认老子为圣祖，崇拜道教，至于楼观台现存有说经台、上善池、炼丹炉、仰天池、古银杏、系牛柏、石青牛等古迹，充分印证着老子的思想和智慧，成为滋养后人精神家园的重要渊源。

依着楼观台，看山，看水，看树，看道观。这山水之间，丛林之隙，以及道观的青砖灰瓦之中，都隐藏着“玄之又玄，众妙之门”的奥妙生趣，也隐着“人法地，地法天，天法道，道法自然”的处世哲理，使得我在金色的秋天，借来历史的长风，化作一把刮骨疗伤的尖刀，剔去俗世寄生在我身体里的污垢。恍惚中，我把苍凉幽深的终南山当作了那尊青牛，老子正骑着它，冒着酷暑，涉过黄河向我走来，教我细数这里曾经有过的传说和故事。我甚至想着，把自己的灵魂交给这终南的老树、秋风，以及天池之水，让身心清爽。

还是说说这里的树吧，在三清殿旁边，有几株千年古树。最为壮观的一株银杏，树径约三米，已中空。相传是老子亲手所植，树龄在两千年以上，为雄性银杏，它和老子说经台前的一棵雌银杏树遥相呼应，形成了楼观台独具特色而罕见的古木奇观。还有一棵三鹰柏，虽已干枯，却像铁烧钢铸般矗立天地间，树上三只栩栩如生的苍鹰，静静地在树枝间翘首别颈，似有期盼。关于这棵三鹰柏，有两种传说：其一，老子由楚入秦，在楼观台设坛讲经，有几只老鹰栖止在柏树之上，经久自化，形成三只造型各异、形态栩栩如生的栖鹰现状：其二，这三只鹰是因为偷食老子的仙药，被老子用法咒定置在枝头，永久地变为木石之躯。几千年了，它们仍在期盼着自由啊！

不知不觉两个多钟头过去了，在下山的路上，红旗站的茶棚里，我遇见一位正要上山的道士，他一袭青灰色长袍，两袖清风。在他桌前，一盏清茶，正在秋风里飘着一缕淡淡的香气。那一瞬，我忽而想起自己读《空谷幽兰》时很喜欢的那位苏姓女道长。于是，我走上前，靠近这位道士，笑了一下，问：“师傅您好，能问一下您，之前这里的苏道长还在不？”

他轻轻看了我一眼，双手合十，面色沉降说：“施主好，已经走了，走了。”

言语之间，有深深的叹息。

随后，从他嘴里知道，这位苏姓女道长多年前便在山上休养，已经辞世，如今道观里，是另一位女道长，年过六十，来自我西府扶风杏林，青灯孤守着这一处道文化圣地。

我乃土生土长的杏林人，当然知道，她的名字叫玉静道长，面容清秀，生性温和。按辈分我应该称呼她为“婆”。父辈们说，玉静打小就苦恋《道德经》，一生未嫁。出家后，云游四方，道行精深，将毕生的感情、心血和经历都献给了道教衣钵，掐指算起来，我大抵已有七八年没有见到她了，此行，依然不曾看见，听说去青城山议事去了。

想到这里，我转身回望，渐渐远去的楼观台，在夕阳的余晖中泛着一抹暖暖的光亮，似乎在向我说着“万物之至根，王者之上师，臣民之极宝”，而我身后博大宽厚的终南群山，就像是一个巨大的摇篮，一生二，二生三，三生万物。毋庸置疑，两千五百年前，函谷关关楼上那一盏青灯，注定成为照亮人类文明长河中永不熄灭的烈焰。

翰墨生香书院门

走进书院门纯属偶然。

那是去西安参加北京理工大学出版社教材研讨会的第二天。午饭后，和同事一边闲聊一边从钟楼边上南行，行至南门附近的古文化街口时，几个人的眼神不约而同汇聚在一起，我们的脚步也不由自主迈向那扇据说是题着颜真卿真迹的“书院门”街市，去尽情触摸属于书院门由来已久的那份翰墨生香与厚重历史。若是你不经意抬头北望的瞬间，那古朴的三门石牌坊上用隶书写着“关中书院”四个字，大气豪放。其左右以及背面刻有“崇文”“尚德”“慎思”“笃行”八字，散发着浓厚的学府气息。而门两侧亦有“风声，雨声，读书声，声声入耳；国事，家事，天下事，事事关心”的对联，好生气派！

据考证，明代有叫冯从吾的大儒，当时官拜工部尚书，因不满皇帝所为，上书皇帝说他“沉溺酒色、荒于朝政”，结果可想而知，没被杀头已是万幸，被革职回家（陕西）后潜心研究易理，极力倡导读书讲学之风，后与当时的最高行政长官汪可授进行“联镳会讲”，听讲人足有几千，很具轰动效应。此后，汪可授和按察使李天麟特意为冯从吾设立了关中书院，成为冯从吾招贤纳士、阐道抨时的阵地。

一行人走在青石铺就的街面上，脚底下仿佛踩着古长安悠久绵长的历史一般，不由得放慢了脚步，适才散漫而嬉闹的表情也随着这些字画和茶品散发出的书香和茶香的味道文气起来。街道两旁清一色的仿古建筑上，高高挂着一块块店家们煞费苦心命名的“文萃阁”“醉书轩”“状元阁”“一品宣”“两宜轩”等牌扁，刻尽儒雅祥瑞之意。

让我比较惊讶的是，作为一条文化商业街，书院门里所有的商铺从早到晚都显得比较幽静，这和外面车水马龙的杂沓形成鲜明的对比，店铺里的老板也很安静和从容。他们从不大声吆喝着做生意，有的戴着老花镜有一下没一下地瞅着手里的报纸；有的靠在门口缠着布条的旧藤椅上眯着眼睛晒太阳；有的大门敞开蹲在街边下棋，店里空无一人；还有的，站在街边手捧紫砂壶轻轻呷上几口，独自回味茶中的奥妙。总而言之，那一份闲适和安然仿若不是做生意，而是在享受一段时光。

街中的小摊铺一溜排开，各具特色。这里有意趣盎然的古旧物件、形式多样的牌匾楹联、琳琅满目的书画墨迹、规格齐全的文房四宝，以及品种繁多的民间工艺品，比如名家书法、小巧兵俑、西安皮影、凤翔泥塑、陕北剪纸、农家织绣等。

我从其中一家字画店门槛迈过时，门楣上密密麻麻悬挂着各色粗细、大小不一的毛笔，在我头上扫来扫去，那种感觉极为舒坦。真的，仿若那一绺绺绵软的狼毫拂过面颊，轻轻和我碰触一下，使能把文人挥墨间的文雅和书卷的味道一同渗进我的肌肤里，让我也闻到了油墨里固有的清香。

继续前行，总有一些镜头让人感慨万般和回味无穷。你瞧，沿着街面每隔三五步之远就能看到一些民间老艺人，一张长方形的旧桌子外加一条长椅子，简简单单地在街边随意摊开宣纸，一个画得白水黑山清幽幽，一个写得蝇头小楷洒脱脱。画完写完，信手把笔放在黑黝黝的笔架上，左看右看上看下看，一副兀自陶然的样子。

我们身旁不时有三五成群、肤色不一的外国友人急急走过，他们是奔着不远处的埙声而去的。我也循声回望，一个摆满陶埙的摊上，竹凳上坐着吹埙的男子，阖上睛，神情专注，旁若无人地吹着。从那一个个貌似泥瓦罐里透出来的沧桑低沉的声音，着实让高鼻梁大眼睛的老外瞠目结舌，他们一时怔在那里，回味不休。

有热心店主告诉我们，千万不要小看书院门。因为在那些堆满的字画或墨香之中，稍不留神也可觅得真迹和墨宝呢！见得最多的是吴三大、石宪章、骞国政、杜仲信、启功等著名书法家的作品。当然了，也能见到贾平凹、陈忠实、方英文等陕西文人作家的作品，真是意外和惊喜！

此时，我藏身于这陋巷中，虔诚而安静地感受着一份来自旧时长安的风雅和古韵，不觉感叹，只是一道门而已，何以让市井中的繁华和喧嚣瞬间在这里烟消云散？而裹了一身尘烟和浮躁的我们，似乎总能在这里，获得一种身体和灵魂的释放，仿若和千年前的文人墨客在这里相遇，共同安享着“斯是陋室，惟吾德馨”的清宁和幽静。

是啊，作为古文化渊源流长的十三朝古都西安，一千多年的历史风烟抹去了太多辉煌灿烂的华夏文明。如今，新世纪的阳光照在这座古老而现代的城市，但我们依然能从那渐渐淡去的背景中，品味到它曾经绵延的历史遗迹和深厚的文化底蕴。

一个多小时后，我们从那条幽深的巷子里走出来了。车水马龙的街头，到处弥散着现代时尚的气息，抬头低头，又见人间烟尘滚滚。

茶味成都

去成都时，正是冬日，阳光晴好，让人迫不及待想出门，把心里的沉郁或者发霉的心事摊在阳光下。总之，室内很难再待下去了，索性去茶楼。

我最早接触成都的茶馆文化，是身居那里的朋友告诉我的。她说，冬日午后，随意走进哪个公园，露天茶馆总是一家挨着一家，热闹非凡。老巷子深处亦是，从早到晚，茶客几乎络绎不绝，那一声声“老板，掺茶！”“来喽！”的吆喝声在寂寥漫长的冬天里响起，会有一种温热从眉间漫延到人的身体里。比如此时，我就在一家茶馆里打坐。有客人来，老板一边笑容可掬，一边招呼安排桌椅。

桌子高低也有讲究的。老茶馆的桌子都偏矮，以便茶客躺着也能够着茶杯。而且，桌子四方都有木质扶手椅，待客人坐定，茶馆服务生提一把有年代的老旧炊壶，几个盛有茶叶的景德镇瓷杯，挨个掺了水，茶叶在水里沉沉浮浮，不一会儿，便是满杯的澄澈和幽香。

其间，有模样俊俏的川妹子不停地来回穿梭，添水、换茶、送茶食，一桌一桌，有条不紊。待安顿妥当，茶客亦开始有说有笑，津津乐道了。中途，若遇见熟人，抬手招呼一声，熟人也不客气，自个儿将手中的鸟笼子挂在窗子边，在原本满桌的斜角处让服务生添把椅子，这说唱谈笑声就更大了。

仔细看，老茶馆消费并不高，最低只要几元，人人皆可在这里讨一份欢心和闲适。

成都老茶客，多兴使用盖碗。盖碗送来，茶盖扣在茶托上。身穿黑色立领布褂，肩上搭着白毛巾的年轻后生，高举胳膊，提一壶嘴老长老长的茶壶，凌空蓄水，滴水不漏。完了，说一声“老乡，茶水蓄上了，您慢用”，然后，盖上茶盖，走人。饮茶者慢腾腾地端起茶托，右手揭开茶盖，用茶盖边缘缓缓荡去浮沫和漂浮的茶叶，浅酌满饮。尽兴时，放下茶碗，哼几句川腔，燃一根烟，任茶香和烟气缭绕，真是赛神仙。也有靠在椅子上，看当天的报纸，比如《成都晚报》什么的，依然慢条斯理。乏了，闭目养神。困倦了，就把报纸盖在脸上，安心睡觉，竟也会鼾声如雷。

茶馆通常也经营瓜子、花生、豌豆、胡豆等占嘴小零食，装几碟瓜子花生，一边嗑一边喝茶、晒太阳，这是最常见的茶馆文化，纯属悠闲。不过，茶馆外，掏耳朵的、擦鞋的、卖凉面凉粉凉皮和烤红薯的吆喝声，时不时地传过来，置身生活气息浓郁的市井中，有如近邻。

因为想多看看成都的茶馆文化，我特意挑了一条旧巷子的快捷酒店住下了。每日外出转转或者下楼吃饭时，会看到一个身体微胖的阿姨，生活很有规律，早上锻炼、买菜，午饭后坐茶馆打麻将，几乎成了约定俗成的事。

那日，去散步，路过茶馆，看见阿姨和一桌子女人，一边喝茶，一边织毛衣，一脸的安逸。没上桌子的，坐在茶馆门口的空椅子上一边晒太阳，一边聊天吸烟，大有古人文章中描述的那种“少不入川，老不离蜀”的意境，这种感觉从我踏上这座城市的第一天黄昏就有了。记得友人曾在她的游记里不止一次地描写过这座城市的样子，我在来之前，也做了一番功课，诸如这座城市地处盆地，没有大江大河环绕，也没有崇山峻岭相依，从而奠定了它在西南位置上的独特优势。千百年来，栖息在这里的人们形象地比喻它就像一个温吞优雅的女子，宁静安详，尤其是从城市的街巷深处如春笋般涌起的一家家大小不一、新旧不一的茶馆，更是被一份弥散出来的惬意和舒坦包裹着，很容易使人沉溺其中，不忍归去。

离开成都时，街边一个修鞋的老伯告诉我，在成都，家有宴请，基本都是安排两个正餐，主人定的酒店里要么原本就设有茶间，要么酒店旁必有茶楼。大喜日，宾客到了，准有管事的先招呼客人去茶间喝茶聊天，用些水果茶点，等待用餐。餐后，所有宾客再回到茶楼喝茶或者打麻将，直到晚宴后才散尽。

如此看来，无茶不成都，在成都人的生活里，无论休闲还是正经事，出行还是宅居，都似乎与茶馆结下了不解之缘，茶馆文化早已融入成都人的骨子里，根深蒂固。

冻山雪韵

一

开往太白的早班车蜗牛一般爬行在风雪弥漫、蜿蜒崎岖的秦岭中。

行至上店房，一两座房子孤零零站在风雪中。我记住了，它是冻山的一个驿站，也是我生命里的一个驿站。

远远望去，雪中的冻山像一位睡着的老人，宁静，安详。突兀着的，身穿白棉袍，凹进去的，盖着白棉被，一切都是干干净净的白。而冻山的雪，像善良的母亲，用自己温暖的手掌，轻轻抚摸冻山的一草一木，一沟一壑，一棱一角，直到将岁月留给这座山的褶皱和疮疤，全部抚平。

天色很暗，身披银氅的冻山，静静屹立于天地之间，如朵朵白莲秀出于风尘之上。

二

遇见一株梅，在半山坡上。

这样的场景，我曾在梦里向往了好多回，如今，它就在我的眼前交相辉映。

那是一树黄梅，细碎的花儿几乎凋谢了，却朵朵不忍离开枝头。雪花，一朵两朵三四朵，一层两层三四层，不一会儿，爬满了整棵梅树。

我站在梅花树下静看，看雪花和梅花如何在寒风中轻轻飞舞，又如何惹出诗人的诗心。

看久了，我的指尖下涌起几分冲动，想拨动琴弦，想清芬自来，想墨染衣襟……这梅雪过后，春天不远了！

三

是小溪的声音，在我脚下汩汩响动。

只是，我看不见小溪的影子。但可看见，小溪里挤满了胖乎乎的白色“蘑菇”，一堆又一堆。偶尔露出一两个小黑洞，将溪水涌动着，从高处淙淙而来。

哦，落雪时，冻山睡着了，小溪没有睡。它被冻山漫天的雪花挑逗得不得安静，你瞧，雪簌簌而落，小溪潺潺流动。

“蘑菇”下面，是令人横生奇思妙想的怪石，它仿佛脱去冬日愀然不语的凝重颜色，重获灵性一般，描摹出画家眼里写不尽的画意和画韵。

路过一处比较宽的溪流，因贪恋中间一块大“蘑菇”调皮的姿态，想在上面留下我的脚印，不小心湿了脚。同时，湿了的，应该是我一份恋水的情怀。

四

三个钟头后，上到第一道梁，我怔住了。摊开在我眼前的，是一片宽阔平坦的童话世界，像极了一大片白色的珊瑚丛，又像是走进一个洁白的海底世界，我是海底自由游弋的鱼。

我不是鱼，但又怎能拒绝这美到令人窒息和震撼的莽莽高原雪海呢？

友人告诉我，这是一道梁的草甸子。春日里，山花烂漫；夏阳下，绿草茵茵；秋风一吹，蝶花飞舞。任谁到了这里，都会在草地上纵情地打着滚儿，唱着歌谣，抒着情怀，即便再粗俗的人，也会变得风雅和诗意起来。

站在山顶远望，一棵棵高大的树木和低矮的灌木丛都被戴上一顶顶白睡帽，绵延出一望无际的雪域，甚为壮观。透过厚厚的积雪可以看出落叶松的枝干是深褐色的，油松和水杉是绿色的，红柳和红桦是红色的，还有叫不上名字的，枝干呈现雏鸟嘴角般的嫩黄，这些纷杂的枝干颜色和白色的雪交织在一起，构成冻山奇特的雪中胜景。

雪霁看山，大抵都是这样的吧？

五

雪继续下，纷纷扬扬。我们眼前，树、石、泉、草，都隐了，连同上山时那条窄窄的、歪歪斜斜的山路。

我站在一道梁上，看雪中的冻山，也看近处老黑松上的冰挂和远处苍苍莽莽的雾凇。我想告诉你，雪中的冻山，其实像一位垂暮的老人，银袍、银眉、银须、银发、银面。

我眯起眼，努力张望，依然看不清山腰的古寺，望不到三道梁上那棵据说扎满了红带子的老皂角树。

草甸子上有几棵老树，东一块西一块伫立在雪地里。这些树长得很奇特，有的像麻花一样拧着长；有的主杆笔直，但枝杈却顺着一个方向歪扭生长。这是冻山长年累月大风大雨所致。风雪中，一条条粗细不一、长短不一的枝丫上缀满了一块块冻雪，一条条垂下来，晶莹剔透的美！这些雪很俏皮，它们一心一意依附在苍翠的叶子上，堆积出各种各样的形态来。仔细看，有的像憨狗熊，有的像胖企鹅，有的像摇尾巴的松鼠，还有的，像极了一只懒洋洋的猪，真是逗人喜爱呢！

六

下山似乎容易些，但来时的路已经完全被雪埋没了，我们深一脚浅一脚地前进着。待身上热乎乎时，刚好行至一片茂密的针叶松林里，风也小了，我们赶紧停住脚步，准备填肚子。勤快的紫翎姐燃起了小气炉，火苗一股股蹿上来。锅里煮着香喷喷的麻食，红扑扑的萝卜、白生生的豆腐、绿汪汪的青菜，竟然馋得我直流口水。

我们席地而坐，开始用餐。一小碟子萝卜泡菜，几只香辣凤爪，再呷几口西凤老酒，很有“绿蚁新醅酒，红泥小火炉”的浪漫意境呢！

秦岭深秋

周末，按计划出行，去秦岭看深秋里最绚烂的那一山红叶。一路上，行人并不多，车子在薄薄的晨雾中，盘爬而上。

有雾必晴天。同行的文友这样安慰我。果然，在拐过一个个崖口之后，云雾散尽，直插云霄的山脊，洁白飘逸的云朵，湛蓝如洗的天宇，像一幅隽永的水墨画，一张又一张，在我面前铺就开来。

山里很安静，到处飘来野花、树木以及枯草和泥土混杂在一起的味道，连那吹过面颊的山风，也是飘忽不定的。你瞧，它们时而随着蜿蜒的山势，轻柔细密；时而聚集在敞亮的豁口处，凛冽粗粝。打上几个转后，卷起从树梢上飘落的叶子，翻转着，呼啦啦散去。

山路一边，必有溪水，山有多高，水就有多长。深秋时分，这一溪的水，轻轻浅浅，瘦瘦长长，顺着山势蜿蜒而下。当然，与夏日的喧闹声、欢腾声相比，此时有些苍凉的秋水，多了几分安静和从容。

徜徉在碎石铺满的山路上，远山近廓，被一层又一层的血红、黄红包裹着，和耀眼夺目的阳光一起，灼灼燃烧。

哦，这是属于秦岭深处独有的红，或伸展在枝头，或垂挂在藤蔓上，或从山石的缝隙里钻出来，最终，一簇簇，一片片，一坡坡，染红了秦岭。而我，近乎贪婪地仰着脖子，睁大眼睛，将它们一寸一寸收入眼底，我的唇角，泛起一抹深深的微笑，这微笑里，有杜牧“停车坐爱枫林晚，霜叶红于二月花”的诗意和烂漫。

走累了，坐在山石上，闻一缕山风吹来山野的味道；看一朵紫色雏菊，开得肥硕而饱满。或者，侧一下身子，准会看到，一方木桩子上，缀满了黑色柔软的木耳；一只山蜂，嘤嘤嗡嗡，在耳边唱着如清风一般的歌谣……

可不是？一直以来，秦岭的四季眉清目楚。比如春夏，姹紫嫣红，翠绿欲滴；比如寒冬，远山沉寂，黑白苍苍。而独独这秋日，一草一木，色彩明艳，热情饱满，像极了一张巨大的油画，渲染出一种无以言说的大美！

途中，几处山野人家零星散落，像饱经沧桑的男子敞开的胸怀。那房子，大都泥瓦土墙，简陋而陈旧，倒是屋檐下几串火红的辣椒、几把饱满的高粱，几个像铃铛一般系在一起的、黄澄澄的南瓜横七竖八吊着，溢出浓浓的尘世烟火。偶有殷实人家，红砖瓦房，窗明几净，房子四周的核桃树和梧桐树上，挂满了黄灿灿的玉米棒子，间或几声犬吠、几缕袅袅炊烟，一派祥和安泰的模样。

在秦岭里，到处都是柿子树，深秋时节，柿子熟透了，像一盏盏火红的灯笼。风刮来，哗哗响。软一些的，缓缓落在草丛里。我急忙捡起，剥掉外皮，稀里哗啦吃起来，甜到心坎里。

就这样一直走，一直走。走到腿脚困乏，饥肠辘辘。借一农家背风的屋檐，有太阳暖暖地照着，开始张罗午餐。午餐是烩麻食，汤锅里，有土豆、豆腐、木耳、青菜，在蹿起的火苗里，翻滚着，飘着香。友人围坐，无世事纷争，无杂沓扰乱，竟有红泥小炉的闲情和风雅。

暮色斜阳，带着几分倦怠而归，走出沟口，碰到几位写生和摄影的同行客，相机里、画布上，一张张色彩饱满艳丽的秦岭秋色图，在我眼前铺开来。当然，我不懂画笔描摹的手法，不懂镜头选择的门类，但我会看，会听，会透过眼眸，望到他们的心底，原来，这心，就是画板，就是秦岭永不褪色的底片。

我想，这一夜，我梦到最多的，一定是这满山的红叶。

庐山小记

庐山忙碌的清晨是在雾气中开始的。走在窄窄的、铺满青石的巷子里，对面若过来个人，只有走近了，才可瞧得见其样貌，然后，是鸟鸣，再然后，就是戴着斗笠站在路边亮着嗓门的各色叫卖人了。循声而去，那人篮子中的辣椒和青菜，翠生生的，似乎能拧出水来。还有街边烧饼店里热腾腾的油面饼子的香味儿，在巷子里缠绕着，不大工夫，便唤醒了湿漉漉的巷子。

此时，我一个人信步闲走，保温杯里的咖啡足够开启初来时的梦境。很快，我穿过山间荫蔽的小路，将自己身心皆交给这一片苍苍茫茫的云雾了。

庐山有闻名遐迩的镇山三宝，八九点钟的光景，三棵千年古树前就已经聚满了祈求福寿的人。黄龙寺中的烟火冉冉升起，一片明黄而肃静。我想说的还是这些古树，隐于方外，那笔直苍劲的树干，积聚了千年的灵气，仿佛你做什么，说什么，它们都可以听见。

没有溪泉潭瀑的大山是寂寞的，因为听不见溪流的脉搏在跳动，看不见风云爱慕的眼泪。我曾经看过不少的瀑布，飞流直下，绵延不绝。可是庐山的乌龙潭，不像《西游记》里小白龙的落魄之地，也没有一飞冲天的慨然气势，它默默站在这里，反而平添了许多娴静。若是小白龙真如书上说的那样，在此等候西去灵山的取经人，那必是一条清秀含蓄的龙。如这潭水一般，清静随风，星辰不改。看来，吞了师父的白马，真的是一场误会啊。我的身边，不停有相机“啪啪啪”地响个不停。越往前走，越是一片不毛之地，像是被盐碱洗涮过的滩涂，就连山上的矮树也积满了银屑，不知不觉，我想到了“银川”二字，西域明珠放在此时此地，竟是鬼斧神工般贴切。

如琴湖，唯一一个能让人看到庐山真面目的地方，无遮无掩，不枝不蔓，一片澄明洁净。在这里多停留一会儿，你会忍不住想到，百年之后，若能将归于尘土的一副肉身埋藏于此，那转世的路上，定会带着揉碎的清香。

湖中有曲桥、亭榭、花径，花径又称“白司马花径”，因白居易曾循径赏花而得名。我喜欢的，却是湖心岛的亭子，如同湖上漂泊的画舫，古朴优雅。最喜舫上镂空的花墙，远远望去藤蔓缠绕，翠意盎然。

虽然我很想走上曲桥，站成一道风景，终究未去。原因只有一个，我一个俗人，随意踏过去，会扰了这一湖的宁静，或者，我繁冗的脚步，会划出一道印痕在这如琴湖的琴弦上。

薄雾时隐时现，宛如晾晒在湖面上的轻纱，伸手便能采一滴珠玉。可谁能忍心揭开这纱帐？越是无法触碰的美，越凝结着不老的钟情。可见，人对上苍的眼泪没有多少抵抗力，江河湖海，涧泉潭溪，它们都是天空的泪水，无论降临人世时带着怎样的喜怒哀乐，你走过的时候，一定不要打扰它们，静静地欢喜就好了。

最喜欢那湖中的倒影，心手相连，竟没有什么可以使它们分离，即便投下的石子也不能，即便突变的风云亦不能。更莫说那高声的赞美，或是掌心里明晃晃的一掬。

说说庐山的烟雨吧，它是在云雾缭绕之中悄然而落的。雨雾连天，我既看不见朱元璋被天龙搭救的山涧，也看不见大小天池的云海。听说种在天池里的茶，凡人难见，或许那采摘的仙班不是女娲，就是蝴蝶。磐石上花花绿绿的雨披，像岩石缝里瞬间长出的五彩蘑菇。锦绣谷里一片静寂，连人声的喧沸，都被绵绵的山雨挡在青石之外了。

“天生一个仙人洞，无限风光在险峰。”此时的险峰挤满了刻字留念的人，哪里看得出“危险”。我的身边，开始喧闹起来了，叫卖声、讨价声、孩子的哭声、情人的笑声，嘈嘈一片。我经受不住这喧嚣，赶紧逃离，去仙人洞，孰料仙人修行的洞中也难得清静，一群人正排队等着摸石梁上的一口老钟，钟已被磨得黝黑发亮。侍立在洞宾像旁的道士，穿着脏兮兮的道袍，头上陈旧的发髻上，落满了一层厚厚的尘灰，却满目平和，深深注视着成群结队的每一个烟火子民。

两天的会议很快结束了，离开庐山时，我与同事顺道去了白鹿书院。记得十几年前路过长沙时，很想一睹岳麓书院的风采，不想时间仓促错过了，如今千里迢迢来到白鹿书院，也许是补偿自己人生的某一段遗憾。

车子穿过一条长长的、被绿色缠绕的竹径，素有“海内第一书院”美誉之称的白鹿书院便悠然出现在眼前。书院并不奢华，简净质朴，院中有石碑、桂花树，堂上供着孔子画像。朱熹曾在此讲学，言传身教，留下不少传世的真迹藏于碑林之中。书院里的学生知经史，习礼仪，胸怀家国天下，而为今人所重的，更是一份治学严谨、正心修身的文脉正气。相传唐代李渤兄弟在此隐居读书，饲有白鹿，乃为灵异。如今，书院管理者为了留存这白鹿的灵气，也建有几间鹿舍，里面圈养了几只白鹿，专供游人喂食。只是，那园中的白鹿毛白体健，只晓得张口接住游人喂的食物，哪里还有伴主读书的灵性？

从书院出来，迎面遇上三三两两的祖孙行乞，老丈衣衫破旧，瘦骨嶙峋。孩童磕头如捣蒜，乞食模样如念经。我从口袋里摸出几张一元、两元的纸币，轻轻放进他们手中，方觉心安些。转身回望一眼那庙堂之上的圣人，纵有千言万语，也出不得声了。

这是庐山留给我最后的印象。也许，若干年后，我还会再来的。

菜子岭的慢时光

一

去看菜籽岭，岭上一片盈绿，这种感觉是和城里河堤边或公园里人工种植的绿茵或草坪截然不同的。那是怎样一种豁然和辽阔！我的眼前，青绿、黄绿、碧绿、深绿，或平平展展，或褶褶皱皱，就那么起伏着，突兀着，聚集着，散开着，参差不齐地掩在一山一岭一沟一壑之中。最令我心动的是，这些次第跌入我眼帘里的绿，深浅不一，浓淡不一，却各自延伸出属于自己独有的天地，点缀着苍茫空旷的山野。

我喜欢这杂沓而又纷繁的绿，可以将双脚纵情踩在上面，任一份翠生生、软绵绵的芳草萋萋，从脚掌心一点儿一点儿攀爬至心头。最后，整个人连同心意，都被熏染得翠意盎然。

二

“蓝蓝的天上白云飘，白云下面马儿跑。”

这是一首歌里唱到的，也是我来时就在心里向往了好久的一幕。比如我走在一片山坳里，走着走着，草儿，牛儿，马儿，蓝天，白云，还有我，一起吮吸着身边漫过一缕的山风，头顶升起的一片阳光，这份安然、和谐，或者说静美的一景，会让我的幸福无以言说。

而这期待，在过了一个又一个山头之后，变得真实而亲切。你看，我的眼前，开始出现马群、羊群和牛群，散布在密草处、丛林边。它们有的独自低头吃草，有的躺在草地上打滚，有的摇着尾巴悠闲地踏步，而更多的，是三三两两或成群结队聚在一起，钻在树荫下眯着眼睛在休憩。

同行的友人走进一堆羊群，一边用甜美的歌声呼唤，一边用手杖轻轻拨弄一只老羊。那老羊扭过脖子看了我们几眼，大抵看出我们并无敌意，又兀自和它的伙伴们走开了。

在几棵婆娑的大树下，遇上一大群肥实浑圆的牛，身体似亮黄的绸缎，看上去老幼皆有。尤其令我们感动的是，一头牛犊正专注地叼着肥硕的奶头吃奶。而那母牛，一边低头舔着小牛犊的身体，一边摇晃着尾巴驱赶飞蛾和苍蝇，温和的眸子里透着母性的温柔和恬静。

三

在半坡上，或远或近的，总能听到一串串叮当悦耳的铃声。走近一瞧，这铃声是从山坳里一匹匹马儿身上传递过来的。

那一瞬间，我有一些恍惚。恍惚中，我又回到了儿时的乡下，那每一个黄昏日落时，爷或是父亲，总会牵着家里那匹马儿，或犁地而归，或驮着沉甸甸的苞谷走在村头的小路上。那马儿脖子上，是爷系好的几只铜铃，马儿一动，那铜铃准会叮叮当当地响起来。爷和父亲一脸的疲倦，却也一脸的微笑。怎么不是呢？这铃铛声声里，有全家人一饭一粥的妥帖，也有父辈们和牲口之间难以诠释的亲昵和疼惜。

二十多年过去了，我又听到了这铃声，虽然它不在我的乡下，它在这片空旷的山谷里。可是，我依然能想到，暮色四合时，那牧马人，会和我的爷、父亲一样，站在栅栏前，远远地吹上几声哨子。哨音落，一定会有一串串悦耳动听的铃铛声，从山的那一边，一匹匹归来，直到最后一匹马儿，回归马棚。

这是马儿和主人之间永远的呼唤。你听，它们响在山谷里，清脆悦耳，像一首不老的歌谣，唱了一代又一代。

四

在这里，山风是凉爽的。尤其是我们爬到一个个山顶的时候，一股股苍劲的山风从耳边呼呼吹过，撩起了我的长发和衣襟。而我，纵情走在风中，任风吹。

我喜欢被山风静静吹的感觉。站在高高的山头，一缕山风，一点儿一点儿从额头漫过身体，渗进心田，送来泥土和青草淳厚朴实的味道。这种味道，终会驱散布满额头的一些沉重，或者会扫去被俗世浸泡后偶尔爬满心头的几许浮躁。待那山风灌满我的身体时，一颗心，最终清透和平静下来。

在风中，远处的山，近处的岭，无一不浸润在风的清香里。风过处，我们眼前的山谷、树木、草地，宛若泼翻了一堆堆的绿颜料，一层层绿浪翻滚，一层层绿意逶迤。这样看来，风应该是山谷最亲密的使者。

我在期待，下一次吹着山风，会是什么时候？

闻香识麟游

在我的潜意识里，麟游像一位被遗弃的老妇，满头蓬发，满脸污垢，甚至还歪着脖子，瘸着腿脚，颤巍巍地立在那片靠北的一角，喘息，苟存。

这种感觉，从十几年前就有了。那个时候，同事的爱人在那里一个偏僻的乡里工作，她每个月都要回我的小城探亲。晚饭后，坐在院子里，她高喊着嗓门说："你们有所不知，麟游这鬼地方，尘土飞扬，缺水干旱，我每次从乡里到县城送个报表，得翻山越岭大半天才能赶到呢。"

同事爱人唾沫星子乱飞地说完后，一副怨天尤人的模样。

搬到楼房后，我就很少看见她了，关于麟游的话题自然渐渐退远。

这个仲夏，我和一群喜欢文字的人，走进了麟游。让我意外的是，我第一眼看到的麟游像极了一位画师，正在用自己温情聪慧的手掌，一寸一寸翻出小山城层层叠叠、绵延不绝的绿波。

先说说麟游的槐香吧。槐花，我何其熟悉！曾经，我的小乡村里，家家户户的房前屋后都会有一两棵槐树安静站立。槐花开的时候，一串串，白生生的，香气醉人呢。然而，平生第一次，我看到了如此盛大而壮观的槐树林；闻到了如此清甜醇厚的香气。我深深怔住了，只贪婪地张开臂膀，打开呼吸，一点儿一点儿靠近和吮吸这漫山遍野弥散开来的槐香。

在这里，田间地头、山坳沟壑，生长着五十多万亩的槐花林，蓬蓬勃勃，生机盎然。这些槐树，或粗壮挺拔、大如华盖，或遮天蔽日、婆娑如荫，那份馥郁绵延的香气，倾城而出。难怪朋友去年赏槐花归来泼墨留下“串串银铃织素装，丘陵沟壑百里芳”的赞叹，真是不假。

通往安舒山庄的路上，依旧是无边无际的、葱茏茂盛的洋槐林，盛开着一串串、一簇簇白玉一般的槐花。我又怎能相忘，那棵站立在路边千年之久的老槐树，藏着一场天荒地老的爱情，何其美好！我想，我会将这一场繁盛的花事和情事，深深烙在自己的骨头缝隙里。

来麟游，一定要去西海苑看看的。只不过白天的西海苑与别处的人文景观无两样，也是湖光山色，亭台楼榭，绿树成荫。可我要说的是，沉入夜色，西海苑的魅力渐渐弥散开来，一份雅意和古韵使人流连忘返。

我们一行人是趁着几分醉意来探寻西海苑的妙曼和神秘的。在这里，一座座仿唐宫殿和亭台楼阁再现了大隋盛唐的繁荣锦绣，尤其徜徉在千万盏的灯火璀璨里，琼楼、亭台、拱桥、树影，掩映在五彩斑斓的湖水里，流光溢彩，美不胜收。我们身边，轻柔凉爽的晚风褪却了白日的繁冗和疲惫，四下张望，当年的离宫之地更是气势雄浑，磅礴富丽，让人不禁遥想一千四百多年前，隋炀帝、唐高祖和武则天一路车马颠簸，御驾至此。炎炎夏日里，长安城的繁华和喧闹在这里浮现。

再说说千年唐井吧。此时，我正和它隔着二点二米的距离，去感受它的安静从容和遗世孤立。我只能遥想当年这口井边的车水马龙，或者宫女浣纱，或者老妪欢颜。这种回味是幸福而安逸的。我甚至想着，这世间可以被掩埋的东西很多，比如一副肉身，一座城池，一腔幽怨，却独独这一水一脉的缘分，让后世敬畏和相惜。

对于麟游而言，最响亮和浑厚的，莫过于被誉为国之魁宝的《九成宫醴泉铭》碑，它不仅见证了一代书法大师欧阳询楷书的顶峰造极，还见证了万寿宫曾经的奢华浪漫，更见证了九成宫如何一度成为大唐的政治、文化中心。虽然那场无情的洪水漫卷了整个皇城，使离宫不复存在，但这座碑，依然诉说着那段盛世安泰岁月里所有的繁华尘嚣，让麟游的子子孙孙，还有来这里的人们，记住这绝世的墨宝里满溢而出的古韵和雅意。

次日，县文化馆的张馆长告诉我，在麟游的怀抱里，还躺着一座山，它的名字叫青莲山，是避暑、休闲的最佳之地。登上它的时候，是清晨。青莲山是幽静的，翠绿的，空气里夹杂着槐花和青草的香气，一声接一声的鸟儿欢鸣，清新极了。

置身山顶，我有一种感觉，好像自己的身体，正在被一朵盛开的莲花瓣轻轻托起。极目远眺，天湛蓝，山葱茏，草碧绿，水悠长，阵阵漫过的清凉之风，足以使人心境澄明。可惜，未看到玲萍才女笔下“一朵青莲十里雾，满山秀色半亭风”的“青莲烟雨”胜景，不过，倒可以浸泡在唐代诗人王维那句“隔窗云雾生衣上，卷幔山泉入镜中”，慢慢咀嚼和回味，也是欣然。

要走了，这座小山城依然那么安静，那么清新，那么隽永。我依稀看见，那只白色的麒麟，正在麟游的山丘和云朵上游走和回眸。

初遇绵山

我想我和绵山是有缘的。要不然，我怎会隔着那么远的山水，去风尘仆仆赶赴一场和它的约会呢？

在这之前，很客观地说，我对绵山的印象几乎是空白的。充其量也许是在每年的寒食节，无意间会看到一点点儿关于它的蛛丝马迹和传说故事。比如那个叫介子推的人，和他的母亲一起，被焚烧在这座山里，成为后世永远的怀念，大概也是因为这个，绵山才变得神秘温和，甚至豁然凝重起来的吧？

金秋十月，在老同学的精心安排下，我的山西之行自然没有错过这一座和隐士退居有关，更和母爱、仁和有关的奇山和圣山。

坐在一辆景区的豪华大巴里，手里握着一张一百一十元的门票，上面写满了这座山最引人入胜的景点，大大小小十几个，白纸黑字，让我一点儿一点儿触摸这座山的轮廓。随之，一份好奇和探寻，也使它曾经在我脑海里存在的那份模糊意识一点儿一点儿清晰起来。

绵山的路很难走，在我看来，那几乎就不是路，是一条天路。这些沿着山体人工开凿出来的路，或依着悬崖崎岖而上，或没入山洞透迤而出。正值旅游旺季，一辆接一辆的车子攀爬其中，似一条长蛇蜿蜒在山间。

稍微一段平坦的路过后，又是很长一段蜿蜒崎岖的弯弯山路。一路上，漂亮的女导游操着一口纯美的山西普通话，娓娓道来这座山的隽永与神奇。比如它的海拔两千五百六十米，是太岳山的一条支脉；比如它的“抱腹岩”之大，可“抱”两百余间殿宇及一两百万游人于内而不满，堪称一奇；比如它的天桥，长三百余米，上离山顶二十多米，下距沟底三百余米，从岩沟直插岩上摩斯塔的五百余米的路程，几乎都是倾斜七十五度的绝壁，其惊险程度丝毫不逊于西岳华山之千尺幢、百尺峡；再比如它的“水涛沟”，树木曲径怪石，树木荫翳，瀑布各异，而栖贤谷九曲一线天，人行吊桥惊无险，脚踏瀑布奇亦秀……

听来多么神奇而又隽永的一座山！一下子，我和满车的游客一样，探寻的欲望和热情同时被勾了起来。我前后左右的人，一会儿将头转向窗外，惊呼连片，一会儿掏出相机，定格住自己内心认为很动人又动心的某一瞬间。

山路越走越长，属于绵山的宁静也越来越明显。一时间，山外的一切平淡景象突然不见，我们眼前出现了无数的奇峰怪石，以及掩映石峰间簇簇丛丛的高大林木。越往上走，山里的空气变得清新而悠远。

由于时间有限，我们首先选择了云峰寺。通往它的路几乎和山体垂直，一行六人几乎是手脚并用艰难爬上去的。站在悬崖绝壁的云峰寺上，绵山的上空湛蓝如洗，一朵朵洁白的云朵几乎触手可及，而我身边顺着山体依次摊开毗卢殿、玉皇阁、空王殿、五龙殿、鸾公洞、铁索岭等盛景，都在阳光中折射出绵山博大的心胸。

其实，云峰寺原名叫抱腹岩，是绵山天然生成的超大型礼堂，若在山底自下仰望，殿宇参差，勾栏蜿蜒，犹如空中楼阁，雄伟壮观，大气磅礴，一殿一阁，一洞一岭，莫不使人惊叹和震撼。值得一提的是，岩洞顶壁无数个鸟洞和悬挂着的铜铃甚是引人注目，这一只只铜铃是这里的老百姓请身怀绝技的民间艺人挂在一座座陡峭的抱腹岩上的，用于人们许愿后还愿。那些艺人将自身悬吊在半空，利用前后晃动的力量荡进洞内，再在崖壁上打楔系铃。经历千载，供奉于抱腹岩上的铜铃越来越多。清代康熙年间介休文人王清曾在《抱腹岩》一诗中写道："寺古云常在，岩空势欲倾。此中真得地，以外纵浮名。鸟拂金铃渡，僧缘石隙行。坐听梵响处，花雨落无声。"我想，这首诗应该是对抱腹岩最好的注释吧。

起风了，系着红绳子的铜铃随风发出叮当悦耳的声音，伴着清脆悠远的铃音，洞内有几缕烟雾升腾而出，似仙气缭绕，又似乎听到众仙盘坐洞内切磋诵经的声音。我静立在这片虚实之中，久久不愿离去。

置身绵山，怎能不说说介子推呢？相传春秋时，重耳逃难在外。一日，饥饿难忍，随臣介子推忍痛割了自己腿上一块肉煮汤奉主。之后重耳做了国君，即晋文公。晋文公封赏诸臣的时候，竟忘了介子推，介子推不向主邀功，背起老母亲进了绵山隐居。晋文公感念辅佐情，不舍患难臣，率众登峰峦，下沟壑，入密林，探洞穴，四下寻呼，却难觅其踪影，于是放火焚山，意欲逼这位忠臣返归朝廷，怎料他与老母合抱一棵树，被烧死在大火中。晋文公重耳大恸，下令全国祭奠，"四海同寒食，千秋为一人"，寒食清明节由此发源流长。如今，几千年过去了，介公祠坐落在一个天然的山洞里，介公、介母几尊高十二米的雕像巍立其间，殿中的石柱上雕着介公出生，辅佐重耳，隐居绵山，焚身羽化的故事，而巍巍绵山却是因了这段传说竟有了几分绵柔和温暖。

在这里，介公的足迹随处可见。似乎每一块崖石、树木，甚至一撮泥土，都留着这位"割股啖君"的隐士的影子和足迹。比如介公祠、介神庙、子母亭、子母石、呼介石、足下亭等，都是后世君王为了纪念和怀念他题名的，由于时间关系，我们不可能一一触摸。或许，我更多会想起，当年介子推一步一步背着老母亲，沿着西贤谷进入绵山，他原本只是想陪着老母安享晚年，终老此山中的。可当大火在这里烧了三天三夜时，他和老母遭受了怎样一番火烤烟熏，那种痛苦焦灼的挣扎岂是我等常人所能承受的？可他没有屈从，最终选择了和母亲、和绵山一体成为焦土。如今，我在绵山，只静静远望那个埋着忠良尸骨的介子岭，想象在苍松翠柏间，一座椭圆形的墓冢，安静伫立，简朴凝重，却向后世诉说一个贤明良德之士清风明月般的气节。

终于，介子推带着忠孝与仁义的光环，彻底地湮没绵山了。绵山上的一粒尘，一缕烟，一阵风，都会藏着他的思想和呼吸。我在想，他们母子长眠于此，沐浴山泉叮咚，聆听松涛阵阵、鸟鸣声声时，但愿心中那份“割肉奉君尽丹心，但愿主公常清明”的怅然和叹息，随之会少一些，也淡一些。

要走了，回望我的身后，大罗宫、云峰寺、龙脊岭，正罩在一片秋阳的光辉中，同样的气势非凡，同样的巧夺天工。那一瞬，我忽然感到很神奇，记得我在金庸的小说里不止一次看到，那些不同的教派为了争正统、争高下，血刃相斗，演绎出一幕幕杀戮之事，而眼下，在其他名山之中，比如衡山、峨眉之佛，武陵、青城之道，也似乎都有一山不容二主的架式。可唯有这绵山之上，同时吸纳了道教、佛教和儒家思想的精髓和风骨，他们不分彼此和仲伯，也不分高低和上下，相互映衬，兀自成景、成韵，成为绵山独有的新气象。

第五章
岁月留声

上元夜，上元节，旧历年万家狂欢的最后时刻。

往年，我总要倚在窗台看烟花的。那烟花，是我从未见过的繁盛和瑰丽。比如，黄色如菊，天女散花一般垂落；殷红的，似梅花朵朵，又似云蒸霞蔚；蓝色的，如海上的碧波，泛出涟漪层层；偶尔还有几缕紫色的，如细碎婆娑的兰花，洋洋洒洒地从天空漫不经心地垂落。

在春天里

友人知道我想在这个春天里，写一篇和明前清茶有关的文字，说："去千里之外的烟雨江南走走吧，那片茶园和山地的舞台上，一定可以看到很多采茶女，身穿蜡染的布衣，一双双灵巧的双手，一双双清澈的眸子，一笼笼翠绿的清茶，散发着漫山遍野的清香……"

我信了。

不过，我告诉他，何须舍近求远。从我的小城，只要驱车翻过绵延不绝的秦岭山，四个多小时即可抵达陕南一带，那里的紫阳、石泉、宁强、新乡等大山深处，也有一片片茶山和茶园，俗称陕西的小江南，这个时候，定然是一片茶香满园呢。

春天来了，春茶也该像美丽的少女一般走出深闺了吧。曾经很多次，在春天里，我都有过这样一个念头：一定要赶在雨水和清明之间，去茶园看看。可惜，因了太多的繁冗，终究未能成行。去年得空和几个同事去了，拖家带口一行十二人，一路看尽山花朵朵，绿水悠悠，草色青青，可那一片翠生生绿莹莹的茶园始终未及，倒是夫从喧嚣的汉中市区一家茶叶店里买回来一大堆明前茶，喝了好几个月，也算一种安慰。

其实，一直以来我是不太染指茶的，说句让朋友见笑的话，静坐看茶比品茶的时候要多得多。每每陪夫买茶的时候，也要在茶庄里消磨半天，看玻璃杯里，一撮撮茶叶如何在清清的水中渐渐舒展开来，那一芽一叶，细细嫩嫩，真如春之精灵一般，在碧透的绿波中轻盈舞蹈，我一直看，一直看，任那一股子温热清冽的香气，一丝一缕地打开我的毛孔，直至获得满身的惬意和妥帖。

当然，我偶尔也学着很风雅的样子品上一两口，从最初的怯生生到后来的悠然自得，自然历经了一个过程。记得第一次品茶是久违多年的同学从遥远的新疆来了，几碟茶食，三五个话语相投的好友聚在一起，侃青葱岁月里难忘的过去和流年似水的现在，让一段闲适的时光在幽幽茶香里渐渐散去。而后一人独饮，很细心地消磨一盏茶的时光，任笙歌间断，任文墨生香，或者装模作样侍弄一下茶中风月之事，也别有一番滋味在心头。不过，这种意境和清韵，要靠心情，大多时候，我也仅仅是在那一缕清冽散淡的茶香里，放松和释怀一日的疲惫和劳顿。那一瞬，先是茶的种种味道渗进心底，而后便幽香得淋漓尽致起来。

记忆里，父亲喜欢喝茶，下地前都会沏上一大壶的茶水放在厢房的木桌上晾着。那一大壶的茶水，在今天看来，真的没有什么讲究，每每到饮用之时，茶叶已是在水中浸泡了许久，茶色也几乎是棕褐色的了。我已不能清楚地回忆起它是否还有甘甜之味，倒是那略带苦涩的感觉似乎还留存在我的记忆之中。即便是这样，那个时候，好像也不会有哪样饮品能够比它更解渴和解乏了。

和父亲相比，夫对于茶的讲究自然很多，他懂得各式茶种的细致区别，比如采摘时节、冲泡茶具、茶艺功夫，甚至连泡茶用的水，也是有一番说法的。身边也有几个友人，喜欢于书房中、台灯下，用尚且考究的茶具，冲泡出一杯香茶，或是沉思冥想，或是阅读写文，便是常事。兴致到时，还会焚上沉香一盘，再辅之以诸如丝弦、琵琶或是古琴的婉转与悠扬，其境虽不至入禅定，却也平静许多，听久了，犹若一颗心灵也被这清茶和音乐洗涤得明澈和清亮起来。

在家里，夫泡好茶，我总趁其不备端起来，咕咚咕咚几下一饮而尽，夫不止一次笑话我，还文人呢，喝起茶来如饮牛一般。他数落完我后，忽而自己念念有词：“该去买春茶了。”

“嗯，斗鸡那家茶叶店，汉中的明前茶肯定到了，这两天就去吧。”

哦，过了两天，夫果真自己买回来了。那春茶，定是他心仪了很久的模样：碧绿新鲜，带一点儿油光，茶形扁直，尖端不弯曲，将茶叶装在玻璃器皿里，有一层厚厚的茶茸沾满了杯壁。我捏出一撮干茶叶，靠近鼻翼间，竟有几分清纯的香气。晚饭后，忍不住用玻璃杯泡上，不一会儿，一片片茶叶渐渐舒展开来，汤色碧绿清透，叶面新鲜翠绿，顺着嘴边抿一口，很清新，也很爽口。

我本一俗人，茶韵茶情里存在的雅意和古风自然无从效仿，倒是很喜欢在春天里，闻一闻这一杯清茶里渗出的淡淡香气。那气息里，更多沁满的是温热湿润，香醇柔和，只须稍微将鼻子靠近茶杯一会儿，杯子里漫上来的湿润柔和的水汽，便可以将整个冬天里攀爬在人肢体和思绪里的僵硬和迟钝渐渐驱散，甚至连蜷缩的一经一脉也会在那热气腾腾的茶水中慢慢打开，张大嘴巴使劲儿吮吸几口，一定可以眉清目明，心境澄远。

夫告诉我，春茶味道极为恬淡，须耐下性子，慢慢细品，如心浮气燥的，风风火火的，自然无法感受到春茶在唇舌之间的回甘。正如清朝的陆次在品龙井春茶后，颇具诗意地描述：“啜之淡然，似乎无味，饮过之后，觉有一种太和之气，弥沦乎齿颊之间，乃至味也。”

我喜欢这样的感觉。当然了，更喜欢在闲品春茶的同时，一边听着舒缓的音乐，一边熏着朋友们隽永的墨香，或者什么也不做，只斜倚在一把椅子上，身旁放上一盏热腾腾的清茶，闭上眼睛，放下所有的羁绊，想象远离喧嚣的野外，有几处僻静的远山，一片盈盈的春草，一条潺潺的溪水，一片葱茏的茶园。山野深处那一泻千里、此起彼伏的春光，都像一张水墨画卷徐徐走进我的视线里，那种感觉很空灵，很能怡情，更能静心，何乐而不为呢？

尘埃的香气

已是暮春，好久不见的姐妹相邀一起坐坐，地点选在隔着一条清幽的渭水对面。看时间尚早，我索性步行而去。

行至大桥，春已深，前阵子姹紫嫣红竞相绽放的花儿大部分已凋谢，目光能及处，满眼都是叶的碧绿，草的葱茏，林的茂密，一层胜似一层的婆娑和幽深。这些绿意盎然的草本植物，在柔暖的阳光下，努力向上生长着，竞相焕发出蓬勃的生命气息；桥的两边，是蜿蜒而来的渭水，窄窄长长的水面上，有鸥鸟掠过水面，惊起一圈圈涟漪，在水泽深处如轻漫流云一般。

半个钟头过后，来到距河岸不远的餐厅，两友人已至，便一起坐在窗户下一边等人，一边闲聊。因为未到用餐高峰，餐厅显得有些空荡荡的，安静极了。不一会儿，店里一女服务生风一般地推门进来了，她两只手里攥满了野草花，显然是在河边采摘的，繁茂翠绿的叶子中间，开着一朵朵细碎的花儿，米黄、紫红和素白，还有不多的浅蓝色夹杂在里面，一缕花香和草香的气息瞬间在不大的店里弥散开来。

女孩儿二十出头的模样，长得很清秀，她在店里转悠一圈后，将目光停留在我们这边。顺着她的目光看过去，哦，原来我们旁边的桌子一角上，刚好有个空置的酒瓶子，仔细看，是西凤国花瓷系列，纯白色，自上而下描摹出一丛牡丹，红的花，绿的叶。女孩走过来朝我们几个甜甜一笑，小心翼翼端上“花瓶”进了厨房。两分钟过后，她又出来了，那瓶内已经被注满了清水，采摘来的一大把花花草草斜插在里面，极尽一份素净之美，任谁见了定然要多看几眼的。

友人到齐，叫上几盘素味小炒，几碟花样小吃，几杯奶茶果汁，一段娴雅静美的时光，就这般在花香和草香的熏染中铺就开来，也是一种非常幸福的享受。

其实，在暮春时分，我喜欢做的事情很多。比如去山野之处随意走走，不要太陡峭，也不要太平缓，即使有一点点儿远，有一点点儿倦，也是心甘情愿的。因为目之所及，是一片片蜿蜒徘徊的、横亘起伏的、长满嫩绿草坪的山坡，绵延成一块块绿色的地毯，软软的，柔柔的，在大地的怀抱里静静地安睡着。再比如，我喜欢看暮春时分跌入眼底的这一抹抹各种不同的绿色，黄绿、青绿、葱绿、幽绿、深绿、碧绿，如美术大师巧手调制，恰到好处。它们以最丰盈的姿态，肆无忌惮地铺满了小城的大街小巷。

“草木知春不久归”，且看风送槐香来。暮春时分，槐花开了，一串串、一簇簇缀满了枝头。那洁白无瑕的花儿，在绿莹莹的槐叶衬托下，清秀质朴，却又那般的清甜香醇。前日，同事中午闲聊时说要去尖山摘槐花，不承想，今日一上班，当我一脚踏进办公室时，桌子上已放了一包香气四溢的槐花。课间，同事专程来告诉我说，前两天的《舌尖上的中国》说了，秦岭上的槐花蜜最醇正，这槐花自然亦是最香甜的啦！他还不停地叮嘱我，用开水过一遍，再用保鲜袋装好，放在冰箱里，半年后打开，槐花的香气依然会丝毫不减。

于我而言，有人送槐花，自然满心欢喜，连连道谢。只是，他有所不知，生在北方长在北方的我，怎会对这熟稔的味道陌生呢？小时候，每当槐花开时，我和伙伴们三五成群，在树下高举竹竿，勾树梢的槐花，也喜欢爬上树，一边摘，一边吃槐花。槐树刺，常常扎破手，我们却仍旧乐不思蜀。

最难忘的是母亲做的槐花饭了，可甜，可咸。相比而言，我们全家人都喜欢吃酸辣味儿的。槐花饭蒸好了，母亲将葱、姜、大蒜捣成碎沫，用热油炝一下，再放上盐、辣椒、粮食醋，合成汁水，浇在槐花饭上，味道好极了。记得那几日，满村子都是槐花饭的香气，不管是大人还是小孩儿，一人一碗，蹲在家门口，吃得恣意开怀！槐花饭，在那个贫瘠的年月里，真的成了家家户户暮春时分期盼已久的一道美食呢！

如今，那种只为填饱肚子的感觉早已不在，槐花饭，成了城乡人们一道悠闲食品，吃个稀罕而已。

不知不觉中，已是五月初上，我分明感到了“春色将阑，莺声渐老，红英落尽青梅小”的一抹好景致。尤其是每日清晨，当乘坐的通勤车从喧嚣的闹市区驶出来，我的眼眸间是苍茫空旷的渭河滩和一片又一片的郊野，我的耳边竟然传来一声声清晰、圆润、悠远的布谷鸟啼。

循声望去，不见布谷的身影，却见临近公路的河道里一小片的麦田，在微风中轻轻摇曳。这是城市的麦田，正被城市的一缕风儿轻拥着。那青青的麦苗，竟然也被细翻成小小的麦浪，于晨曦之时，浅睡在城市的繁华和时尚的缝隙里，一片静谧。

其实，十年前，这里也是大片的麦田。我和夫带着儿子于暮春时分来到这里，掐一杆饱满的麦穗，放在手心，两掌一碾，吹去麦壳，我的掌心里，是一粒粒嫩绿饱满的麦子。我迫不及待地送入口中，麦子清甜的香气散开来，纯纯的，沉入心底。

儿子看我吃得有滋有味，很惊奇地睁大眼睛问我：“这也能吃？”

我告诉他：“当然可以吃了，等麦梢儿变黄的时候，用火烧烤麦穗儿，搓去麦壳儿捡麦粒儿吃，那滋味，才叫一个麦香浓郁呢！”

一晃，十几年过去了，曾经的麦田，一天天消失了。如今，这里已是厂房连片，高楼林立，不知是哪位有心人，在这片闲置的空地上，种了麦子，引来布谷声声，也引来了我记忆深处那份守望开镰的喜悦。

只是，不知明年，我是否还可以在城市的边沿处，听到这久违的布谷鸟，一声一声，轻轻唤？

五月雨

一

忽而初夏，小城的雨多了起来。

街道两旁，五颜六色的花雨伞像蜿蜒流动的彩带，给苍茫的雨幕平添了几分灵动。

放眼望去，如丝如线的细雨纷飞着，散落在小城的角落里。一些新叶经过雨的洗涤，有的抽出新芽，有的舒展新叶，还有的枝枝蔓蔓，和着雨的节拍，生成一帘幽梦。

一直以来，我是喜欢听雨的。尤其是雨中特有的清凉和寂静，会让人不知不觉念及一些生命和过往里最深的记忆。

听多了，我的思绪也会变得从容而安静。

二

我在雨中过马路。

马路上，身着橙色清洁服的大妈，一下一下扫着路上的积水，还有偶尔飘落的树叶。

这段路，老大妈扫了有七八个年头了。若是尘土飞扬时，大妈会捂着厚厚的大口罩，只露出两只眼睛，喘着粗气，旁若无人地只顾忙做。

可唯独这细雨蒙蒙时，老大妈会把整个脸庞裸露在漫天的雨幕里，露出动人的微笑。

原来，她和我一样，喜欢在雨天里，敞开心扉，深呼吸。

当我从她跟前走过时，她的扫帚轻了下来，慢了下来，眼底有一抹温柔正朝着我而来。

和以往不同的是，老大妈的身旁多了一个小女孩儿，穿一道紫色一道黄色的雨衣，在湿漉漉的青石板上吹着五彩泡泡。模样专注得像对着雨丝和盛开的水泡花儿说话。

后来，老大妈也加入了吹泡泡行列，婆孙俩用手托起越来越多的泡泡，渐渐掠过头顶，掠过松柏树的梢头，掠过隐隐的云层。

接着，“咯咯咯”的笑声传了过来。那笑声甜甜的，像泉水般叮咚作响。

三

在乡下，若有一场雨，正赶着初夏的脚步，会是什么样子呢？

我想告诉你，那一定是清幽而安静的。

我喜欢乡下清新又散淡的雨天。一粒一粒的雨，敲打着青砖灰瓦的老房子，敲打着糊着纸花的木格窗，敲打着后院的柴屋和牛棚……

我站在雨幕中，看那些高低错落的瓦屋跌落在雨中，檐角的瓦楞上被一层层毛茸茸的青苔爬满了，像一幅水墨。

这个时候，最好的姿态，就是倚在窗前或躺在一把旧藤椅上，安静听雨。听屋檐下的水窝里，飞溅起朵朵水花，滴答滴答；听土炕头给孩子喂奶的女人，捏着宝儿的红脸蛋和小耳朵，嘴里咿呀咿呀地唱着歌谣；听柴门里摇着纺车、踩着织布机吱吱响的女人们，肆无忌惮的笑声……

行走在这样的雨天里，父辈们身体的疲惫、生活的沉重，都会被雨冲刷掉的。剩下的，也许就是安静回味，回味那个被烟雨笼罩的小村庄、树木和房屋，以及大黄狗、老黄牛和老母鸡……

这一幕，早已镂刻在我的身体和灵魂中，成为永远。

如今，我捧着这张岁月的底片，就像捧着一本老掉牙的线装书，念得人心生温暖和疼惜，当然，也有几分怅然和失落，会和眼前的这一窗细雨，轻轻滑落在我的心底。

四

相比而言，我比较向往的，莫过于一场雨，落在初夏的夜里。

很显然，浅浅的夏夜，雨声也清浅，像一根柔软的琴弦，吟唱着、拨弹着一首远去的歌谣。

雨声里，喧嚣一整天的小城开始安静，我的耳边，只有雨，一滴一滴，轻轻落。

其实，我无意听雨。可这雨声，生生跌落在院子中，飘飞在夜空里，不由自主听了起来。

原来，这五月的雨是轻缓的、妙曼的、清脆的，听多了，心里洞藏的那些往事和心绪，会在漫天的雨幕里，疯了似的生长。

不过，我终是俗人，无法用易安的婉约、东坡的豪放、耆卿的淡泊，或者一段纳兰的情结，来听雨。于我而言，能安静坐下来，细细聆听，就够了。

记得友人曾说，雨夜听雨，是一种浪漫，也是一种寂寞。浪漫也好，寂寞也罢，并不重要，我所在意的是，在雨声和乐声里，织就出一片素雅绵远的音韵，就像此时，我轻轻推开窗，似乎能得见，那些从唐诗宋词走来的诗人，一袭长衫，坐在长长的亭台里，雨落在浅浅的夏夜，他们落墨成诗，成阙，也成歌。

哦，雨声里，有很旧很旧的时光，仿佛看得见的香气，拂了我一身。不觉将头探出窗外，此时，我的小城，初夏夜，雨未央。

灯与烟花依旧时

上元夜，上元节，旧历年万家狂欢的最后时刻。

往年，我总要倚在窗台看烟花的。那烟花，是我从未见过的繁盛和瑰丽。比如，黄色如菊，天女散花一般垂落；殷红的，似梅花朵朵，又似云蒸霞蔚；蓝色的，如海上的碧波，泛出涟漪层层；偶尔还有几缕紫色的，如细碎婆娑的兰花，洋洋洒洒地从天空漫不经心地垂落。

被高楼遮挡的夜空下，这些可爱的精灵，一会儿似点点繁星从银河滑落，一会儿似千尺瀑布一泻千里，没多久，楼宇一角，东一块，西一块，到处是烟花声声，五彩缤纷。

这样的烟花一看就是十几年。戊戌年的窗外，小城静悄悄的，应该是市政府三令五申明确禁止燃放烟花爆竹的结果。不过，偶尔会有零星几声烟花和爆竹声灌进耳膜，算是有一点儿年的气氛，可以衬这上元元宵之夜。

给母亲去了电话，告诉她今天弟弟小手术顺利，让她和父亲勿要挂念。母亲正在庙上，与四婆、五姨和几个婶子一起上香。我一定可以想象，庙里香火缭绕，经声不绝，烛光婆娑。母亲说，村子开始放烟花了，四处噼里啪啦的，庙上人也很多，她给家里所有的孩子每个人上了一炷香，许了愿。最后，母亲说，蒸了我最爱吃的老鼠馍，明天我弟媳过来时就捎上了。

这样的絮叨，若放在前些年，我是很不耐烦的，甚至还取笑和反驳她。如今我不再说什么了，随着年纪增长，悲欢离合，酸甜苦辣，经历的事多了，冥冥之中，竟然也与母亲一样，内心偶尔会滋生出几分相信宿命的心绪出来。尤其是过了不惑之后，当母亲说去赶庙会，去朝山，我从不阻拦，甚至提前会给母亲一些钱，叮嘱她坐车、住宿要注意安全。后来，看到耳背的婆婆一辈子不烧香、不拜佛、不赶庙会时，竟有几分不太理解。问及婆婆，家里为啥没有土地爷、灶王爷、财神爷等，耳背的婆婆红着脸，笑了笑，说："一忙就忘了，记不住，也麻烦。"

我不再勉强，原本是随缘的事，婆婆不信，大抵也是对的。

记忆里，小时候，上元夜，乡下是不吃汤圆的，但必须给各路神灵敬献干果和油面馍。油面馍分糖包子和老鼠馍。起初，不大懂得蒸老鼠馍的由来，只觉得样子好看，味道好吃。通常母亲蒸老鼠馍的时候，我总是安静地站在旁边，看她一双巧手，很利索地捏出老鼠的形状，使唤我一声："红红，去上房把剪子拿来。"

我迈过门槛，一路小跑取来，看她变戏法似的剪出鼻子、耳朵、嘴巴、尾巴，然后挑一些饱满圆实的红豆或绿豆点出眼睛，一下子，老鼠的神气就上来了，白胖胖的，憨态可掬。上锅前最后一道程序，是母亲要在老鼠的嘴巴上，用胡萝卜切成的细条粘上去。

我觉得奇怪，就问母亲："娘，好好一只老鼠，为啥要用胡萝卜封住嘴巴？"

母亲告诉我："傻女子，当然是不能让老鼠吃地里的庄稼和粮仓里的粮食。"

"哦，明白了。"

我很喜欢和怀念老鼠馍的馅，是母亲炒的油面、炸猪油籽、盐、大葱、黄姜等五香调料，咬一口，浓香扑鼻，唇齿泛香，那是一种无论时光过去多久都不能轻易丢弃和忘怀的味道。

除此之外，家家户户无论富盈还是贫瘠，都会在自家门前挂起一盏盏红彤彤的灯笼，暮色四合时，像火一样，将夜空点燃。远远看去，天地之间，一条条灯带，蜿蜒着，伸向无边的夜空，多看几眼，真有唐代卢照邻在《十五夜观灯》里所描写的“接汉疑星落，依楼似月悬”那一番景致。

在乡下，上元夜里，十二岁以下的小孩子，必须要挑纸灯笼的。灯笼是舅家送的，有圆桶的、莲花型的、桃子型的，以及各种属相，形态逼真，活泛调皮。我外爷会做灯笼，每到正月，一家人围坐在热炕头上，用几根竹竿、几片彩纸或彩纱做原料，用刀片将竹子破成又薄又长的竹条，将细长的竹条弯成需要大小的圆圈，然后，剪纸的、描画的、粘贴的，一道道工序下来，不一会儿，就做成了色彩鲜艳、形状各异、姿态逼真的灯笼，用来点缀古老而传统的旧历年。当然，送给我的，是上好的竹篾，粗细宽窄柔软均匀，且捆扎结实，任我上蹿下跳都完好无损。不像别的伙伴，没玩儿几下就被扯裂或者碰烂了，还有的，风一吹，蜡烛就被吹倒了，几下便烧成一团火了，故而他们总往我的灯笼跟前凑，一脸的羡慕和眼馋。

外爷走后，两个舅舅在外工作，灯笼技艺自然失传了，等到我的儿子出生后，每年初六，我从老家回城时，母亲必须差我弟弟去镇上，专门找那种用丝绸或者彩色塑料做的、不易损坏的灯笼给我儿子。儿子当然高兴了，像宝贝一般抱在怀里，挤在车厢里，一脸的满足和兴奋。不过，我总觉得，少了原浆纸做出的灯笼那份淳朴和温热的气息。

如今，孩子们都大了，挑灯笼的快乐从他们、也从我的生活里彻底远去了，仿佛那是很久远的事情了。倒是每每看到那一抹红之后，内心深处有一种淳厚温良的心意汹涌而来，那是关于岁月稳妥和安宁的期盼，如这渐次而来的爆竹和烟花声一样，一年一年，不会和时光，和人间，和我，失了约定。

最后，我想说，上元节后，是节气惊蛰了，枯木逢春，春天的色泽一日日加重。忽而想起我的好友曹文生说：“一个人，逃不出惊蛰，也逃不出春天。”从其中，我读到一种淡淡的乡愁，如旧时的上元节一样，朴素着，也美好着。

与猫为邻

我依然记得很多年前的那个初夏，天渐次长了起来，日子开始变得明亮和炙热。

某个周末的清晨，站在小屋的窗前，看见对面的楼顶上，两只灰色的鸽子“咕咕咕”叫着，还有几只小鸟，在楼下两棵女贞树浓稠的枝叶间不停歇地欢唱着。树下的石凳上，有两只猫，黑色一只，橘色一只，闲散地躺着。若有同事走近，它们就懒洋洋地起身，慢慢走到几步之外的墙角处，若无人理睬，就继续卧着。很显然，它们已经将院子当成自己的家了，饿了，就跑到楼梯间大声地叫，然后，总有人每天都会准备一些食物喂养它们，它们竟也吃得浑圆健壮。

在我们这座楼的三单元里，有个同事也在养猫，尤其是周末时候，我会去楼顶晾被子，不止一次发现，楼顶上，同事正在和他的一群猫泡在一起，大抵有十多只。他的手里拿着一些吃的，往不同的方向扔，猫一个个像得到某种默契的号令似的，呼啦一下散开，相互争抢完后，又跑向他，上蹿下跳地在同事的身上乱扑腾，人与猫喜笑颜开，如同亲人。

这么多猫同时出现，我在这座城市里是从来没有遇到过的，即便在我少年生活过的乡下，很多人家也仅仅是养一只，主要用来抓糟蹋粮食的老鼠而已。面对如此庞大的“猫阵”，我的惊愕不亚于哥伦布发现新大陆。此时，几步之外的同事自然看出了我的困惑和不解，他赶紧过来说：“没吓着你吧，别看这么多猫，最初只有两只，是我家姑娘在上学路上捡回来的，一只公的，一只母的，孩子的爱心不可抹杀呀，只好养了起来，除了吃喝，还得打疫苗，真是麻烦。日久天长后，两只猫还要谈情说爱，竟然一年里怀猫娃两三次，最多一次下了五只，慢慢就成现在的规模了。”

他用带有几分幽默的表情给我讲述着他养这些猫的来龙去脉，我不知道该如何应答。就在我盯着像开运动会一样满地跑的猫儿发呆时，其中两三只“嗖”地跑到我的脚下，胡乱蹿腾起来，吓得我连退好几步，紧接着，我浑身起了一层鸡皮疙瘩，赶紧逃离现场。待回到自己家里时，心里半天平静不下来，无论我怎样放开自己的想象，我都无法将这一群猫和同事三口之家的日常生活联系在一起，这让我第一次对这位平日里话不多、性格有些沉闷的同事刮目相看起来。

两个多月后的 5 月 12 日，汶川发生了 7.8 级的地震，隔着绵延不绝的秦岭，我所在的城市也余震不断。为确保安全，市区所有的学校放假一周，在我们小区里，多数人家都在操场或教学楼旁边的空地上搭起了临时帐篷，从早到晚，人们无所事事，除了吃喝，剩下的时间都在懒散着，内心彷徨着，希望汶川的灾难快些过去，可以尽快回到正常的生活状态中。

不同的是，孩子们对这种突如其来的群居方式感到新奇和兴奋。他们出生以来第一次体验趴在帐篷里写作业、吃百家饭，然后与全家人一起挤着睡大铺的感觉，尤其是夜晚来临时，一个个聚在帐篷外面，看星星，看月亮，嬉闹玩耍，院子里格外热闹。

夫的厂子暂时没有放假，他每天下班，我们会飞奔上楼，在最短的时间内随便做点儿吃的，赶紧拿下来，坐在帐篷里吃，有时候是馒头、稀饭和咸菜，有时候是方便面或者面片儿，但都会吃得津津有味。

养猫的同事家帐篷和我家紧挨着，他的猫开始公然出现在众人的视线里。每一天，他会将帐篷周围别人家吃剩下的东西全部要过来，尤其是肉渣一类的，像宝贝一样包好，拿到操场后墙的角落处，那里有他临时为猫搭建的一圈笼子，是用几根铁丝、拖把棍子和竹竿顺着围墙搭建起来的。

铁笼子里的猫以麻灰色居多，它们密密麻麻挤在一起，成为院子里一道独特的风景，我上小学四年级的儿子和他的伙伴们更是稀罕得不得了，一天到晚不停地想往跟前凑，我和他们的母亲每次都得跟着后面，生怕出点儿意外。

孩子们起初有些害怕，只远远站着，他们左看我同事，右看看猫，不知如何是好，但仍然掩饰不住一种喜欢，一个个带有求助和询问的眼神落在同事身上。同事笑了笑，鼓励孩子们："大胆些，没事的，猫也通人性呢，你对它的好，它会记得的。"

在同事的鼓励下，第一个大胆靠近那只猫柔软身体的，是我的儿子和淘淘。他俩很仔细地将饼干掰成小碎块，放到掌心里，用略带害羞又充满无限期待的眼神看着小猫。最终，猫全然懂了两个小伙伴的心意，它乖巧地将嘴巴凑上来，伸出舌头，一下一下舔起来。我第一次看到，那只猫唇角泛起的微笑和惬意与两个孩子眉宇之间流露出的开心和快乐有着惊人地相似。那个下午，帐篷、小猫、孩童几个词语相互叠加在一起，像点燃的明亮篝火，渐渐驱散了地震带给我的恐惧和沉郁黯然的气息。

此后的几日里，孩子们对猫胆怯的心绪全然消散了，他们一个个兴奋地用极大的耐心去接近这些猫，这是我始料未及的，那些零星从家里带下来的玩具和卡片开始无人问津，除了写作业和看书，大多时间，孩子们几乎都围在猫笼子边上，一个个争先恐后地给猫们送好吃的，诸如饼干、香肠和蛋糕还有饮料什么的。两天过后，猫开始放松了警戒，甚至会在肚子饿的时候，朝着帐篷这边"喵喵喵"地叫着，孩子们心领神会，马上带着好吃的好喝的，就奔墙角去了。他们隔着笼子与猫说话，打手势，传递着不同的肢体语言，一段快乐的时光就此拉开帷幕。

六月末央

一

昨日，终于落了雨，缓解了罩在小城上空数日来难以退去的燥热和干旱。看着身边老人和小孩儿们行走在雨里，他们的脚步轻盈，他们的满脸堆笑，就知道，这场雨，来得多及时。

给母亲通了电话，接电话的时候，母亲和父亲正在家里的瓜地里摘熟了的甜瓜。我赶忙叮咛："大热天的，别着急，慢慢干，身体重要！"直到母亲隔着听筒给我做了保证才安心。

关于这片瓜田，早在二月里点瓜种子的时候，我就极力反对，一把年纪了，养好身体，安康太平，就是我们姊妹仨最大的福分了。可他们就是闲不住，说紧挨的二叔家的七八分地，去年在刚栽的桃树地里点了三行瓜，也没怎么费神，卖了好收成，闲着也是闲着，挣个零花钱，自己逛个庙会上个香火，闲来溜达到集市吃碗羊肉泡馍什么的，用着心里也踏实！

拗不过，只好任由他们折腾了，只是这心里，总是牵绊，总是担忧！

今儿个，母亲又来电话了，说梨瓜长势很好，已经卖了一千多块了，接着，父亲也跟着唠叨起来，说最甜的那几窝子瓜秧上，留着清甜爽口的瓜，等我们回去吃呢！

我说等一放假，马上回去，父亲乐呵呵地挂了电话。这头，我一定听到了那熟悉的笑声，亲切而安详！

二

初夏夜，读自牧先生的《三清集》时，其中有一段文字是纪昀曾为“素心”下的定义：“心如枯井，波澜不生，富贵亦不睹，饥寒亦不知，利害亦不计者，斯为上矣。”自牧先生又从引语处生发两句警世之言：“为人，要存一点素心；为文，要多一分本真。”此句读来更入我心。

其实，很多时候，日子在一天天地逝去，容颜也在一年年地衰老，最终我的眼眸间所看到的是，那些岁月里所有的芳华和璀璨都在角落里安歇下来，尘归尘，土归土，故而，那些青春热血时有过的棱角和脾性也被非常明了的现实磨砺到光滑而圆润，随之，心也会慢慢沉静下来，最后留给我的是，守护着一本厚重的人生笔记和一杯清澈如水的记忆，无怨无悔地独啜。

继续掩在《三清集》里，忽而嘴边轻念出“素心简约，人淡如菊”的词句来。这大抵也是很多如我一样的女子为之向往的一种心情吧？所以，我的办公桌上，时常会有一盆绿萝相伴，我给它起了个名字叫素心绿萝，这几撮绿萝，常年以来我只用清水滋养它，它竟然也会心无旁骛地滋长到根深叶茂，让人觉得微不足道的生命也会蓬勃壮大和生生不息的。

此时，轻轻抬头，正好撞上矿泉水瓶子做成的“花瓶”里那一枚宽大碧绿的叶子，我的唇角泛起深深的微笑，想起先生谆谆之言：“不为浮名沾沾贺，一心想做风素客；晨耕夕诵遗知己，温良养澈多唱和。”顿觉豁然，也算是自勉吧。

三

闲来上网是一种嗜好，这种诱惑不可抵挡，当然，我也不例外。

只是那日，无意间看到一个叫“素萝”的网页，一下子就被迷住了。要说的是，我不是迷恋它的云裳翩跹，倒是那一件件织绣布衣下的注脚名字吸引了我，你瞧：枕诗、夜断千秋、南窗、曦鸟、桂魄、斩情、破竹、妆痕、青花、翦水……还有让我更为惊奇的呢，它的客服名字更为清丽和脱俗：紫毫、墨碧、白宣、青盏、兰亭、素月……

那一瞬，我惊诧到瞠目，仿若我触摸到的不是它服饰的靓丽和风姿，而是这样一群女子，她们有着不同的面孔，不同的表情，却有着相同的灵魂，我不知道她们一路经历怎样的繁华与荒芜，却最终看到她们掩在“素萝”婷婷下安之若素的样子，我也不知道她们是否舞文弄墨，对影轻歌，却能感知到她们被“素萝”轻裹下的那种温和与平淡，在流光飞舞。

后来得知，素萝，意为经纱起绞的素织物罗，音同SOLO，独奏之译。店家将它看作一种看透世事却依旧澄澈的心灵，看作尘世颠沛流离中的一曲绕指千柔罢了。

再后来，还有更让我自己也感到荒唐的事呢，我又一塌糊涂地喜欢上了它主页上的曲儿，因为是蒙语，问遍人也找不到它的出处，实在难解曲儿之馋，我佯装看上了其一条裙裤，聊了一会儿，直入正题，那个叫紫毫的姑娘竟然毫不吝啬地告诉我：“您好，目前主页为您播放的曲子叫《鸿古日艾》。”我作揖感谢，寒暄一阵，悄然退出。亟不可待地上网搜，终于得其妙音真传，乐不思蜀，真是功夫不负有心人！

只是，今儿一大早，意外发现，素萝主页的音乐又换了，依旧欢喜，依旧垂青，依旧不知出处，我正在暗自思量，是否要用同样的方法获得呢？

记到这里，六月进入尾声，我的窗外，一缕温热的风轻轻划过，似乎告诉我，七月如往常，渐次微醺，渐次炽热，而我的案头，依然弥散着六月的气息，这些气息，带着鲜活的味道，似乎还未曾走远。

街角的书香

盛夏七月，热到难耐时，自然会选择卸下一身的累赘，将长长的头发随意挽起，穿上平底鞋和宽松衣裤，沿着街边随意走走。

华灯初上，小城的喧闹和繁华刚刚开始。忙碌了一天的小城百姓扶老携幼，鱼贯而出，尽情触摸街边吹过的一丝丝凉风。街灯下，正在和路人讨价还价的地摊小贩，目光平和，声音细碎。

我从一家烤肉摊走过，眼见那手脚麻利的小厨师，头戴白帽，脖子上缠一条白毛巾，一边高声叫卖，一边给手里一大把羊肉又是刷羊油，又是抹辣椒的，动作老练。他上下反复翻几下，一串串烤鱼、烤翅或烤菜就端上桌了。食客们三个一堆，五个一群，颇为悠闲地坐在那里，个个吃得红光满面，有滋有味。我不觉感叹：原来，这世间的人间烟火，只要你近身便可触及。

我独步而行，选择一个稍微僻静的地方独坐。许是我脸上固有的平和吧，一个刚学步的漂亮小丫头不时来我身边，睁着一双乌圆的大眼对我瞧来瞧去的，嘴里咿呀咿呀的，又是微笑，又是手舞足蹈的。一份纯纯的童真和烂漫，瞬间将堆积在我额头的烦乱一扫而去。

坐了一会儿，起身前行，因为周末，青草书屋灯火依然。忽而想起春节办的书卡已经在兜里睡了半年之久了，看看时间尚早，索性走了进去。

书屋里很安静，一缕油墨的馨香从轻轻的翻书声里弥散开来。我喜欢闻这种味道。多少年了，我固执地保留着年少时读书的喜悦和沉迷，仿佛自己就是这文字喂大的孩子。它们一页一行，一字一句，几乎填满了我所有的闲暇时光，也让偶尔浮躁和繁冗的一颗心，在文字里渐渐得以安歇和豁然。这种感觉，很美好。

喜欢读钱锺书，更喜欢他深沉幽默的叙述方式。他的笔下，或争风吃醋或勾心斗角或嬉笑怒骂，读来都是一种独特的享受，更别提那些西式的、不露骨的细微讽刺，着实令人欣赏。记得一日，和我敬重的杨永康老师聊文字。他告诉我，钱老的散文须慢慢品，细细回味，方可触摸那份幽深和犀利。多读几遍之后，这种感觉不知不觉就种植在心里了。对钱锺书的印象之一是知识渊博，之二是文字隽永，之三是智慧溢满。想来，“才气纵横，学贯中西”一说，真是非先生莫属。不觉一喜和感叹，浸润在这样的书页间，我们的人生怎能不智慧？

开始恋上三毛，应该是在岁月青葱的日子吧。喜欢她“我还是我”的生活方式。在漂泊的行旅中，在漫天的黄沙里，在细碎的驼铃断续之间，她顶着漫漫黄沙，炎炎烈日，一双白凉鞋，一副黑眼镜，那飘舞的纱巾，翻飞的裙裾，穿梭在撒哈拉的风沙间，这是一张多么美丽的图景！大风吹起了她的头发，夕阳裹住了她的寂寞，而她一直在没有走远的爱中，快乐着，忧伤着，那些日起日落的影子，总给人一种想随她去流浪的冲动。

迷上亦舒也不是一天两天了。迷她文字的尖锐，恋她思想的冷静，更喜欢她文字的简洁和灵动。这个笔耕不辍的高产女子，端坐在时光深处，看世间之繁华拥挤，观众生之百态，而后，却能用淡然从容的姿态，为我们抒写跌宕起伏的人生，那一篇篇平静的文字下，蕴藏着一股巨大的力量，叫身为女子的我们自省自强。

也读徐志摩，透过字里行间，读他忽远忽近、忽有忽无的身影，读他一袭长衫在康桥边徘徊又徘徊，读他“轻轻的我走了，正如我轻轻的来，我轻轻的招手，作别西天的云彩”，这文字美得实在不忍触及，只好轻轻穿越，然后为他掌灯，铺就一条布满鲜花、溢满快乐的小路，直达志摩今天的世界。你听，他在唱：“我愿意做一尾鱼，一支草，在风光里长，在风光里睡；收拾起烦恼，再不用流泪，现在看！我这锦鲤似的跳！”（《鲤跳》）

最近几年，随着我儿子的喜好，我走进了蔡志忠的漫画世界。看他上下求索，用尽十年的笔墨问道人生大智慧的一幕幕：他用画笔复活了历史贤人，长着大圆鼻头、额上一对触角的老子；尖下巴、眼睛如两粒小米的庄子；弯腰驼背、八字胡挺长的孔子；三缕短胡子、酒壶不离身的李白；一脸络腮胡、皮肤粗糙如屠夫的王昌龄；没当过官却总戴顶官帽、用“灭害灵”喷蚊蝇的蒲松龄……如今，他的画笔更加简约，更加草根，仿佛圣贤走入凡间，化作沧海一粟，你我他皆在其内，一番风趣幽默后就剩世间人生百态了。

浸在其中兴正浓，无奈书屋要打烊了。不觉抬眼看窗外，小城的盛夏夜，正未央。

青荷缓缓开

朋友去乡下看荷了，发来一组照片，多以粉白和浅黄为主，极尽素色之美。当下心里十分欢喜，关于荷的种种心念，也在眼前风生水起。

记得小时候，村后有片池塘，盛夏时分是池塘最热闹的时候。池塘里，除了丛生的杂草，还有不多的青荷，散落在池塘中央。待乡野之风四起，那些洁白、嫩粉和浅黄的花儿，从碧绿的荷叶丛中探出脑袋，一朵朵亭亭玉立着，像害羞的少女，点缀着泥墙灰瓦的苍老村落。

那个时候，我应该是个乖巧而胆小的女孩儿。多数时候，太阳出来了，看着同龄的伙伴一个个跳下水，像自由摇曳的鱼儿向着池塘里一从从一洼洼的荷花而去。我在远处，看他们有的躲在荷叶之间捉迷藏，有的将荷叶盖在脸上，仰面在水上，尽情地嬉闹玩耍，心中也痒痒的，却始终无胆量滑入跟前。这一水的青荷于我，有着一种遥不可及的圣洁与美丽。

上学后，对于荷更多的垂怜和情有独钟出自《爱莲说》，每每念及，总是爱不释手。学校后墙外的操场，每日下午四点到晚自习前会准时开放。沿着操场的后墙不远，是西街村的池塘，亦种植了大片的荷花，很清静的一块地。我很喜欢那里，匆匆吃完饭，怀中夹一本从学校图书馆借来的书，比如三毛、张爱玲、亦舒、张抗抗等，这一个个才情横溢的女子和她们隽永清秀的文字，在清风白莲中走近了我。

有的时候，我什么也不做，只安静坐在那里，盯着满塘盛开的荷花出神。盯得久了，心里忽而冒出一个奇怪的想法：如果给我一个画架，我是不是也可以屏住呼吸，伸出僵硬的手臂，握住画笔点墨成画。画里，一朵朵美丽清雅的荷，在我素净清淡的宣纸上踏月而舞。只是，想归想，笨拙如我，最多也只能傻傻地站着，看着，想象着，涂满油彩的荷，和微风一起，将缕缕香气灌满我的衣袖。

一日黄昏，我又来到这水边，读席慕蓉，疼惜之情难以言表。这个和我一样酷爱荷花的女子，她的指尖跳跃下，满腹的才情，一世的爱恋，都在如潮的荷香涌动之中呼之欲出。我一遍遍品读，一遍遍被她温婉细腻的情思所淹没和感动。与此同时，对于文字的喜爱，亦如这青荷里掩藏不住的涓涓心事一般，愈来愈明晰。

就这样，盛夏、蝉声、清风、荷影……似一道永远不褪色的风景，装点了纯真年月里那份简单而素白的清梦。

如今，安落于城市一角，半夏过后，小城的渭水之畔，公园一角，河道川地，一眼望不到头的荷花在碧波荡漾的水边开得密密匝匝，蓬蓬勃勃。置身其中，燥热拂去，繁冗褪净，文人墨客写意里关于荷的清宁、洁净、豁然，都会在静观一朵青荷的徐徐盛开里，尘埃落定。

随着年龄增长，我更喜荷的安静与慈悲。这种感觉，因了世事浸润、生活磨砺以及时光跌宕而变得更加茂盛起来。每一年的盛夏来临时，即便日子过得再忙再苦再累，都要抽出空闲来到荷塘，与云垂四野的青荷默然相对。那一瞬，会滋生出一份奢望：来世，我愿化作一朵盛开的荷花，任世间所有繁花和荒芜，温暖与苍凉，从南风而入，北风而出。那个时候，我是一朵青荷，端坐水中央，向你诉说一番心事，荷的心事。

中秋快乐

进入九月，白日更短了，短得一些藏在心间的小情绪来不及说与自己或者想听的人。忽而，眼见白露和中秋这两个令我倍感亲切的节气，就像亲姊妹一般结伴而至。当我在日历上一眼瞅见它们时，心里有一点儿小惊慌，然而更多则是一份急切的心情，想安静坐下来，留下一点儿笔墨，以不辜负这又一个悄然而来的中秋。

其实，在我不大的小城里，关于中秋节的讯息早就有了。大抵是处暑过后吧，各大超市里，包装精美的月饼一盒一盒摆放在醒目的过道或者柜台上。礼盒上，圆圆的月亮，粉粉的梅花，翩跹的嫦娥，仿若将这个世间所有美好的尘缘一一呈现出来。可是，我依然闻不到月饼清甜的香气，也没有任何想吃或者购买的欲望。真正念及这圆圆的月饼，还是前几日偶尔在永康老师的微信里，看见他说，想吃月饼了，这才想起中秋真的马上要来了。心里也在期盼着，能再回一次老屋，给几百里之外的公婆和稍近一些的父母送上我亲自买回去的月饼，也能再一次坐在他们身边，了却相互之间一份永远不曾淡漠的挂记和牵绊。这心思随着不惑过后愈来愈重，也愈来愈疼。

过了两天，就是开学的日子。这个时间点，令我打心眼里不快，也不想想，娃娃们进校没两天就中秋节了，中秋节是居家团圆的日子，谁不知，谁不晓呢？孩子们背井离乡来到陌生的地方，即将面对一个人的中秋，该有多少寂寞和孤独？后来，才发现我的担心是多余的，尤其是新生开学那日，满校园里彩旗飘飘，人头攒动，一帮十八九岁的青春少男少女被家人们前后簇拥着，一番手脚忙乱之后，他们会潇洒地和父母挥手告别。而那些陌生的家长们，个个嘴里叮咛着，脸上挂满不舍，甚至眼角湿湿地走出了校园。

开学第一夜，我和同事一起去女生公寓查看。起初，宿舍里弥散着拘束和陌生的气息，从四面八方来的孩子们一个个面无表情地坐在各自床上，只顾埋头翻看自己的手机。我环顾四下，白净的墙，簇新的被褥，簇新的床单，透着一股新气象，也透着一份活力。到底是孩子，到底是叽叽喳喳的年龄，只一会儿，这种陌生和拘束自会被活泛一点儿的女孩儿打破，宿舍里开始七嘴八舌说笑起来，问你家远近，她家姊妹，我所担心的孤独和感伤，遁形而去。接下来，又闻她们提议，若是入学教育能早些结束，中秋那天，定要找上老乡，结伴去转转美丽的小城，看看小城的山，小城的水，还有小城的草木和繁华。待我转身离开时，她们已俨然姐妹。不由感叹，原来，这青春独有的气象，就是这般简单无邪，无须掩藏，无须戒备。我相信，那一颗颗心，定然是敞亮亮的，像阳台上那扇干净的窗户。一时间，我的心里也热乎起来。我自然知道，这个中秋，这一帮初来乍到的孩子们不会孤独了，心里长长舒了一口气。而孤单的，或许是我，抑或，他们的父母。

从新校区回到家里，吃了晚饭，给母亲打了电话，问了冷暖，问了安康，提及中秋时，母亲竟然淡淡的，似乎那自古以来浓得化不开的月色与自己无关。她老人家只一个劲儿喜滋滋地告诉我，家里一亩大的桃园刚刚摘完桃子，卖得不错。随后，又在电话那头絮絮叨叨说，这桃园还是得她和父亲亲自打理才不被糟践，前两年让弟媳侍弄着，她不会修剪，不会打药，可惜地里的肥了。今年没让插手，桃子结得粉嘟嘟、圆乎乎的，来园子看桃论价的四川客人当下就全订了，明年，还要自己上手，争取卖更好的价。

母亲兀自说了一会儿，才想起马上中秋节了。我给她老人家打的电话一定是和这个团圆的节日有关。没等我开口，她先安慰我说，月饼一定要买的，别太甜腻了，有点儿吃不惯。不过，即便不吃，也要给天上的嫦娥献一份的。母亲说这些的时候，语气淡淡的。从声音里，我听得出她的平和与沉静。怎不是？从我呱呱坠地开始，岁月在母亲额头上写下的中秋光晕一年比一年多，从早年的贫穷到晚年的安泰，有多少简单的夙愿不在月色里，不在月饼里，而在那漫长的时光深处，从早到晚的一粥一饭，一锄一禾里。父亲和母亲，揣着乡下人简单的梦想，一生劳顿，一生奔波，又哪里顾得了月亮的诗意和风雅？记得儿时，月儿圆时，正是父母最忙碌的时候。月色里，他们的身影在玉米田里，在豆子地里，成为一道朦胧的水墨，填满了我贫瘠的年少时光。我还记得，在月色里，节俭的婆舍不得花钱买月饼。其实，那时候也不叫月饼，应该叫点心，五仁的。五仁多指花生、芝麻、橘子皮、白糖还有核桃仁。有一回，刚工作的四叔买了几个回来，婆舍不得吃，掰开分给孙儿孙女们，她自己一边分，一边仔细端详。完了很自信地告诉我们，我以为有多金贵呢，等明年过八月十五时，婆做给你们吃，花那冤枉钱干啥，只要费些时间和心思，肯定能做出来的。后来，婆真的说到做到了。不过，月饼通常必须要等到母亲、父亲、叔叔、婶娘们从地里回来才能开吃。

暮色四合，厨房的案板上飘来婆做好的月饼香气，白生生的皮，一层层，酥酥的，月饼四周，婆还会用红帖子匀称点上几个小圆点儿，红红的，惹眼的好看。起初，我不大留意，也不大深究。后来渐渐长大，终于懂得，那几个红红的小圆点儿，其实就是婆的愿望，这愿望，定然和秋收的红火日子有关。

以后的日子里，无论我在哪里，我会记得小院的月色，记得月色里的亲人。他们和这经年的旧月色一起，早已深深烙在我骨骼、肌肤，还有心窝里。尽管，我可敬的婆永远留意不到了。可亲的母亲，也在这月色里渐渐老去。月色深浅、明亮与否，她依然不曾关注。她所注重的是，月色深深，秋意深深，这日子便又凉了几分。

凉秋手记

秋日的太阳暖暖地照着这个参差不齐的村庄。很陈旧的村庄，被随处可见的老槐树、老桐树缠绕着。这些粗壮的老树，从来不会被人精心侍弄，准确地说，只需几抹阳光，几滴雨水，便足以使其生机勃勃，绿荫婆娑。碰上雨水少时，随便往树坑里倒一些洗完衣物和碗筷的脏水，也能将就。

和一路蓬勃而生的新村落相比，这片村庄真的老了，老得我在这里，触摸到的全是儿时的影子，可它显然不是我儿时的村庄。我儿时的村庄从这里向西百十来公里。在那里，旧的村落几乎绝迹，翻新后的村庄，有着白净的墙面，赤红的砖瓦，还有琉璃的檐角，在瓦蓝的天宇下，透着新农村富裕安泰的影子。而我，却在越来越远的阻隔中，成了那片村庄的过客。虽然每一年，我都会如期回到那里。即便有父母叔伯一如既往的挽留与呵护，有兄弟姊妹一成不变的挂念和等待，我依然能感到，自己正在被那片生我养我的村落慢慢遗忘。老一辈的人、熟识我的人，正在一茬茬故去，一茬茬老去，而新的面孔、新的陌生、新的疏离，却随着时光的延续，与日俱增起来。

这感觉是真实存在的，也是无奈的。

不同的是，这片老村庄，以及老村庄里的人，他们和我之间，由最初的那份陌生、疏离、拘谨，变得一年一年熟识、亲近和从容起来。或许，这就是关中的父老乡亲们常挂在嘴上的那句“嫁鸡随鸡，嫁狗随狗”的渊源吧。

进出老村庄，要走一条窄窄长长的小路。这条小路，我已走了近二十个年头，若是没有夫相伴，村庄里的人，除了夫家的亲人们，任何一个和我擦肩而过的村民，我都不知道该如何称呼。甚至，连夫自己偶尔也会傻乎乎地看着迎面朝我们微笑的乡民发愣。可他们见了我们，却熟悉和亲热得了不得。

起初，我有些惊讶，也有些纳闷。后来，渐渐懂了。原来是夫和公公长得太相似了，无论从个头、面孔再到神情，都是那么像。难怪村子里的人，无论白发苍苍的老者，还是阳刚之气的小伙儿，他们会用温和的笑容，温良的眼神，一遍遍打量我们，一声声问候我们。稍微年纪长一些的，还会停下来，聊夫以前的顽劣，比如上树擦破了屁股，裤裆开了花；比如上学偷豌豆和西瓜，被捉住后，耳朵像麻花一般被拧得通红。聊到最后，肯定是感叹时间过得真快哟，一茬人上来了，一茬人老去了。

嗯，怎能不老呢？当年的公婆，儿孙已成群，岁月的霜染白了他们黝黑的头发；岁月的刀，又给他们额头烙上一层层细密的皱纹，而当年的我们，在步入人生的不惑之年后，渐渐懂得，时光不饶人，岁月不等人，一份责任，一份担待，让我们只能弓着身子，拽着时光，往前跑。跑着跑着，我们身上、脸上，自然有了父母的痕迹。这痕迹，随着时光一年年老去，也与日俱增起来。

太阳升起了，墙角暖暖，檐下暖暖。我搬出凳子，坐在院子里晒太阳。院子里的阳光，闻起来，有泥土和庄稼清甜的味道，间或还有一股子腥臭味，不知从谁家的牛圈或猪圈里跑出来串门，串得满村子都是。这两种味道掺杂在一起，村庄开始活泛和杂沓起来。

此时的我，竟然也做到了不动声色，不皱眉头，不生厌烦。只顾将自己的身体完全平摊在阳光下。我更多想告诉你的是，这阳光，似一双温暖的手掌，一遍遍抚摸我的面颊、我的额头，以及身体里的每一道褶皱，直至将它们熨烫至舒展。

阳光一直照，一直照，照到一缕炊烟，正缓缓地飘向远处的天空。

冬日絮语

中午最后一节课，是剖视图习题课。在给学生仔细叮嘱和强调了几种剖切画法图样表达的注意事项后，他们打开练习册，开始做习题，我暂且安闲下来。

许是因为窗外落雨的原因，学生把门窗关得严严实实，教室里竟然暖烘烘的，貌似也少了以往的安静。我无事做，想着下周讲零件图要用投影仪，便打开柜子，准备看看电脑显示器修好没。

前排的男生问：“老师，可以放歌曲吗？”

“想听什么歌？”

“随便听，弄出些声响，就行。”

呵，瞧这帮十八九岁的青春少年，两个多月下来，他们和我之间显然没有了最初的生疏和拘谨，一个个开始露出原本无遮无掩的本性来。

点开音乐列表，随意翻看，无意间看到陈百强的《念亲恩》，不由自主轻轻点了。随之，教室里响起一缕深情的男中音，柔柔地，似一缕春风。

学生们都低着头，一边默默画图，一边静静聆听。这倒让我有了几分惊奇和不适应，生怕这歌对于他们来说有些过时。

少不更事时，总觉得自己一饭一粥，一衣一袜，都是父母应该给予的。理由很充足，我那么小，他们不生养我，我会饿死冻死的。故而，一直在心安理得地享受着。偶尔，会为一双带补丁的袜子，一条磨烂袖口的外套，一条短及小腿腕的裤子，或者一碗吃剩的面条，和母亲僵持在院子里，直到母亲答应，等圈里的猪喂肥了，拉到集市卖了，一定给我买新的，吃好的，我才噘着嘴巴上学去了。

通常，母亲是说话算数的。过不了多久，某个早晨，我从睡梦中醒来，枕边必然会有一双新袜子安静放着。再过一阵子，某个雨天，母亲得空坐在缝纫机前，娴熟地踩踏、压线、挑针，然后锁纽环、缝扣子，做得娴熟又老练，不大工夫，一条新裤子就成了。不用说，穿上新裤子的瞬间，我的喜悦，母亲的微笑，成为小院里最难忘的一幕。可是，那个时候，我断然不知道，袜子和裤子，是母亲在农活儿的闲隙里去村里的砖厂赶零活儿挣来的。

我一天天长大，像一只贪婪的小羊，吸着父母身体里所有的养分和作料。而他们似乎永远不会拒绝。或许，在他们的精神世界里，为儿女做一头牛，一只羊，是心甘情愿、无怨无悔的。偶尔，我也会小小的良心发现，也会略有不安，甚至会信誓旦旦地告诉母亲，等我长大了，挣钱了，带她去逛天安门和长城，吃山珍海味，穿绫罗绸缎。母亲只顾微笑，笑得满脸开成一朵花。

多年过去了，母亲在老去。北京和长城，我未及，母亲倒是和村里几个婶子们逛了一回，诸多不安和愧疚，愈来愈深，深得成了一份疼惜。

这天，我想用这首歌告诉我的学生们，浮生里，有些爱，即便不是与生俱来的，可它会从一条血管流淌到另一条血管里，从一个人身体进入另一个人身体，最终热辣辣地汇集在一起。就像左掌和右掌，在季节的辗转里，冷暖皆有之。你若有心，那一掌的凉，自会在时间的磨砺中，渐渐生暖。而这幸福与温暖，是前世修来的福气，需要我，还有他们，用沉沉的心意，去收纳和洞藏。

冬日书

寒衣节，落了一场湿湿的冬雨。雨是从早间就开始的，似女人伤感的眼泪，淅淅沥沥，夹杂着肆虐而来的风儿，拍打着小屋的窗户，寒意重重。

小屋几乎临街，站在窗口，能清晰地看到街边的银杏树，一片片叶子在风中凋落，一辆辆车子匆匆而行，连站台上等车的路人，也紧紧裹着臃肿的身子，在风中，在雨中，将脖子抻得老长，一副急切没入尘埃的模样。

我一直怕冷，自然选择了蜗居和蜷缩。蜗居，在我个人的字典里，原本应该是惬意而安妥的，可面对窗外湿漉漉的世界，面对生命深处一些难以抹掉的回忆和思念，整个人和一颗心，却总无法似往日那般在蜗居的姿态里，悠闲安静或者恣意纵横。

母亲昨日就来电话了，地里的红薯、白菜、萝卜，父亲在立冬之后彻底被收回。整个秋日雨水好，萝卜从土里拔出来后，白生生、胖乎乎的。那雪里蕻，叶子绿油油的，像春潮再返人间。至于一棵棵大白菜，一层一层包裹得瓷实丰满，看着都喜人呢。

母亲又说，她已择了晴好的日子，靠着干净的晾台，将它们微微风干，再拌了调料，将白萝卜腌制，雪里蕻炝好，至于小子爱吃的辣子酱，用花生豆、豆瓣酱、生姜等翻炒而出，再压在坛子里，整个厨房都是香辣味道呢。

母亲絮絮叨叨给我说这些的时候，我能感知到听筒那头传递过来的一丝温热与柔暖。一种叫作幸福的滋味，瞬间将我包裹。

我连连答应，这两天一定回去，一定将它们通通带到我的小城。

母亲轻轻笑了，又叮嘱我周六别回来，她要和几个老姨给外婆和外爷上坟，送寒衣。

母亲的心意，怎能阻挡呢？我自然又是连连应允。

放下电话，心不再宁静。是哟，十月一，送寒衣，老家的习俗叫鬼节。每一年，母亲都要和老姨给外婆和外爷各自做几身厚衣裳、几双厚鞋子和厚棉被。尤其是棉衣和棉被，虽然是纸做的，却总不忘给里面塞上一层棉花，跟真的一样。

外婆和外爷的坟，距离镇子很远，要走一段疙里疙瘩的羊肠小道。这两年，过了八旬的大姨老得走不动了，二姨的青光眼也越来越厉害，严重的时候，视力模糊得看不清脚下的路，给老人上坟的差事就落在母亲和三姨身上。

外爷走得早，他的坟头瘦小而单薄，坟的四周，干巴巴的蒿草竟然铺了厚厚一层。相比之下，外婆的坟，圆乎乎的土堆能好一些，杂草也稍少一些，唯一苍翠挺拔的，是外爷和外婆坟头各自站立的两棵松柏，叶子肥硕厚实，枝干婆娑繁盛，它们在风中，在尘埃中，两两相忘。

这样的景象母亲多少有些伤感，她上完坟后，回到家里，见父亲不在，想着准是去巷子里玩纸牌去了，又让我侄子去叫了回来，拿了铁锨和镢头，开上三轮车，去外爷和外婆的坟头，先将杂草清理干净，然后将坟头整理出原有的模样，这才回了家。

夜里，等安闲下来，母亲给我来了电话，言语之间，依旧有一些惆怅和无奈的情绪夹杂其中，她一遍遍说，这些年，大舅一直在西安，二舅在宝鸡，他们两个只有每年的清明才会赶回来，匆匆上完坟，转身就走了，也渐渐忽略了外婆和外爷坟头的整理，导致荒芜得不成样子了。母亲甚至为此感到有些生气，安顿好老人的坟头，是儿子应该做的，比如每年添一些新土，别让乱风钻进去，比如围一圈沟槽，避免雨水渗进去。这些，都是大舅和二舅应该做的，他们却疏忽了。母亲黯然说，她起身离开的时候，从外爷坟头刮过一缕风儿，一直撵着她，吹得母亲的头发和衣襟，都散了。

母亲断断续续说着，我安安静静听着，然后转身，又叮嘱夫赶紧给他侄子打个电话，一定不能忘了去买些纸钱和衣裳，去单位附近的十字口，给早早过世的小叔子也烧烧，最好是厚衣裳、厚鞋子，好让他暖暖和和地度过天堂里的这个冬天。

等做完这些，我的心才渐渐安宁。此时，窗外，依然在落雨，落的是寒衣节的雨。

岁末，那些与我不离不弃的年味

我是从什么时候对身边的都市年味儿开始习惯，并且心甘情愿投入其中乐此不疲的呢？早已想不起来。只记得，过了三十五岁那一年，我忽然变得儿女情长起来，尤其是此后的每一个年关，我会破天荒地随着人流淹没在大街小巷里，淹没在喧哗拥挤的商场和超市，置办年货，自己家里的，婆家的，娘家的，一箱箱，一袋袋，一件件搬回来，直到钱包里辛苦半年的一沓子钞票一张一张跑出去了，才罢手。看着客厅和阳台上堆满的糖果、炒货、烟酒等，那种幸福感和满足感，让我所有的疲惫消失殆尽。

不知不觉中，年关又至。偶得空闲，和朋友谈及儿时的年味儿，彼此喜笑颜开，又感慨万千。是啊，怎可轻易忘却？那些曾经的年关，去外婆家玩耍，大抵是半夜三更吧，脸红得似关公的外爷用一把笤帚疙瘩敲醒了正在酣睡的二舅。伴着昏暗的煤油灯光，困乏中的二舅和外婆一起很机械地一圈圈推着石磨碾黄豆，也碾着全家的希望。我躺在外婆的热土炕上，隔着木格子窗户，能听到石磨发出的嘎吱声，还能闻见豆子被碾碎时溢出的香气，在这些杂沓的节拍里，我竟然会安然如梦。

依然记得，腊月二十三是小年，婆和母亲站在灶堂前，对着灶火神三鞠躬，让灶王爷保佑全家老小来年衣食无忧，五谷丰登。灶火神下放着三个碟子，一碟子红枣和核桃，一碟子皱皮的苹果，当然，肯定少不了用麦草温火烙成的圆饼。未及跟前，一丝清甜的香气扑鼻而来。年三十，母亲、婶子和婆更忙碌了，做年糕、蒸花卷、包包子、炸油花，贴春联、请门神，忙活得从睁开眼睛后屁股不曾挨到炕沿。爷和父亲要去很远的老坟里请先人，两人在那片被夷为平地的麦田里争执起来，争到最后，谁也不争了。尤其是爷，很幽默地说了句："都是一个村子的先人，给谁烧都一样。"说完了，席地而坐，一张一张烧着纸，倒着酒，撒着油花馍，嘴里絮絮叨叨，大抵意思是让先人们吃好，喝好。说了好一阵，才从地上起来，转身走开。

依然记得，那一个个除夕夜也是风雪夜。村子上空的鹅毛大雪似乎从未消停，可孩子们却丝毫不惧严寒，我们围拢一起，兴高采烈地打雪仗、放烟花。一时间，落雪声、鸡鸣声、狗叫声、爆竹声、烟花声，声声入耳。待这些声音平息下去了，整个村子里，仅剩下两个人醒着，那就是家家户户的柴门两边，左边是秦琼，右边是敬德，睁着眼睛，一丝不苟地看护着村庄。

时间过得真快，转眼之间，我已经从小村庄走出来二十五年了。这些年，从故都咸阳到小城宝鸡，每一个岁末都有一茬一茬的人，似蚂蚁搬家一样，从一个城市回到另一个城市，他们身上和脸上，缀满了四个字，那一定是"衣锦还乡"。比如昨儿下午加班回来，路过卧龙寺十字路口，等红绿灯的三十秒里，隔着车窗，看见两个古稀老人行走在街边。我清晰地听到其中一个说："老李，准是儿子回来了，瞧你乐颠了都。"另一个说："那是，那是，儿子从杭州坐飞机回来了，衣裳鞋袜、海鲜特产买了一大堆，怎能不乐？"

那一瞬，我被深深怔了一下，是啊，这是小城的年味儿，也浓郁醇香，甚至带着都市固有的底色。只是，这些流光溢彩、琳琅满目的年味儿，似乎永远不属于我。二十多年了，我身体和灵魂里所有的归宿和牵绊，都在两个小乡村。那里有我的父母、叔伯和弟妹们，也有公婆和亲人们，仿若只有回到他们身边，我一颗游离的心，才会安宁，一双恍惚的眸子，才会沉静。即便是，我的小乡村里，曾经熟稔的年景年气儿少而又少。但我总会在那一寸一寸的土地上、一缕一缕的空气里，抑或亲人们一字一句的唠嗑里，渐渐捕捉到旧时的年味。这些短暂的回味和寻觅，于我，何尝不是幸福呢？

漫读笔记

不知不觉，冬渐深。

许是骨子里一份柔软吧，我最见不得的，就是这跌入眉间的叶落声声了，而那叶子偏又四处散落，像要撩起人记忆深处某些忧伤往事。

在我的小城里，有落叶，自然少不了凉风。尤其是立冬过后，清清冽冽、丝丝缕缕的凉风，执拗地、一丝不苟地窜过小城的大街小巷，以及一草一木和一砖一瓦之间，似乎要将藏在其中的万千尘埃和万种生灵抚摸个遍，方才觉得没白在人间走一遭。

白日和夜里，都有风吹，都有叶落。只是白日里无暇顾及，夜里是可以隔窗屏了气息去听的。那风声带着叶子邪恶一般挤进来，落在窗户，落在心上，微微地疼。

即便这样，我也要在黄昏里开窗，留一撮清凉的风，满满当当灌进来，拂尽忙乱一整天过后，滞留在身体和思绪里的混乱与迟钝。那个时候，我一定是在窗下站了很久，看远处昏黄的天空，以及近处朦胧的灯火。碰上心绪不好时，觉这风声和落叶的声音更像哀叹声，人当下便落了几分怅然，又不好与人去说。是哟，从来都是心怀坦荡，烹制快乐的女子，不可强说离愁之绪，令他人一路陪着黯然，终是不够厚道。

这样一想，我索性不看，也不想了，一个人埋头读书。要说的是，近来读书状态极其不好，奢求了很久的书，很久的字，得来时却心不在焉，甚至滋生出少见的倦态与麻木。比如沈老的散文集，友人中肯荐与我，可总不能静下心来，专注一读，颇为懊恼。其中好多篇章，都是大中午窝在办公室里，倚着阳光穿透的窗户，或者静夜里靠在床头，懒散地、囫囵吞枣地翻几下而已。

某日，友人问及，我只好敷衍几句，自觉惭愧和脸红。之后几个夜里，关了手机，隐了尘嚣，开始重读。拿起书的一瞬间，我是希望自己能精读的，只叹精力、时间、空间，依然有限。故而，先拣自己第一遍留下印象的重读。比如《我读一本小书同时又读一本大书》《一个戴水獭皮帽子的朋友》；比如《桃园与沅州》《鸭巢围的夜》《沅陵的人》；再比如《凤凰》《白河流域的几个码头》《一个多情水手与一个多情妇人》等。这其中的人，其中的事，以及沈老所处的岁月和时光，与我隔着近半个世纪，读进去了，竟不觉生疏，反而有几分亲近感。我看他在写湘西，写画卷里的湘西，风尘里的湘西，百味里的湘西，江湖里的湘西。不得不承认，这个用浩瀚文字将尘世锻打自如的文学大师，目光平和，下笔清冽。在他低沉平缓的叙述里，那个遥远的、二十世纪三十年代的湘西，就这样和我彼此靠近了。

我时常在夜半难寐的时候翻到某一片段，吞咽下一些句子，然后去恰如其分地应一些景，一些人。比如他逃学的野外，路过的小溪，还有那个常德的麻阳街，烟馆、酒馆、铺子，佩环叮当，活色生香，那可是缝在湘西身体里的一颗颗纽扣啊。

我到现在都不大能弄清楚，1934 年的那段时间里他的境遇如何，不过，肯定是窘迫而无奈的。他和一只旧船漂泊在风雪弥漫的沱江里，万重山、吊脚楼、常德城、烟花巷、杨家岨，一页一页翻开那片神秘的土地。比如鸭巢围的夜，有人把身体钻进预先卷成筒子的又冷又湿的硬棉被里潦草睡去，有人看着河对岸吊脚楼的窗户里飘出柔和呢喃的灯火蠢蠢欲动，桃园的夜夜笙歌莫不如此，包括牛保与不守妇道的小妇人之间放纵叫嚣的云雨之欢，竟使人莫名的温暖而忧伤，最是那首《十想郎》的小曲儿，曲调卑陋，声音却清远悦耳，难怪沈老在河边的寒风中痴了许久。

重读上面几篇文时，西风凉，我的窗外漆黑一片，寂寥一片。打开笔记本，想写一点儿读书笔记，思量一下，恐深夜开机的声音扰了家人，于是放弃。可我睡意全无，只好轻手轻脚去窗前吹冷风。那风儿，有的落在枇杷树和棕榈树上，有的在院子里孤独地打着转儿，不知吹往何处。一时间，竟有几分莫名的怅然，那种感觉，就像一个人，独对一水寒鸦，或者一窗凉月，难免滋生出一种孤独和落寞的复杂心绪。这种情绪，又很快让我想起沈老笔下那些沅陵的女子，沅陵那么美，溪流萦回，积翠凝蓝，这里的女子却无福消受，她们一睁开眼，便挑的、担的、背的、驮的、撑的，卖菜、卖米、开铺子、做银匠，无所不能。应该说，她们用勤劳和汗水，扛起一个男人和几个孩子灿烂若虹的生命天空。只是不知在那重山深处，她们的男人都做甚了？沈老未提及，我亦不可妄加猜测，只道这形单影只的夜半时分里，寒气重得连人也伶仃了几分。

咖啡时光

夫忽然对咖啡感兴趣了，这是我不曾想到的。在这之前，他一直热衷于各种茶，不厌其倦。今儿，他午睡起来，张口问我讨一杯咖啡喝。我说，家里好像早就没有咖啡了。他不信，非说有，说完，便开始翻了起来。结果，还真给翻到了两个大瓶子，咖啡一瓶，咖啡伴侣一瓶，几乎还有大半瓶。

我愣神好一阵，就是没有想起来是自己买的，还是来客拿的。看样子，时间真不短了！担心过期，特意拿起瓶子瞅了瞅，结果，刚刚到过期时间。拧开瓶盖，仔细看，那咖啡和伴侣，色泽匀称，颗粒干燥，好像没有坏掉的意思。

夫眼巴巴说："冲一杯试试吧，说不定还能喝！"我想了想，还是打住了，在我把瓶子往垃圾筒里放的时候，夫的眼神有些不舍。

我忍不住问："真想喝？"他点点头。

"呵呵，那还不简单，不就是一杯咖啡吗，咱回头买点儿不就行了。"

"那就现在买去吧！"

"这么着急？"我问。

他还是点头。

于是，我们下了楼，驱车去了距离居所一水之隔的超市，直奔咖啡货架。货架上，各种品牌的咖啡一排排整整齐齐码在那里，我问他：

“要喝哪一种？”

“就喝你喜欢的，三合一速溶，简单快捷。”

其实想想，我还真是蛮喜欢喝咖啡的。记得第一次喝，是去学院组织部办事。那日，倒春寒，清冽的风，刮得人能飘起来。我进了同事办公室，正好她坐在那里，抱着一杯咖啡，悠闲品着。最惹眼的是那杯子，很精致，洁白清透的瓷，粉白淡雅的梅，看一眼，便心生几分喜欢。

见我进来，同事很客气，执意起身要冲一杯给我，说太冷了，全当暖暖手，暖暖身子。话说完，很快就冲好递给我。凑到嘴边，鼻翼间，热气袅袅升腾，且看那咖啡，色泽圆润如绸，抿一小口，有些苦涩，有些芳香，还有浅浅的甜润，在舌尖滑动。

很奇怪，从同事办公室出来后，我越发眷恋那独特的味道了。很快，我在自己桌边也添置了咖啡、咖啡杯、咖啡勺，读书或者写字的时候，累了，倦了，冲一杯，喝几口，当下感觉神智清醒，思绪清晰。尤其是在冬天的夜晚，四下漆黑幽静，寒霜漫天，整个人都是僵硬的，可若埋没在一杯咖啡的时光里，聆听文字里的铁蹄阵阵，触摸文字里的悲欢离合，同样，也感叹文字里斯人远去，岁月远去的怅然。时不时的，有咖啡滚烫的香气，一直在唇边回味不休，亦觉得是一件很贵气的事情。或许这种想法有些矫情，甚至有些附庸风雅，但我真的很愿意沉溺其中，仿若那凝重冷寂的香气，穿过身体，滑落到心肺里，让孤独和落寞沦落为美丽和动人。

小城的咖啡馆很多，尤其在狭长的渭滨路上，一家挨着一家。不过，迄今为止，我竟然不曾光顾任何一家，倒是在文字里，看到友人一个个喜欢在闲暇的时候，坐在咖啡馆里，找一个临窗的位子，点一杯心仪的咖啡，再听着柔和舒缓的音乐，他们笔下，店主人精心布置的咖啡屋里，比如屋外的门两边，总是挂满了鲜活的植物和花卉，红的似咖啡的热情，蓝的似咖啡的优雅，紫的似咖啡的浪漫，粉的似咖啡的柔情，这一丛丛一簇簇是咖啡的心境，亦是店主人的心境。若再随着友人的笔下看，那墙面上定有主人精心挑选的油画，墙脚有木质的藤架枝枝蔓蔓，绿意盎然，桌上平放或垂落的，一定还有玲珑精致的饰品，温婉清新的布艺……这些仿佛都给咖啡注入了一种灵性，使人顿生怀想，不能释怀。

那日，与文友闲聊，我说没有去过咖啡屋。他不相信，并一再相邀，要带我去享受一回。我婉言谢绝了，他哪里知道，咖啡于我而言，属于风情和优雅的成分毕竟太少，我喜欢一个人，安安静静地泡在一杯咖啡里，在那苦中带甜的味道里，品味生活的繁华与喧嚣，孤独与宁静，若能做到苦乐自知，淡泊明志，已是莫大的安慰。再说了，一直以来，读书写字的时间，对我来说，真的有些像海绵，需要用力挤，用心挤，若伸展着胳膊腿儿地坐在那里消磨，是不是有些奢侈呢？

后记／大地之上，万物柔肠

我是在去年小城秋意浓稠的时候，开始整理第三部书稿的。那时，我的眼眸间，一阵又一阵风儿从眼前飘过，一场又一场雨儿在夜里落下。而这些风儿和雨儿过后，是越来越深的秋意和越来越重的清凉。我独坐在靠北面的小屋里，安心敲打自己的文字。累了的时候，也会从书架上拿出一本书，随意翻几页，看山高水长的斑斓世界和山重水复的人间情怀，看到夜深时，有丝丝的凉意穿过指尖，漫过双臂，一路蹿上后背，凉冰冰的。

我是如何迷上写作的？这一条路，转身回望的时候，我的内心就像一弯平静的湖面忽而被一行水鸟掠过，起了一层层的涟漪。我怎能轻易忘记，曾经，那一颗幼小无邪的童心里对美好文字的渴望。那个时候，还没有讲桌高的我，站在讲台上，大声朗读着自己的作文。讲桌下面，一双双睁得乌溜圆的眼睛里充满了羡慕的神色；怎能忘记，那些单调而清贫的少年时光里，四处漏风的木格子窗外飘着漫天的大雪，我缩在土窑的热炕头，埋在微弱的油灯下，一本《西游记》读得酣畅淋漓，那是我帮同学值日外加一把水果糖和甜枣换来的。那些日子，我几乎是如饥似渴般地享受着发黄的书页带给我的苦乐年华。至于后来的中学校园里，我课余时间踱步在婆娑高大的桐花树下，如饥似渴地沉浸在一本又一本喜爱的书籍里，看白水黑山，熏世间烟火。那个时候，我在想，若有一日，这些渗着油墨独有的清芬里，留有自己的名字，该是多么幸福的事情！

记得第一次独自写文，是在千军万马过独木桥的黑色七月里，金榜题名的那一刻，我内心的一种狂喜和激动难以言说。那几日，我清晰看到，从早到晚背着日头在田里艰辛劳作的父亲和母亲脸上终于露出宽慰的笑容；班主任杨老师扶着眼镜框骄傲地竖起大拇指；我年迈的爷坐在村口的皂角树下，一杆烟管咂吧着，逢人就夸："我孙女红红考上啦，碎女子厉害得很，全县第十三名呢！"

这一幕，在我眼前定格成永远抹不去的记忆，那一年，我一支笨拙的笔，小心翼翼地写下那个七月最为动情和温暖的篇章。

九月，是乡村最丰盈的时节，也是乡亲们最开怀的日子。一望无际的庄稼田里，饱满殷实的玉米棒子在秋风里哗啦啦地响动。母亲和父亲，一根根掰下来，一车车拉回来，然后一串串挂起来。直到后院的墙角，颗颗金黄的玉米粒在太阳下，眨着眼睛，亮着清光。我婆盘腿坐在玉米堆里，一绺白发汗湿后黏在额头，她的身上，落满了剥下来的玉米壳儿和缨儿。我爷弯着腰在高高的玉米架下，将剥好的玉米棒子缠绕在一根钢丝绳上，褶褶皱皱的脸开成了一朵花；邻家四伯家的高平哥拿着大学录取通知书沿着土疙瘩的小路狂奔而回，嘴里大声喊着："娘，北航录取啦，我可以看天安门城楼啦！"过了两日，四娘送高平哥上路，在村口，叮咛不完的嘱托和诉说，我清晰地看见四娘眼里的泪花在滚动。

那一瞬，我的内心有一种热切的冲动和欲望，我要写，写下这些收获的丰满，写下这些尘世的温暖，写下这些动人的乡村风情，这些构成了这本书的主脉络。

这些年，我的文字似乎总是为故乡而歌，它们几乎成为生命河流里最柔软的部分。有一段时期，我非常推崇傅菲老师说的：“我已过不惑之年，已然体悟出人世间诸多的奥秘，我越来越热爱它的温热，也更爱它的薄凉。人世间如大地的胸部，温热时，草木葱茏，山花烂漫；炎凉时，墙垣废弃，柔肠百结。”说得多好啊，就像我自己，在人世间行走着，很多时候，沉溺在尘世的温热之中，也淹没在她的薄凉之中，最终，我的身体和灵魂会贴着大地和万物，我的倾诉会朝着大地和万物，我的笔尖也会落在大地和万物，然后，让他们一一苏醒或复原过来，成为油墨的馨香。

除了故乡，还有我的小城，是我大半生栖息的地方，我在这里成家立业，养育小儿，三点一线的生活之余，我读书写作，白日里，总是很忙碌，像一只陀螺，转啊转。只有夜里，身体和心智才会真正安歇下来。那时，我只属于自己一个人，可近听窗外的雨声和虫鸣，也可远望河堤的万家与灯火，待身体的疲惫和繁冗的心绪被逐一消退之后，我静坐，开始书写日常，记录我周围一些个体生命中最为隐秘的那一部分或者几个部分。我的城，就这样以缤纷与杂沓、繁华与喧嚣、热辣与冷漠、奢华与贫瘠、安逸与窘迫的诸多姿态向我的笔尖靠近、再靠近。

不知不觉，满园的枝头上，或黄或红的叶子一点点儿在风中飘落，它们用极尽绚丽和明艳的色彩在和季节做最后、最深情的告白，我的书稿也在时断时续的日子里，渐渐显出雏形。当最后一个字落下时，已是立冬后的第三日，站在窗前久了，用手指梳理耳鬓后的一绺头发，有薄薄的湿气，窗外，亦有稀薄的星光，忽明忽暗，忽远忽近，那么美好，又那么寂寥。这一刻，我在文字里，与自己相遇，亦与山河大地相遇，与万生万物相遇，心中滋生出几许深情，又几许慈悲！

是为后记。

丁酉年之秋于陕西宝鸡